「……いい加減、起きろ」
頭の中で渦巻いていた思考は、
その少女のような声に上書きされた。

そしてあまりに悍ましいその黒雷は、
テオドールの頬に一筋の赤を刻んでいた。
「……これで、同等だな。
あんたの土俵に、
上がってきてやったぞ。
テオドール」

Characters
グラン
アレクの前に現れた男。どこかヨルハの面影を感じさせる。
「一理ある。が、時間は待ってくれないみたいだぜ」
テオドール
“神の操り人形”と呼ばれていた存在。神のことを誰よりも呪っていた。
「ああ。殺す。何もかもを殺す。それが、ぼくの復讐だから」
アヨン
かつての虐殺劇『リアトレーゼの悲劇』を起こした、“逆天”の呼び名をもつ殺人鬼。
「鍵を回したのは、オマエじゃったか」
タソガレ
『大陸十強』のひとり。“毒王”の異名で知られる稀代の毒使い。
「ともあれ、故に吾輩はある程度の事情を知っているのだよ。そしてだからこそ、吾輩は――」
ユースティティア・ネヴィリム
『大陸十強』のひとり。“正義の味方”だった存在。
「……死んでも知らんぞ」
チェスター・アルベルト
ロキの知人。メアを使って『ワイズマン』を蘇生させた。
「もう手遅れなんだよ。歯車は回り出した。此処から先は、破滅の未来しかかねー」

5
アルト
[illust.] 夕薙
味方が弱すぎて補助魔法に徹していた
宮廷魔法師、追放されて最強を目指す

Contents

イラスト／夕薙　デザイン／アオキテツヤ（musicagographics）　編集／庄司智

一話　〝贄《にえ》〟の一族　ノステレジア

「────気がついたか？　ロ、キ・シ、ル、ベ、リ、ア、」

和装の女性。

カルラ・アンナベルは、偶然にも裏街と呼ばれる場所に足を踏み入れ、倒れ伏すロキを見つけた。

殆《ほとん》ど瀕死《ひんし》の状態に等しかったものの、どうにか息は残っていた。

故に手を尽くし、その結果、一命を取り留め今に至る。

ただ、治療を行った張本人たるカルラには思うところがあった。

まるで、命を失わないギリギリのラインまで「半殺し」にされていたロキの容態に。

少なくとも、意味もなくこんな痛めつけ方はしないだろう。

だから、不信感を隠せずこうしてロキが目を覚ますまで待っていた。

「……カルラ、アンナベル」

横たわったまま、薄《うっす》らと開かれた瞳がカルラを視認すると同時、声が聞こえる。

「なんで、あんたが」

誰にも、裏街に向かった事は告げていない筈《はず》。なのにどうして、己の目の前にカルラがいるのだ。

現実を疑うような様子に、しかしカルラは時間の無駄だと切り捨てる。

「その話は後よ。一体、何があった？」

チェスターの事を、言おうか言うまいか。

ロキは逡巡《しゅんじゅん》する。

あのバカの事は、僕が責任を持って何とかしなくちゃいけない。

そう思ってはいるものの、現実、ロキは止められなかった。

どころか、あの戦闘は一方的に近かった。

身体《からだ》も回復しつつあるが、まだ碌《ろく》に動いてくれない。

ロキ自身、自分ではどうしようもないと分かっているのだろう。

やや躊躇《ためら》った後、震える唇で言葉を紡ぐ。

「……チェスターにやられたよ」

「チェスター・アルベルトか。知り合いではなかったのか？」

「……そんな事は一言も話してなかった気がするんだけど」

「話の流れでそのくらいは理解出来よう？　それで、何故《なぜ》、こうなった」

少なくともソレは、知人に対する仕打ちではないと思うのだが。

じっ、と射貫《いぬ》くカルラの瞳は、言葉はなくともそう告げている。

その瞳を前に、思い起こされる先の出来事。

ずきり、と頭にはしる鈍痛に若干、眉間に皺《しわ》を寄せながら、ロキは観念するように答えた。

「あいつは、自分が〝嫉妬《ブックメーカー》〟だと言ってた」

「ふむ」

別段、驚いた様子はなかった。

「続けて」と言うように、目配せを一度。

「……それと、譲れないって」

チェスターの事だ。

嘘はついていない。

だから尚更《なおさら》、分からなかった。

彼が〝闇ギルド〟に身を寄せてまで、行おうとしている事について、が。

たったひとつ。

殆ど何も語ろうとしなかったチェスターが、残した言葉が頭の中で繰り返される。

それは、戦いの最中。

まるで懇願のように言い放たれたチェスターの言葉。

――ロキは、ローゼンクロイツ・ノステレジアを知ってるか。

人の名前。

しかし、記憶を漁《あさ》っても該当する人物は思い当たらない。

そもそも、女か男かすらも分からない名前だ。

家名も、聞いたことがない。

だからロキが首を横に振ると、どうしようもなく悲しげな表情をチェスターは浮かべていた。

そして、それが決定打だったのだろう。

――俺チャンはアイツの為《ため》に、アイツのような奴《やつ》がこれ以上生まれない為に、全てをぶっ壊してやるって決めたんだ。決めてたんだよ。悪《わり》ぃが、止まってやる訳にはいかねえ。

そこからは一瞬だった。

襲い来る痛獄の嵐に意識を刈り取られ、それ以降の記憶は欠けている。

「『大陸十強』カルラ・アンナベル」

もし。

もしかすれば、『大陸十強』と呼ばれるカルラであれば、心当たりがあるのではないか。

チェスターが、何をしようとしているのか。

何がしたいのか。

己と別れた後に、何があったのか。

一縷《いちる》の希望を胸に、尋ねる事にした。

「……貴女《あなた》は、ローゼンクロイツ・ノステレジアの名前を知ってるかい」

「そんな名前の人間に、心当たりなどない」

間髪いれずに、返事がやって来た。

それは、無情にも「知らない」の一言。

カルラまでもが知らないともなれば、もしかすればこれは人の名前ではないのか。

そんな考えすら浮かんだ直後、「早合点《はやがてん》するな」と言わんばかりに言葉が続けられた。

「が、ノステレジアの名前は知っておる」

ロキは、これでも世界を回った人間だ。

知識の量は常人のそれを遥《はる》かに超えているという自負がある。

だからこそ、ダメ元であったのだが、カルラのその一言にロキは大きく目を見開いた。

「都市国家メイヤードが生まれる以前、ここには小さな国があった。名前を、ノステレジア王国。

当時は有名であったぞ。〝祈りの王国〟などと、大層な名前で呼ばれておったからな」

「……じゃあ、ローゼンクロイツ・ノステレジアは」

「妾《わらわ》の想像が合っているならば、十中八九、ノステレジア王国の王族の名であろうな」

淡々とカルラは答える。

ただ、そんな彼女の表情はどこか曇りを帯びていた。

「とはいえ、それはあり得ない話よ。土台あり得ぬ。恐らく、偶然の一致か。もしくは、騙《かた》っておるか。そうでなければ、説明がつかぬ」

既に滅びた王国の、王族とはいえ、遠い縁戚が生き残っていた。

そういう線は考えられないのか。

なぜ、僅かな可能性も否定するように「あり得ない」と言ってしまうのか。

「どう、して」

「簡単な話よ。ノステレジアが、〝祈りの国〟と呼ばれていた理由こそが、ノステレジア王家にあった。そして、その〝力〟を利用しようとした人間に、ノステレジア王家は、縁戚含め、道具の『素材』として皆殺しにされておる」

ロキの顔から、ぞっと血の気がひいた。

魔眼《レジエレ》の一族。

聖女の一族。

呪師の一族。

この世界には、特異とも言える能力を有した一族が時折現れる。

しかし、その殆どが悲惨な末路を辿《たど》っている。その能力故に、誰かに利用され、平穏とは程遠い生を強いられてきた。

歴史がそれを雄弁に語っている。

「本当にノステレジアの一員であるならば、間違ってもその家名は名乗らぬであろうよ。故に、あり得ぬのだ。ロキ・シルベリア。しかし、この地でその名前を聞いた事実が偶然とは思えん」

縁《ゆかり》のある地で聞いたその名前が、偶然の可能性は極めて低いだろう。

そして、かれこれ百年以上昔に、文字通り歴史から名前を消されたノステレジアの名前を知っている人間がいるとも思えない。

「……ああ。そうだと思う。チェスター・アルベルトは、何があっても嘘《うそ》だけは吐《つ》かない。間違いなく、チェスターはローゼンクロイツ・ノステレジアと名乗った人間と会ってる」

会って、一体何があったのか。

そこまでは分からない。

だが、チェスターはノステレジアという手掛かりを残して消えた。

幾ら、敵に回り、〝闇ギルド〟に身を寄せ、半殺しにされたとて、ロキにとってチェスターは「親友」なのだ。

故にこそ、包帯を巻かれ、見るに痛々しい身体に鞭《むち》を打ってどうにか立ち上がる。

「だったら、調べる他ない……ね。治療をしてくれた事には感謝するよ、カルラ・アンナベル。あいつが何を抱えてるのかは知らないけど、あいつは僕が止める。何が何でも止める。それが、親友である僕の役目だろうから」

碌に戦えなかった自分が言える言葉じゃないけれど。

呆気《あっけ》なく風にさらわれてしまいそうな呟《つぶや》きを最後に漏らしながら、ロキは上着を羽織り、歩を進める。


「————話はまだ終わっておらんぞ」


意地で身体を動かすロキに、声が掛かる。

「ノステレジア王国は、大多数の人間からは〝祈りの王国〟と呼ばれておったが、一部の人間は違う言い方をしておった。ソヤツらは、〝贄の王国〟と侮蔑しておった」

「……〝贄の王国〟？」

「文字通りよ。ノステレジア王国は、ノステレジア王家の人間が〝贄〟となる事で存続しておった呪われた国であった————妾は、そう聞いておる」

「王族が、〝贄〟だって……？」

————そんな歪《いびつ》な国が。

そんな、人倫を無視した在り方の国が。

「あったからこそ、ノステレジア王国は滅んだ。〝賢者の石〟の件もある。故に時間はあまり残されてなかろうが……だが、調べてみる価値はあるやもしれん」

ノステレジアについて。

そこが紐解《ひもと》けたならば、見えてくるものもあるかもしれない。

少なくとも、それが今回の一件に加担しているであろう〝嫉妬《ブックメーカー》〟と呼ばれる男の根底にあるものならば。

「だから、妾も手伝ってや────」

ひとまず、〝賢者の石〟についてはヨハネスに任せる事になってしまうが。

そんな事を思った刹那、言葉が止まる。

理由は、不意にぐらりと地面が揺れたから。

大きな地震。

次いで、如何《いかん》とも形容し難《がた》い威圧感が、突如として広がった。

その原因は、あまりに呆気なく見つかった。

空に描かれた特大の魔法陣。

カルラと同様、『大陸十強』と呼ばれ、罪人達《たち》を閉じ込める監獄────通称、『獄』を作り上げた人間が好んで使っていた、独特の見覚えしかない魔法陣がそこには浮かんでいた。

＊＊＊＊

チェスター・アルベルトにとって、親友と呼ぶ人間はロキのみだが、親友と呼べる人間は、もう一人だけいた。

その者の名を、ローゼンクロイツ・ノステレジア。共に過ごした期間は二年足らずだが、それでもチェスターにとって掛け替えの無い人間であった。

出会いこそ普通とはかけ離れていたものの、二人の間にあった友情は、紛れもなく本物だった。
だから――――許せなかった。許容など出来るはずもなかった。

理不尽という言葉すら生温《なまぬる》い運命を生まれたその時より義務付けられていながら。

あと一歩手を伸ばせば、「自由」が手の届くところにあったにもかかわらず、チェスターの為に命を捨てた大バカ。

元々、弱虫で、軟弱で、人身御供《ひとみごくう》が嫌で逃げ出してきた一風変わった王子様。

なのに結局、最後はノステレジアとして「贄」の運命に身を委ねた人間。

誰よりも臆病だった筈の男は、たった一人の友人であり、恩人の為に何の躊躇《ちゅうちょ》もなく命を捨てた。

だから、譲れなかったのだ。

だから、止まる訳にはいかなかったのだ。

彼の死に報いる為にも。

生かされたこの命が、あいつの命が、決して無駄ではなかったのだと証明する為にも。

少なくともチェスターは、ローゼンクロイツ・ノステレジアの犠牲の上で成り立っているこの都市国家メイヤードを、そして、そんな運命を生み出し強要した塵《ごみ》共を許してやる気は微塵《みじん》もなかった。

それが、彼の唯一の『友』である己に出来るただ一つの恩返しなのだと信じて疑わなかった。

たとえそうする事で、何か致命的なものを失う事になろうとも。

『――――チェス坊、理不尽な不幸は、人生には付きものダ。どれだけの程度であれ、それはどうしてもついて回ル。……と、分かっているガ。分かっているガ……!!』

クセのある特徴的な口調。

それは、今から十年ほど前の記憶。

セピア色に染まってしまった、チェスター・アルベルトにかつて向けられた言葉だった。

貴族然とした、質の高いであろう服に身を包みながらも、両腕両足、加えて、片目が隠れるよう斜めに包帯をぐるぐる巻きにした一風変わった男がチェスターに言葉を投げ掛ける。

『……その、チェスの駒みてえな呼び方、いい加減なんとかなんねーのか。つぅか、昼飯を床に落とした程度でいつまでも悔しそうな顔してんじゃねー。そもそも、俺チャンはもう、坊とか呼ばれる歳《とし》じゃねーと思うんだが』

『ならン。もうこれでしっくりきてんダ。諦めろヨ。その方が楽だゼ?』

『…………はあ』

どう考えても、あんたが呼び方を直してくれる方が手っ取り早くて楽ちんだろ。

これまで幾度となく告げてきた言葉を飲み込んで、チェスターは呆《あき》れた。

殊更、盛大に。

しかし、男の態度は何も変わる事なく、面白おかしそうに笑うだけ。

それでも、強く言えず、結局いつもなあなあで終わらせてしまう理由は、その笑みに嫌味ったらしさが感じられないからだろう。

『それで。あんたはいつまでここにいるんだ。あんたの居場所は、間違ってもこんなドブ臭《くせ》え場所じゃねーだろ。王子様』

ロキと共に過ごしていた頃から変わらない、ボロく錆《さび》だらけのおんぼろ古屋の中で、綿の飛び出したソファに腰掛けながら吐き捨てる。

『そうかネ？ おれぁ、この場所、結構好きだけどナ。ちょいと臭うのが難点だが、命を狙われる心配も殆どなければ、毒入りの飯を食わされる心配もなイ。おまけに自由ダ。おれとしては、ここでこれからもずっと過ごしたいくらいだがナ』

『……一体、どういう人生を送ってきたんだか』

『どういうって、見たまんまだロ。おれを助けてくれたお前が知ってる通りだと思うゼ』

『嘘を吐くんなら、もっと現実味のある嘘を吐け。訳ありなのは見りゃ分かるが、隠すにしてももっとちゃんとした隠し方があるだろ』

彼の名前は、ローゼンクロイツ・ノステレジア。

ここ、都市国家メイヤードが、メイヤードと呼ばれる以前の原型であった小国。

その王族に連なる人物——であるらしい。

名前が長ったらしいから、王子様とチェスターが呼ぶこの男は、少なくともそう言っていた。

曰《いわ》く——逃げてきたらしい。

事実、追手のようなものから逃げていたし、だからこそチェスターは手を差し伸べた。

とはいえ、その時点でもう怪しさ満点なのだが、偶然とはいえ助けてしまった手前、チェスターは彼に付き合う羽目になっていた。

　この独特のイントネーションというか、発音の可笑《おか》しさも、これまで生きてきた中で人と会話した事が片手で事足りるほどしかないからというのだから、怪しさを通り越して謎の生命体でしかない。

　勿論《もちろん》、こうして世話を焼いている事もあり、ローゼンクロイツ――ロゼからチェスターは、事情を大方聞き及んでいた。

　しかし、その事情はあまりに現実離れしており、端的に言って酷すぎた。

　子供でももっとマトモな嘘を吐けるぞと言いたくなるレベルであった。

　というか、言った。

　正面から容赦なく、チェスターは幾度も言った。けれど、ロゼにその嘘を撤回する様子はこれっぽっちも見受けられなかった。

　純粋無垢《むく》な子供のように不思議そうに首を傾《かし》げて、嘘など吐いていないガ？　と伝えてくる。お陰で、先ほどからずっとこの繰り返し。

　嘘を嫌うチェスターとしても、内容は明らかに嘘としか思えないのに、当の本人は嘘を吐いていないと本当に言っている。

　チェスターから言わせれば、なんとも不思議でやり辛《づら》く、意味の分からない相手だった。

『……つぅか、俺チャンは忙しいんだ。悪ぃがあんたに構ってる暇はねえ。気の迷いとはいえ、助けただけでもありがてえと思ってくれ』

　だから、此処《ここ》からそろそろ出て行ってくれ。

言外にそう告げるチェスターだったが、返ってきた言葉は疑問符のついたものであった。

『忙しイ？ どこガ？』

『……喧嘩《けんか》売ってんだろてめえ』

かれこれ、チェスターの側に数日ほど居座っていたロゼは、チェスターの行動を物珍しそうにずっと観察していた。

だから、知っている。

この男がこの数日、何もしていない事を。

『俺チャンにも色々あんだよ。おめえさんには分かんねーだろうがな』

チェスターは投げやりに頭を搔《か》く。

端的に言って、チェスターは悩んでいた。

どうしようもない己のこの現状に。

――――この国を変えたい。

数年前に国を出た親友、ロキに大層な夢を語っておきながら、チェスターは未《いま》だ何も出来ないでいた。

国を変えようと試みても、決まって壁にぶつかる。

それは、人脈であり。己の出自であり。能力であり。タイミングであり。

兎《と》に角《かく》、だめだった。

そんな事で諦めてはいられないと意地を張り続けた。けれど、どうにか繫《つな》ぎ止《と》めていた糸もとうとう切れる寸前だった時、チェスターは偶然にもロゼと出会った。

事情を知る人間がもしいたならば、何もかも、心が折れかけていたチェスターに、行動に移せというのは酷であると告げてくれた事だろう。

しかし、現実、そんな人間はいなかった。

否、本来ならば、いなかった。ロゼが、ノステレジアの人間でなければ。

だが、ロゼは間違っても慰めの言葉を掛けるだけの優しい男ではなかった。

全てを理解した上で、あえて現実を突きつける。

己の意見を叩《たた》きつける。

嫌がらせでもなく、ただ単純にチェスターの事を思って。

己の恩人の為であるからと、取り繕う事なく告げる。

『確かに、分からんナ。まだ、「絶対」に無理と決まった訳でないのに、諦めようとするチェス坊の気持ちは分からン』

『……あ？』

恐ろしく低い声が出ていた。

きっとその理由は、ロゼがお世辞にも強いとは言えない弱虫に近い人間で、怪しさしかない過去こそあれど、限りなくその点においてはチェスターに近い人間だったからだろう。

ロキのように、力や才能のある人間であれば、まだ納得出来ていたかもしれない。

しかし、己と大差のないように思える人間が、何も知らずにただただ理想論を語ったが故に、余計に腹が立ってしまった。

——どうせ、あんたが俺チャンの立場でも、変わんねえ癖に。

だから彼の言葉に、チェスターは反射的に苛立《いらだ》ちをあらわにしていた。

だが、ロゼはチェスターの声に構う事なく言葉を続ける。

『言っただろウ。理不尽な不幸は、人生には付きものダ。どれだけの程度であれ、それはどうしてもついて回ル。だから、それを覆したいなら足掻《あが》くしかなイ。何度打ちのめされても、足掻くしかなイ。如何《いか》に先が見えなかろうと、諦めなければいつか報われル。人生とはそういうものだとおれは信じてル。こうして、チェス坊と出会えたのがその証左だろウ？』

『……俺チャンと出会えた事が？』

『殺される運命だった筈のおれは、諦めなかっタ。醜くも足掻いタ。結果、こうしてチェス坊と出会えテ。こうして生きてル』

チェスターは、ロゼのこれまでの生きて来た道程を全く知らない。

聞かされはしたが、半信半疑といったレベルだ。分かるのはただ一つ。

目の前のロゼが、本気でそう言っているという事実だけ。

脳内が沸騰でもしたかのように沸き上がっていた筈の怒りは、毒気を抜かれたように鎮静してゆく。

やがて、「真面《まとも》に聞いてらんねーな」とやけくそにチェスターは話を打ち切った。

頭が冷えて来ると冷静に物事を考えられるようになる。

先程のあれは、殆ど八つ当たりに近かった。

思うように何一つ進まない現実を前に、溜《た》まりに溜まった鬱憤が爆発していた。

ロゼに当たったところで、何もならないというのに。

『だから、諦めなければ人生何とかなるもんサ。でも、そうは言えど一人じゃどうにもならない事も多イ』

胡散臭《うさんくさ》くて、適当で。

碌に魔法の才がないチェスターよりも更に弱そうで。見た目こそチェスターよりも歳を食っているがそれだけ。

しかし、彼の言葉には筆舌に尽くし難い説得力のような、不思議なものが備わっていた。

『だから、手伝ってやル。チェス坊の願う、誰も不幸せにならずに済ム――――そんな国を作る為の計画ヲ』

『……誰が』

『おれがダ。なに、助けてくれたお礼のようなものダ。気にするナ』

そこで、俺チャンはいつ、ロゼにその事を話したっけかと、チェスターは疑問を抱く。

彼にはそんなこと、一切話してなかった筈なのだが。と思いつつも、それより先に、とても頼りになるとは思えないロゼへ指摘を飛ばす事を優先した。

『旅は道連れ世は情けって言うだロ？　一人では無理でも、二人なら何とかなるかもしれなイ』

『……それ、ただ単に帰る場所がねーだけだろ』

『そうとも言ウ』

『くっだらねえ』

吐き捨てるチェスターであったが、己の利益の為でなく、本気で彼はチェスターの為に言っていた。

叶《かな》えられる力があるかどうかは兎も角、彼は本気でチェスターの力になろうとしていた。

この無法地帯とも言える裏街に、そんな人間はあまりに珍しくて、笑わずにはいられなかった。

きっとこの場にロキがいたならば、救えねえ大馬鹿だ、世渡りが下手な奴の典型だ、などとこき下ろしていたかもしれない。

事実、チェスター自身もそう思った。

だが、彼の言う通りでもあった。

『……まぁ、認めたかねーが、間違ってはない。それに、こんなところで立ち止まってちゃ、ロキに笑われちまう』

『ロキ？』

『俺チャンの親友だ。嘘ばっか吐く碌でなしなんだけどな。約束したんだよ。このふざけた国を俺チャンが変えてやるんだって。俺チャンは、嘘が嫌いなんだ』

だから、約束を嘘のものとしないように、現実のものにしなければならない。

『なのに、嘘吐きが親友なのカ』

『あいつは特別なんだよ。それに、嘘は嫌いだが、ロキの嘘は見え見えだ。俺チャンからすりゃ、あれは嘘というよりただの悪戯《いたずら》だ』

『成る程ナ。良《い》いナ、そういうノ』

瞳の奥には憧憬の念が。

優しげに見開かれた瞳から感情を読み取ってしまったチェスターは、少しだけ居心地が悪くなる。

その瞳は、何かを喪《うしな》った人間が浮かべるソレであったから。

『じゃあ、折角ダ。おれも目標を作ってみるかネ。ほら、ここでお互いの目標を語り合えば、ロキとチェスターのような「親友」におれ達もなれるかもしれないだろウ？』

『んなわけあるか。俺チャンの親友は、後にも先にもロキ一人だ』

『おれは……そうだナ。「自由」に生きル。何にも束縛される事なく、「自由」に、自分の生を謳歌《おうか》して、誰に強要される事なく生き抜ク。それがおれの目標ダ』

『……人の話を聞けよ。つか、それ目標じゃねーだろ。仮に目標だとしても、ハードル低すぎねーか？』

『どんな目標を立てようが、おれの「自由」だろウ？』

『まあ別に、おめえさんと親友になる気はねーし、どんな目標を立てようが俺チャンには関係ねーがな』

返事代わりに、ロゼはくひひ、と口角を吊《つ》り上《あ》げしゃっくりのような笑い声を響かせる。

違和感しか感じられない独特の笑い方は、どこか不気味で、近寄り難いオーラを纏《まと》っていた。

『……何だその笑い方、キメえ』

『こうやって笑うのが普通だと本には書いてあったんだガ』

『急に真顔に戻んな⁉　クソ怖《こえ》えからソレやめろ⁉』

やはり、こいつは謎の生命体だ。

認識を深めながらも、チェスターは先のロゼの言葉を振り返る。

ハードルが低すぎると言ってはみたものの、

『……ま、悪くねえんじゃねーか。俺チャンは魅力を感じねーが、嫌いじゃねーぜ。そういう目標はよ』

存外、チェスターはこれが嫌いじゃなかった。

弱虫で、軟弱で、創作のような過去しか話してくれず、怪しさしかない人間。

追手から逃げている変わり者な王子との付き合いは、一年ほど続くこととなった。

人の悪意に晒《さら》され、どうしようもなくなってしまったチェスターを助ける為に、ロゼが命を投げ捨ててしまったあの瞬間まで。


「────嗚呼《ああ》、嫉妬しちまうなあ。俺チャンにも、てめえみてえな力があれば喪わずに済んだんだろうによ。まあ、そんな力があっても、この状況は最早《もはや》どうにもならねーが」

かつて、己の無力のせいで犠牲になる事を選んでしまった────選ばせてしまった友の顔を思い浮かべながら、チェスターは言う。

「もう手遅れなんだよ。歯車は回り出した。此処から先は、破滅の未来しかねー」

傍《そば》にいたメアは、己の父の凄惨な姿を前に、目を見開いた。

そして、ツゥ、とメアの目から赤黒い涙がこぼれ落ちた。

一滴から始まり────それは滂沱《ぼうだ》となる。

「……なに、を」

────した。

俺が言葉を続けるより先に変化が表面化する。

時間制限を課された〝リミットブレイク〟の効果中でありながらも、手を止めずにはいられない異様な光景。

続け様に聞こえる軋《きし》む音。

明らかに普通ではない変化。

囚《とら》われたメアは、虚《うつ》ろな表情で「あ、あ、あ」と言葉にならない声をもらす。

どうしたらいい。

俺は、どうすればいい。

「――――ッ」

魔法の行使。

しかし防がれる。

共に戦っていた外套《がいとう》の男も満身創痍《そうい》。

ガネーシャがかろうじて戦えるレベルだが、消費魔力があまりに多すぎた。

駆け付けてくれたレガスはそもそも、戦闘に向いている人じゃない。

ロンを逃がすか。

外套の男を逃がすか。

メアを取り返すか。

チェスターを、どうにかして倒すか。

やるべき事は決まっている。

だが、それら全ては叶えられない事を俺自身が理解してしまっている。

そしてチェスターを倒す事が不可能である事も、また。

「――――〝魔女〟に無理言って引き返してみたが、こりゃ正解だったな」


ピンチに駆けつけるヒーローのように、その声は聞こえてきた。

気怠《けだる》げな様子で、採掘員のような作業服姿。

頼りになるとは言い難い身なりをしていたが、俺はその声の主をよく知っていた。

「親父《おやじ》……？」

「今すぐにでもぶっ殺してえ面もあるが、今は置いといてやるよ。コイツはおれが食い止めてやる。あの子についても、おれがどうにかしてやる。だから、今はお前ら、先に行け。無性に嫌な予感がする」

二話　〝逆天《ぎゃくてん》〟

親父《おやじ》のその言葉に、俺は思わず頷《うなず》いてしまいたくなった。

眼前の敵に対して、俺は対抗策らしい対抗策を持ち得ていない。

〝リミットブレイク〟という手札を切ったにもかかわらず、「どうしようもない」と思わせられるだけの強さがチェスターにはあった。

メアの変化についても、己の知識ではどうにもならない。それは、誰に指摘されるまでもなく明確になってしまっている事実だった。

要するに、詰んでいる。

もし仮に、十全に思考を許された状態であったとしても、俺は同じ結論を下した事だろう。

嗚呼《ああ》、だから——だから、親父の言葉は渡りに舟でしかなかった。

俺にはどうしようもないのだ。

だったら、ここは親父に任せるべき。

どうやってこの場を収めるのか。

それは分からないが、親父ならばきっと——。

そう思ったところで、俺は思考を無理矢理に中断した。

「……レガスさんはここから逃げて、外に助けを求めに行って欲しい。ガネーシャさんは、先へ進んでくれ。親父も、出来れば一緒に」

親父の提案に背を向け、俺は告げる。

その言葉に、お前は何を考えているのだと言わんばかりに複数の視線が向けられた。

まったく以《もっ》て、その通りだと思う。

乾いた笑いしか出てこない程の正論だと思う。

「助けてくれと頼まれて————頷いたのは俺だ。俺達《おれたち》だ。約束したのは、俺達なんだよ。だから、俺はここに残るよ。残らなくちゃいけない」

度し難い阿呆《あほう》の考えだ。

この状況で意地を張るなどどうかしてる。

そう思うのに、頭では理解しているのに、俺はその考えを貫く気でいた。

だって、俺があの場で頷いたのだから。

勝ち目は薄いだろう。

身体《からだ》はもう既に疲労困憊《ひろうこんぱい》だった。

でも。

「……今は意地を張ってる場合じゃ——」

「————だとしても、経緯はどうあれ俺はあの子の頼みに頷いた。少なくとも俺は、あいつが逃げて、メアを助けるまでは逃げない」

たとえ、その途中で〝リミットブレイク〟の効果時間が切れようとも。

それが自分の言葉に対する責任というやつだろうから。

何より、あと数分で荷物になる俺なんかがオーネスト達の下に向かうよりも、親父に行って貰《もら》った方が絶対に良《い》いだろうから。

「嫌いじゃないぜ、その答え」

喘鳴《ぜんめい》の音と共に吐かれた言葉。

唯一とも言って良い賛同の声は、今し方ぼろ切れのような身体を動かした外套《がいとう》の男のもの。

「気に入った。だから、おれも付き合うぜ。何より、おれは元よりヴァネッサにもそこの男にも用はなかった。あるのはただ、アレにだけだからよ」

虚勢を張るように、けたけた笑いながら外套の男が視線を向ける先にはメアが。

真《ま》っ直《す》ぐ、手の甲に光る石を射貫《いぬ》いている。

「元々利子付きで返すつもりだったとはいえ、随分でけえ恩返しになりやがって。……たく、もう一踏ん張りと、いこうか」

――――ここにはバカしかいないのかよっ……!!

どこからどう見ても疲労困憊。

明らかな窮地。

だけど、だけどとこの期に及んで意地を張ろうとする俺達を見て親父は吐き捨てた。

だが、そんな覚悟を嘲笑《あざわら》う声がひとつ。

唇を卑しく歪《ゆが》めるチェスターの言葉がどうしようもなく焦燥を掻《か》き立《た》てる。

「だから言ってんだろ。もう手遅れなんだわ」

「ッ――――〝雨沼残滓《ペトリコール》〟――――」

廻《まわ》る。廻る。

致命的な何かが今まさに廻ってしまったのだと本能で理解した。

遅れて、生理的嫌悪と悍《おぞ》ましいまでの悪寒に襲われる。

しかし、現実が嘘《うそ》を吐《つ》いていると叫びたくなるまでに、周囲に変化らしい変化はない。

明らかな違和感があるのに、何も変化がない。それがどうしようもなく恐ろしい。

反射的に発動した魔法。

それは、僅かでもいいからこの違和感を知らせるべきだと本能が察していたのだろう。

相手を斃《たお》す事とは程遠い、それは時間稼ぎの魔法であった。

精密で且《か》つ、魔力量の暴力とも言える規模にて魔法を行使。

足下に広がる魔法陣は、足場に変化を齎《もたら》す。

程なくチェスターの平衡感覚は歪み、ずぶりと底なし沼にでも足を突っ込んだかのように彼の身体は斜めに傾いた。

しかし————それだけ。

この程度は構うまでもないのだと、チェスターの目が口ほどに物を言っており、事実、何一つとして変わらなかった。

齎された悪寒が払拭されるどころか、俺が感じ取った筈《はず》の違和感の正体は、手掛かりさえも何一つとして分からない。

分からなかった。

だから今の俺に出来る事はといえば、敵にとって一番望ましくないであろう動きをする事。

つまり、ロンを逃がす事であった。

「仕方ない、かっ。悪いレガスさんっ!!　こいつを任せた!!」

「はぁぁぁぁあ⁉⁉」

風の魔法を展開。

血塗《ちまみ》れで瀕死《ひんし》状態だったロンをレガスの下へと飛ばしながら、チェスターの姿を射貫き続ける。

〝リミットブレイク〟の時間内ならば、多少の無理は利く。

風魔法の応用で、視線を合わせずともレガスの位置くらいならばちゃんと分かっていた。

何が来ても対処出来るよう、視線はチェスターから何が何でも外さない。

外してはいけない。

「急にそんな事言われても――――って、死に掛けじゃねぇか⁉　……嗚呼そういう事かよ、クソッタレ。しゃぁねえなッ!!　後輩てめえもローザちゃん同様貸しだかんな⁉」

冗談を交わす余裕がないと理解してくれたのだろう。

元々、自身は戦闘に向いていないと自分で口にするレガスだ。

今は、重傷人を治癒出来る人間の下に運ぶ事が優先であり、何より逃がす事に限るならば自分よりも上手《うま》くやれる人間は片手で事足りるほど。

その自負があったからこそ、レガスは最低限の言葉だけをヤケクソ気味に残して駆け出した。

そして続け様に一言。

「〝光彩迷彩《ミラージュ》〟」と魔法を紡ぐと同時、僅かな揺らめきだけを残して忽然《こつぜん》と姿がかき消えた。

ただの幻惑魔法と思い、チェスターは楽観視していたのだろう。

だから、ワンテンポ遅れた。

だが、レガス・ノルンが扱う幻惑魔法はただの幻惑ではない。

限りなく〝固有魔法《オリジナル》〟に似せた幻惑魔法であって幻惑魔法でないもの。

彼の魔法は、初見ではまず見破れやしない。

少なくとも、確証もなく魔法を乱発する程度ではどうにもならない。

それは、身を以て俺が知っていた。

「これ、で、少なくとも最悪の事態は」

チェスターは言った。


——彼《ロン》の死で以て、『獄』の扉をこじ開ける条件が整うのだから、と。


ならば、ロンが生きている限り、その『獄』とやらの扉をこじ開ける事は出来ない筈だ。

延命が出来る筈だ。

筈だったのだ。

「だから何度も言わせせんじゃねーよ。ああなった時点で、もう殆《ほとん》ど手遅れなんだよ。死に掛けた時点で、発動されてる。そういう契約だったんだ。だから、そら見たことか——もう出てきやがった」

この場において今、一番優位に立っているであろうチェスターだが、彼の額には心なしか大粒の汗が滲《にじ》んでいた。

直前の言葉の意図と共に、理由が判明する。

「鍵を回したのは、オマエじゃったか」


突如として背後に現れた、白髪の幽鬼を思わせる女に、俺は一切気付く事が出来なかった。

否、厳密には今も気付けないでいる。

反射的に振り返った先にいたその女からは、気配はもちろん、恐ろしいまでに殆ど何も感じない。

物音一つ、聞こえなかった。

相手に聞こえるようにと響いた声を除いて、何も聞こえないし何も感じ取れない。

まるで、本当はそこにいないかのような。

霊体のような女だった。


「…………よりにもよって、〝逆天《ぎゃくてん》〟か」


恐らくは新手。

チェスター側の人間なのだろう。

しかし、それにしてはチェスターの驚きも、初めて目にしたかのようなリアクション。

そこに違和感があった。

「いま、なんつった。〝逆天《ぎゃくてん》〟だと？」

反応を見せたのは、親父だった。

話の流れからして、得体の知れないこの女が〝逆天《ぎゃくてん》〟と呼ばれる人間というのは分かる。

分かるのだが、俺の記憶が正しければ、それは百年近く前の殺人鬼の名であった筈だ。

この女は紛れもなく人間であり、凡《およ》そ百年生きたであろう見た目ではなかった。

「その名前は、あまり好きではないんじゃがの。まあ、感謝はしておるよ。贋作《がんさく》極まりない不完全な鍵じゃったが、そのお陰であの忌々しい牢獄《ろうごく》からこうして抜け出せた」

――――とはいえ、と女の言葉は続く。

ふむ、ふむと頻《しき》りに頷いては周りを見渡し、状況を全て理解したとでも言うかのように。

「じゃが、感心せんのう？　何があったのか。その凡そは察したが……それは、嗚呼、真《まこと》。真、美しい、いい、くない」

銀に染まった瞳に湛《たた》えられた仄暗《ほのぐら》い光を揺らめかせながら、そんな事を口にした。


彼女の名前は、アヨン。

彼女を指し示す呼び名を呟《つぶや》きながら俺は思い出す。

〝逆天《ぎゃくてん》〟と呼ばれ恐《おそ》れ慄《おのの》かれた〝殺人鬼〟。

「『リアトレーゼの悲劇』……〝英雄、願望者〟」


『リアトレーゼの悲劇』とは彼女が引き起こした虐殺の名称であり、彼女を正しく言い表すとすれば〝英雄願望者〟という言葉が何より適当だ。

物語には、〝英雄〟というものが存在する。

窮地の時、都合よく駆け付けて助けてくれるヒーロー。多くの人間にとってすぐに思い浮かぶ英雄とはそういう類のものだ。

だが、それはあくまで物語の中での話だ。

現実はそう都合よく話は進まない。

不幸なんてものは腐る程転がっているし、「助けて」と懇願してもヒーローなんてものはやって来ない。

無償の救済など、それこそ殆どあり得ない。

だから、アヨンは作ろうとした。

いないならば作ってしまえばいい。

自分にとって。

誰にとって、都合のいい英雄を作り出してしまえばいい。

舞台は己が整えよう。

道標は己が用意しよう。

苦難も用意しよう。

挫折も用意しよう。

己が、誰もに都合の良い英雄を作り出そう。


――――なに。英雄になれるのだ。これ程、嬉《うれ》しい事もないじゃろう？　誰もの希望になれる。

それの、何が不満なのじゃ？

そうして引き起こされたのが『リアトレーゼの悲劇』。

一国をまるごと舞台とした、〝英雄願望者〟による英雄劇。

〝英雄〟を生み出す為《ため》ならば、多少の犠牲は仕方がない。それで大勢がきっと救われる。

たとえ千人死のうが、きっとそれ以上の人間が救われる。ならば安い犠牲だろう？

そんな破綻し切った理論で、〝英雄〟を作り出す為だけに己のシナリオで無数の屍《しかばね》を積み上げた正真正銘の破綻者。

それが、世界を震撼《しんかん》させた殺人鬼、〝逆天《ぎゃくてん》〟のアヨンの過去だった。

「〝英雄願望者〟。言い得て妙じゃの。まあ、否定はせんよ。正真正銘、儂《わし》は英雄という存在を望んでおる。それは今も尚《なお》。なに、不思議な事ではあるまい。誰もが一度は思うものよ。窮地に陥り、どうしようもなくなった時。己の手に余る時。どうか。どうか、『救ってくれ』と。他でもない儂がそうであったように」

己の過去を悔いたことなどたった一度としてなく、その想《おも》いは未《いま》だ不変であると口にするアヨンの純粋さを前にして、この人間はまごう事なき〝逆天《ぎゃくてん》〟のアヨンであると確信を持った。

「とはいえ、『やり過ぎた』ようで、とんでもない輩《やから》に目をつけられてしまったがの」

ほら、見るが良い。

儂ともあろう人間がこのざまじゃ。

そう言って、彼女は手首をこれ見よがしに見せつける。

そこには、薄透明の鎖が手枷《てかせ》のように巻き付けられていた。

だが、鎖の先は途絶えており、魔道具か何かなのかと思っていたがどうやら違うらしい。

それが一体何であるのか。

気になりはする。

ただ――――悠長に会話に付き合ってやれるほど、俺に残された時間は多くない。

ロンとの戦闘で負った傷を必死に虚勢で隠しているが、血も失いすぎた。

狂っていた筈の感覚も既に殆ど元に戻っている。本当は今にも倒れそうだった。

だからこそ、この機会を逃せる筈がない。

魔法陣を、展開。

標的は、アヨンとチェスター。

俺の記憶が正しいなら。

文献に残されたアヨンの悪名が正しいものならば、この状態で俺が勝てる可能性はゼロに等しい。

外套の男の手を借りたとしても。

仮にチェスター若しくはアヨン一人であったとしても、その事実は変わらないだろう。

「……普通はこんな事は出来ないんだが、今日だけは特別だから」

ならば。

ならば、ならば、答えは簡単だ。

この状況をどうにかしたい俺は、戦わなければいいだけの話だ。

幸いにして、このヒントは〝闇ギルド《お前ら》〟から既に受け取っているのだから。

「俺はあんたに賭けるよ、ガネーシャさん」

「おま、え」

「なにせ、今日の俺達の運は良いからな」

「――……確かに。確かに、その通りだ」

そこでガネーシャは全てを察したのだろう。

口角を静かに上げた。

俺達が運が良かったといえば、直前のあの出来事を指している事は火を見るより明らかだったから。

ダンジョンの力を引き出した〝星屑の祈杖《ステラティオ》〟の効果は残っている筈だ。

だったら、コアを喰《く》っていたいつかの〝闇ギルド〟の人間のように、不壊であるダンジョンを壊す事も可能な筈だ。

だから賭けることにした。

アヨンのような人間がこれ以上増える前に、ケリをつけなければならないから。

「悪いが、付き合ってくれ」

「心配すんな。付き合うと言ったからには、とことん付き合ってやるからよ……!!」

一筋の光が走る。

それは、分裂し、無数に、縦横無尽に増殖して視界を埋め尽くす。

初めの一撃こそ、チェスターとアヨンを標的にしていたが、それにしてはあまりに狙いが適当過ぎると悟ったのだろう。

あまりに早く、俺の狙いが露見する。

「……こやつ、ここを壊す気か。じゃが、愚か。ダンジョンの常識を知らんのか」

倒せない相手に対して、根性で何とか出来るのは物語の中の勇者だけだ。

負けが見えている戦いをあえてする必要はどこにもない。

勝ち目がないなら逃げてしまえばいい。

幸いにして俺達には勝つ必要などどこにもないのだから。

だが、今は逃げるだけではダメだった。

チェスターの下にメアがいる。

だから、どさくさに紛れてメアを取り返す必要があった。

その人員として選んだのが、俺自身と外套の男。故の「付き合ってくれ」であった。

「アレク、お前……‼」

「悪いが、親父は先に行ってくれ。頼まれたのは俺達なんだ。助けてくれって頼まれたのは俺達なんだ。だったら、その約束を嘘に変える訳にはいかないから」

「……変なところで意固地なのは、アリアそっくりなままかよ……ッ」

親父が言葉を吐き捨てる。

逼迫《ひっぱく》した状況下。

言葉で説得に応じない事を理解したのだろう。

一度やると決めたら、何が何でもやる。

その性格は母にとてもよく似ていると言いながら――――しかし、親父は諦めてすんなりと俺の言う通り先へ進んでくれる訳もなく。

だから、物理的に遮った。

迸《ほとばし》る雷光で分断するように、俺と外套の男、チェスターとアヨンの四人を、膨大な魔力によって作り出した濃密な雷の結界に閉じ込めてやった。

親父は魔法師ではない。

だから、こういう状況を強引に突破する事は土台不可能だと俺は知っていたから。

「あぁ、くそが。……だっ、たら、お前は引き返してカルラの奴《やつ》を呼んでこい!!　おれが先へ行く!!　それから――――」

自棄《やけ》とも取れる様子で、親父はガネーシャに指示を飛ばす。

轟音《ごうおん》に紛れながらもその声は俺の耳にまで届いた。

ただ、俺が意識を割けたのはそこまで。

チェスターとアヨンを相手に、そんな真似《まね》は続けられない。やれたとしても自分の首を絞めるだけだ。

「これで二対二。とは言っても、戦う気はこれっぽっちもないんだけどな」

垂れ流す魔力で発動が続く魔法によって、周囲の崩壊は始まっている。

揺らぐ大地。ぱらぱらと崩壊の気配を見せる天井。穿《うが》たれた足場。

この場は恐らく保って、数分だろう。

「の割には、敵意を丸出しじゃのう?　剣も出してからに」

「俺達にその気がなくとも、あんたらは違うだろう」

「さあて、どうじゃったか」

立ち塞がる障害をどうにかするために、こうしてわざわざ剣を取り出す必要もあった。

恍《とぼ》けるアヨンの動向はいまいち予測がつかない。チェスターとの関係値も曖昧で、敵か味方かの区別がついていない。

しかし、〝逆天《ぎゃくてん》〟のアヨンが都合良く味方につくわけがない。ついたとしても、凡そ信用に足る人物とは到底思えない。

そしてそれは、チェスターも同じだったのだろう。

アヨンの動向に注視する。

目が離せない。気を割かなければならない。

なにせ彼女は、あの〝逆天《ぎゃくてん》〟だ。

『リアトレーゼの悲劇』で知られる彼女の固有魔法《オリジナル》は、俺の知る限りこの世で一番タチの悪いものだから。

しかしだからこそ、隙をつけた。

「返して貰うぞ、この子は」

外套の男がチェスターの側《そば》まで移動を遂げていたことに誰も気付かなかった。

気付けなかった。

その一瞬の隙をついて未だうわ言のように声にならない言葉を呟き続けるメアを奪い取る。

だが、直後颶風《ぐふう》を思わせる突風が吹き荒れ、外套の男の肌を容易に斬り裂いてゆく。

「……それで終わってくれる程、優しくないよな」

「悪《わり》ぃが、そいつにゃまだやって貰う事があるんでね。くれてやる訳にはいかねーな」

しかしそんな中、悲鳴をあげる身体に鞭《むち》を打ち、俺は再度、案の定、即座に奪い返そうとするチェスターの前に立ち塞がってやった。

直後、交錯する剣と剣。

先程まで何も持っていなかった筈のチェスターの手には見るも異様な形状の剣が握られており、殷々《いんいん》と衝突音が響き渡る。

続け様の、魔法発動。

「マナブラスト」

剣聖メレア・ディアルから、見て盗んだ技。

得物同士が接触しているその場合で、剣に魔力——マナを纏《まと》わせて斬撃として撃ち放つ極意。

その威力は、魔法と遜色なく、最早《もはや》ソレは魔法以外の何物でもない。

事前知識のない状態でのソレは、間違いなく相手に致命傷を負わせるものであった筈だ。

あった筈なのだ。

「——……〝リミットブレイク〟時間内だぞ。冗談キッすぎるだろ」

なのに現実は、チェスターを多少、押しやった程度の結果しか得られなかった。

乾いた笑いしか出てこない。

後出しで繰り出された正体不明の攻撃によって、ほぼ完璧に相殺された。

そんな馬鹿な話があるかと叫びたくなる。

冷静さを辛《かろ》うじて失わずに済んだのは、単にチェスターを打倒する為に撃ち放った攻撃ではなかったからこそ。

「……ただ、あんたは知らなかったらしいな」

――ダンジョンを壊す方法がある事を。

極光が輝いて、凄絶な衝突音が轟《とどろ》く。

しかし、どんな魔法攻撃も、チェスターは正体不明の魔法で応手をうち、致命傷を悉《ことごと》く避ける。

俺の攻撃を見て対応している癖に、寸分違えず対応出来てしまっているその化物具合に嫌気が差しながらも、しかしツキは俺を見放していなかった。

魔法を展開すれば、油断も隙もなく対応してくる。それが、注意を引く為だけのものだと知らずに。

「違うんだよ。言ったろ。俺は、あんたらと戦う気はないんだよ」

刹那、俺達の足場が完全に崩壊した。

「――――」

驚きの声が聞こえてくる。

ダンジョンは基本的に、不壊である。

しかし、そこには例外がある。

なんらかの手段でダンジョンの力を取り込んだ場合に限り、その不壊の特性は覆される。

チェスターが気付けなかった理由は、直前に発動していた〝雨沼残滓《ペトリコール》〟によって平衡感覚を狂わされていたからだろう。

その狂った感覚が、足場の崩壊という事実の認識を遅らせた。

「俺は、メアを取り返せさえすればそれでいい。それ以上の結果は、はなから期待してねえよ……‼」

「コイ、ツ……」
あとは、限られた制限時間の中、気力が保つ限り魔法を乱発すればいいだけ。
ここから先は智略《ちりゃく》とは程遠い耐久戦。
故にこそ、「勝った」と思った。
俺がすべき役目はこれで果たせたと思った。
しかし――しかし。
「――〝白凪雑音《ノイズアウト》〟――」
チェスターが呟くと同時、世界から、突如として俺の音が消えた。
口は動く。
手も動く。
なのに、声だけが奪われたかのように出てこない。
否、俺が起こす行動、その全てに音が失われている。
そして、魔法もぴたりと霧散し一瞬にして消《き》え失《う》せた。
――何が、起こった……？
記憶に存在しない魔法を前にして、疑問符が脳内を埋め尽くす。
しかし、悠長に考える時間を許してくれる程、優しい敵ではなかった。
だから、即座に考えることを放棄した。
魔法が消えたという事は〝魔殺しの陣《マジック・イーター》〟と同系統。
そして、今回は声までもが消えている。

けれど身体は動く。

なら、諦めて手を動かせばいいだけの話。

「……っ、この状況の瘁に寸の狼狽《ろうばい》だけで最適解を見つけやがるかよ。だから、〝化物〟は嫌いなんだよ、クソッタレが……!!」

――――……どっ、ちが、化物だ。

〝リミットブレイク〟の優位性を一切感じられない能力。立ち回り。

持ち得る手札の底知れなさ。

使えない声帯の代わりに、頭の中で毒突く。

「だが、よ。てめー、アヨン《そいつ》を忘れちゃいねーか？　俺チャン達は味方じゃねーが、かといってそいつも、てめーらの味方じゃねーだろ」

「その通りじゃな。まあ、後々の事を考えてチェスター《そやつ》に恩を売るのも悪くはない。どうせ、儂らは未だ囚われの身ゆえ」

不敵に笑いながら、傍観していたアヨンは肯定する。そして、彼女の口が言葉を形取る。

彼女の代名詞でもある魔法。

それ即《すなわ》ち、

「じゃから、とくと味わうが良いわ――――〝逆天《ぎゃくてん》〟――――」

瞬間、万象一切が逆天《ぎゃくてん》した。

＊　＊　＊　＊

「――――こりゃ、どうなってやがる」

先へ進んでいたオーネストが驚愕《きょうがく》の感情をあらわにして呟く。

クラシアの姉であるヴァネッサを追って先に向かったオーネスト達は、ダンジョンの最奥にて目を疑う光景に出くわしていた。

まるで幻想的な光景。

立ち並ぶ無数の――――水晶。

この場に詩人がいたならば、言葉を尽くして賛美したであろう光景。

しかし、そこにあってあまりに異様で浮いた存在が一つ。

それは、

「なんでこんなところに、人がいやがる？」

この場にいるならばまだ分かった。

生きて、この場にいたならば、まだ分かったのだ。

現に人はいる。

水晶の前で、茫然《ぼうぜん》自失《じしつ》となる銀髪の女性――――ヴァネッサ・アンネローゼが。

だが、目の前のそれはそうではなかった。

そもそも、「普通」であればオーネストがここまで感情をあらわにする事もないのだ。

「なんでこんなところに、こんなもんがある……ッ？」

まるで閉じ込められるように、水晶の中に丸ごと収められた人の死体がなければ――――。

三話　大罪人とアンネローゼ

「……一体、この国の連中は何を考えてるんですか……ッ‼」

目を剝《む》いて吐き出されたその言葉は、まるで血を吐くような叫びのようであった。

ヴァネッサ・アンネローゼは研究者だ。

錬金術に精通した、優秀な研究者である。

だから、分かってしまう。

分からない訳がなかった。

何も知らない人間ならば間違いなく見落とすであろう、これの異常性が。

故に、オーネストとは別の部分に驚き以上の憤りを覚える。

特大の水晶に人が閉じ込められている。

確かに、それは異常である。

しかし、ヴァネッサはその事実すら思わず後回しにしてしまう程の衝撃を受けていた。

視線は、閉じ込められた男性の――――身体中《からだじゅう》に刻まれた奇妙な紋様に。

隠し切れていない凄絶な移植痕。

明らかに人為的な傷痕。

適合率など関係なしに移植を施したのだろう。皮膚などは思わず目を背けたくなるまでに変色してしまっている。

そして、身体中に刻まれた紋様によく似た錬成陣をヴァネッサは知っていた。

何故《なぜ》ならば、触媒として用いる際に使用する、所謂《いわゆる》動力を生むものだったから。

これは、人間を、人間としてではなく、ただの動力として扱っている何よりの証左。

そこに、当然とも言える真面《まとも》な人倫など存在している訳もなく、当人が望んだ望んでいなかったの如何《いかん》にかかわらず、憤る他なかった。

彼自身は、動力として今も尚《なお》。死して尚、使われ続けている上、恐らく――否、まず間違いなく、彼がこうして遺《のこ》されている理由は、身体中に刻まれた刻印を次の『贄《にえ》』に渡すまでの繋《つな》ぎであるだろうから。

彼は『贄《薪》』として焚《く》べられただけ。

器であったから焚べられた。

ただ、そのうちの一人である以上でも以下でもない。

そして、その動力は――天高く伸びる水晶の先。発光する大地。

用途は恐らくは、この国。メイヤード。

ならばこの事実を、お歴々が知らない訳がない。この隠された秘密を、国の重鎮共が知らない訳がない。

ダンジョンの地下深くに隠されたこの秘密を、知らない訳がないのだ。

「こんな事がどうして罷り通って……」

メア・ウェイゼンを救うべく、最悪の事態を止めるべく奔走していた筈《はず》の目的を、思わず見失ってしまう程の衝撃であった。

そして、自分ではない他の人間の声が聞こえてきた事にヴァネッサは漸《ようや》くそこで気付く。

反射的に声のした方へと振り返ったヴァネッサは、またしても驚愕《きょうがく》に表情を染めた。

「………クラシアちゃん？」

そこには、ヴァネッサとの血の繋がりを窺《うかが》わせる銀髪の女性――クラシアが、見慣れない男女と共にいた。

どうして此処《ここ》にいるのか。

これは夢か何かではないだろうか。

目の前の出来事を否定するヴァネッサであったが、程なく聞こえた「……姉さん」という呟《つぶや》きによってこれは現実なのだと思い知らされる。

だが、その事実のお陰でヴァネッサも得られるものがあった。

「……やっぱり、構造が変わっています、ね」

本来、ヴァネッサはこんな場所に来る予定ではなかった。

最悪の事態を止める為《ため》、己が一度は逃げ出した研究施設へと向かっていた筈だった。

だから最短ルートで向かっていたというのに、何故かこんな場所に辿《たど》り着《つ》いてしまった。

そこまでは――まだいい。

だが万が一を恐れて、ロンが追って来られないようにヴァネッサは道を塞ぎながらやってきた。

未《いま》だその小細工が破られた様子もないのに、こうしてクラシア達《たち》が辿り着いた理由。

それが、自身の目的地とは異なる場所に着いてしまった事と結び付けられる以上、ヴァネッサはその結論を下す他なかった。

要するに、構造が変わってしまっていたが故に、クラシア達も辿り着けたと。

「……恐らくあの男の仕業なのでしょうが、しかしこれは……嗚呼《ああ》、だからですか。そういう、事でしたか。ここは、都市国家メイヤード。本来、存在していなかった筈の小国。成る程、事情が見えてきました」

ヴァネッサは、一人で理解を深めてゆく。

都市国家メイヤードとは、数百年という時を遡れば存在すら確認されない国である。

理由は単純にして明解。

ここは、人工的に造られた国であるから。

その意図や、目的は不明。

しかし、間違いなくこのメイヤードという国は先人達によって生み出された人工物である。

ただ、それ程の技術があったにもかかわらず、何も情報が出回らなかった理由は。

メイヤードのように、新たな国を造り出そうとする動きがなかった理由は。

それが、人身御供《ひとみごくう》————つまりは、目の前にある亡骸《なきがら》、人という犠牲が必要不可欠であったとすれば、全てに納得がいく。

ヴァネッサはそう思った。

同時に、〝賢者の石〟という特大の爆弾を作り出す舞台としてこのメイヤードが選ばれた事にも理由があるのではと思ってしまう。

もし。

もし、ここでなければならない理由があったとすれば。

そこまで考えたところで、気持ちの悪い汗がヴァネッサの背中を伝った。

「一応聞くが、こいつはてめえの仕業か？」

ぶつぶつと独白するように呟くだけで、だんまりを決め込んでいた白衣の女性。

クラシアが姉と呼んだものの、明らかに怪しい……ように見えていたヴァネッサを前に、オーネストは威嚇するように得物を片手に問い掛ける。

その声が聞こえた事で、ヴァネッサは己の思考を一時的に中断した。

「いいえ」

「そうかよ。ならいいンだ。それなら」

その返事が聞けたならば十分。

オーネストはそう捉えてか、得物を収め、剝き出しにしていた敵意も霧散させた。

あくまで、一応の確認だったのだろう。

「……どうして」

「ンぁ？」

「どうして、姉さんはここにいたの。あの手紙の理由は。あの男は、一体誰？」

嘘《うそ》を吐《つ》く事は許さないとばかりに告げられる言葉の数々。

捲《まく》し立《た》てるように言い放たれる言葉に、ヴァネッサは眉根を悩ましげに寄せる。

だが、沈黙を続けてどうにかなるとは思わなかったのだろう。

何かを気遣うように、唇から言葉を落とした。

「此処にいた理由は、私がアンネローゼだから」

「アンネローゼだから……？」

「アンネローゼには、〝賢者の石〟の生成を止める義務がある。だから、その為に私がここにやって来ました。手紙を渡した理由は、関わって欲しくなかったから。それと、万が一の保険。錬金術師を嫌ってるクラシアちゃんなら、アンネローゼに戻る心配もない。だから、万が一を考えて何かを託すなら、クラシアちゃんしかあり得なかった」

クラシアの困惑に構わず、ヴァネッサは言葉を続けた。

そこには、クラシアがずっと秘め続けていた事実も含まれていた。

「錬金術師を、嫌ってる……？」

反応したのはヨルハだった。

何故なら、クラシアの口からそんな話を聞いた事は一度としてなかったから。

だが、そうであれば納得出来る部分も多い。

クラシアは実家の話をされる事を特に嫌っていた。実家の家業とも言える錬金術師を嫌っているならば、色々と納得が出来る。

しかし、どうしてという感情が抑え切れない。

彼女は、理由もなしに何かを嫌うような人間でないとヨルハ達はよく知っているから。

「……あたしが錬金術師を目指さなかったのは、適性が乏しかったから。その言葉に嘘はないわ。ただ、それ以上にあたしは錬金術師という生き物が嫌いだった。だから目指さなかった」

「うん。他でもない私が、クラシアちゃんがそう思うようにって仕向けましたから」

——クラシアちゃんには、錬金術師の道に進んで欲しくなかったから。

言葉にこそされなかったが、歪《ゆが》められた表情が、言葉以上にそれをありありと伝えていた。

それが悪意から来る行動であると思ったならば、オーネストなりがあからさまな敵意を見せていた事だろう。

だが、淅瀝《せきれき》と呟かれたその様子から、悪意を以《もっ》てとは到底判断出来なかった。

「これはただの私のエゴ。でも、クラシアちゃんには、この世界に足を踏み入れて欲しくなかった。踏み入れたが最後、後ろ暗い部分まで抱え込むしかなくなるから。アンネローゼなら尚更、どう足掻《あが》いても抜け出せなくなる。……尤《もっと》も、錬金術師全てがそうとは言いませんけどね」

「……でしょうね。両親が必死に誤魔化そうと、ぼかそうとしていた部分を、姉さんだけはあたしに見せつけてたから。だから、ええ。知ってるわ。それがあたしの為を思っての行為だった事も。それもあって、あたしは錬金術師が嫌いになった」

一瞬、感慨に耽《ふけ》る。

だが、今は一刻を争う時。

その事はさておいて、クラシアは話を進める。

「……姉さんがここにいる理由も、手紙の理由も一応は分かった。でも、なら、あの男は誰なのかしら。少なくとも、アンネローゼの関係者には見えなかったけれど」

「あの男っていうと」

「外套《がいとう》を被《かぶ》った、あの男の事よ。どうにも、姉さんの事を知ってるみたいだったけれど」

「私も、彼の正体は知りません」

「はあ？」

行き先も、事情も粗方、共有しているように見えた。なのに知らないとはどういう事か。

「……だったらなんだ。初対面同然の人間に、こんな状況で協力関係になって、事情を全て話したってか？」

馬鹿正直にも程がある。

正気とは思えないとばかりに呆《あき》れ返《かえ》るオーネストであったが、その自覚はヴァネッサにもあったのだろう。

「……私をどうにかしたかったなら、彼ならばどうにでも出来ました。力量の差は歴然でしたから。その上で、彼は私を助け、協力してくれた。彼なりの、事情故に。だから私はそれを信じる事にした。何より、私にはそれを除いて選択肢はありませんでしたから」

「つまり、あの男はてめえを利用したかったなら、こんな回りくどい方法を取るまでもなく出来た。だから、逆に信用出来たっつーわけか」

「馬鹿にしては随分と理解が早いわね」

「……あのな、オレさまだってそンくれェは分かるっつーの。馬鹿にすんな〝潔癖症〟」

判然としていないが、外套の男なりの事情があったのだろう。

ならば、ロンは共通の敵という事になる。

外套の男が言っていたように、敵の敵は味方。ある程度の信は置いてもいいのだろう。

「とはいえ、グズグズはしてらンねェ。〝賭け狂い〟もいるとはいえ、オレさまもさっさと合流しなきゃならねェだろ」

ロン・ウェイゼンというあの男。

彼には空恐ろしい何かがあるように、オーネストには思えた。

それでも、己の仲間であるアレクが負けるとは微塵《みじん》も疑ってはいない。

あいつが問題ないと判断したのだ。

ならば、何があろうと相討ちスレスレにまでは持ち込む筈だ。それだけの信頼関係が二人の間にはあった。

問題は————その後だ。

この一連の騒動がロン一人で行われた訳がない事はオーネストにもすぐに理解出来た。

何より、この異常としか形容出来ない亡骸。〝賢者の石〟。

頭が痛くなるような数々の要素を前に、悠長に時間を使う事など出来る筈もなかった。

「だから出来れば、さっさと逃げてくれるとありがてえンだが」

全く見知らぬ他人ではなく、クラシアの姉だからだろう。

普段から傲岸不遜な態度を貫くオーネストが、柄にもなくほんの僅かながら遠慮をしていた。

だが、そんな気遣いもあえなく、ヴァネッサがその場から動こうとする様子は見受けられない。

「……ロン《アレ》と似たり寄ったりの敵がここで出て来でもすれば、流石《さすが》のオレさまも守りながら戦うなんざ無理だ」

ため息混じりに、その時はあんたが死ぬ事になるぞ、と遠回しに告げる。

しかし、それでも尚、ヴァネッサに応じる様子はなく、微《かす》かに震える唇が言葉を落とす。

「……助けに来て下さった事には感謝します。ですが、私はまだやるべき事を成し遂げていません」

「やるべき事？」

「彼女達を救えるのは、恐らく私だけですから」

ヨルハの問いに対する返答。

それが指す言葉が誰であるのか。

答えは、すぐに分かってしまった。

まず間違いなく、メアの事だろう。

しかしヨルハは引っ掛かる。

メアである事は間違いないのに、なぜヴァネッサは彼女「達」と言ったのだろうか。

「……それはどういう事ですか」

加えて、まるで自分達には無理だと指摘する言葉に、ヨルハは困惑気味に眉根を寄せた。

「あれはもう、錬金術師にしか救えないって事よ、ヨルハ。いえ、正確には手に負えない、ね」

その側で、クラシアが説明をする。

そもそも、〝賢者の石〟は素人が手に負える代物ではない。

錬金術師であっても、相応の知識がなければ何一つ理解が出来ない筈だ。

それだけの秘奥を含んでいる。

「ただ、どうしてそれが、『彼女達』になるのかしら」

ヴァネッサが、メア以外の被害者を知っているとすれば辻褄《つじつま》は合う。

だが、そうでない場合、「達」は誰を指しているのか。

クラシアは、嫌な予感に苛《さいな》まれた。

「クラシアちゃん方は、どこまで知っていますか。大罪人『ワイズマン』の過去を」

そしてその嫌な予感は、現実のものとなる。

ヴァネッサの言う「彼女達」とは、メアと、『ワイズマン』を指すのだと。

「二百年近く前に存在していた大罪人。多くの人間の命を犠牲に、〝賢者の石〟を作り上げた世紀の大悪党。あたしはそう聞いたわ」

チェスター・アルベルトから聞いた内容。

そもそも、『ワイズマン』という名前自体、その時を除いてクラシアは一度として耳にした事すらなかった。

魔法学院であっても、その名を聞く事は終《つい》ぞなかった。

まるで、記録そのものからその名前だけが消され、塗り潰されたかのように。

「……ええ。それは、確かな事実です。たった一つの事実を除いて、まごう事なき真実です。彼女は、大罪人などではありません」

「多く人間の命を奪った事は真実だってのに、大罪人じゃねえのか」

「大罪人という悪名は、彼女自身が望んだ事です。己の事はそう伝えろと望んだのだと、私は聞いています。そして、〝賢者の石〟を作り上げる為に犠牲となったとされる数百の魔法師は、ある意味で、望んで命を落とした者達です。彼女は、その者達の意思を汲《く》んで、禁忌に手を染めた。他でもない、多くの弱者を守る為に。この事実を知っているのは、知らされているのは、『ワイズマン』の友であったかつてのアンネローゼの人間、その子孫を含む一部の人間だけです。だから、私はここに来ました。来なくちゃいけなかった。如何に二百年近く前の事とはいえ、約束を果たさなくてはいけなかったから」

語るヴァネッサの目には決意が。

決然としたソレを前にして、説得の為にどれだけ言葉を尽くしても恐らくは無駄だろうと悟ってしまう。

だから、オーネストは乱雑に頭を掻《か》いた。

程なくして、

「てめェが此処にいる理由はよく分かった。が、オレさまからすりゃ、そンな事情は知った事じゃねえわな」

嗚咽《おえつ》をこぼすようなヴァネッサの告白に、しかしオーネストは非情なまでに躊躇《ちゅうちょ》なく一蹴する。

「てめェにはてめェの事情があるのは分かる。だが、それら全てをオレさまが汲んでやる義理はねェし、助ける理由もねェ」

事情を話したところで手を貸す気も、そもそもそんな余裕もないのだと告げながら、オーネストはクラシアに視線を移す。

ヴァネッサの様子からしてテコでも動かない。

それでも姉を助けたいならば。

混沌《こんとん》の坩堝《るつぼ》と化しつつあるメイヤードから逃がしたいと願うならば、力尽くという方法もあるが?

オーネストの無言の問い掛けを前に、クラシアは僅かに首を横に振った。

ならば、ここで別れ見捨てるのだろうか。

――――否。


クラシア・アンネローゼという人間の性格は、オーネストがよく知っている。

彼女もまた、ヨルハに負けず劣らずのお人好《ひとよ》しである事も。きっと彼女は見捨てられない。

そんな選択が出来る人間ならば、そもそもメイヤードにまでやって来ていないし、オーネストを始めとした他のメンバーもここまで気に掛けやしなかっただろう。

けれど、その都合を押し通す為にオーネストとヨルハを巻き込もうとするだけの身勝手さも、クラシアには備わっていない。

だからきっと、悩んでいるのだろう。

どうすればいいのかと。

故にこそ。

「――――ただ、オレさま達にも事情ってもンがある」

オーネストはいつもと変わらず、傲岸不遜に。身勝手に振る舞うように。

ヴァネッサの下へと歩み寄り、そして言いたいように己の都合を口にする。

「あの餓鬼の言葉に頷《うなず》いたのは、オレさま達だ。それはつまり、オレさま自身でもある。だから、オレさまはあの餓鬼との約束を果たしてやる義務がある。たとえ何があろうとな」

当初、ヨルハとは異なる感情を抱きながらも、オーネストは拒絶を貫く事をせず、ヨルハの意見を受け入れた。

ならばそれは、最早《もはや》、己の意志に他ならず。

「……その道半ばであの餓鬼に死なれる訳にはいかねェ。オレさま達は、あの餓鬼の頼みを聞いてやったんだ。頼むだけ頼んで勝手に死ぬ事はオレさまが許さねェ。あいつには、ちゃんとオレさま達が約束を守った事を見届ける義務がある。……だから、あの餓鬼を助ける為に手を貸すくれェなら、協力するのも吝《やぶさ》かじゃねェよ」

それは、ヴァネッサに言っているようでその実、クラシアに向けた言葉だった。

その、如何《いかん》とも形容し難《がた》い不器用さに、実にオーネストらしい気の遣い方に、ヨルハは小さく破顔し、クラシアは自分が気遣われた事に気が付いて、自分自身に向けて密《ひそ》やかに嘆息を漏らした。

「ただ、既に言ったが時間がねェ。本来なら今すぐ引《ひ》き摺《ず》ってでも逃がしたいところなんだが、そうするとあの餓鬼を助けられなくなる……ンだろ？」

「それ、は……はい」

「なら、さっさと行動に移すしかねェわな。これが気になるのは分かるが、今は関係ねェもんにまで気を割く余裕はねェ――――〝潔癖症〟」

「なによ」

「てめェの姉さん、怪我《けが》してる。さっさと治せ。動くのはそれからだ」

「……っ、そういう事は早く言いなさいよね」

誰にも悟らせないように振る舞ってはいたが、ヴァネッサは足に酷《ひど》い傷があった。

オーネストが確信を持ったのはすぐ側にまで近付いてからであるが、それでも、片足を庇《かば》うような立ち方をしていた時点である程度の事は察していた。

やがて、駆けつけるクラシアと入れ替わるように距離を取ったオーネストに、ヨルハが声を掛ける。

「……素直じゃないよね、オーネストも」

「馬鹿言え。オレさまは十分過ぎるくらい素直だっての。アレクに比べりゃな」

「確かに、それはそうかも」

一時期よりはマシにはなったが、抱え込む癖が未だ抜けきれていない、この場にいない人間を比較対象とし、二人で笑い合う。

「でも」

「ン？」

「どうして、『ワイズマン』って人は大罪人って悪名を望んだんだろうね」

オーネストがにべもなく切り捨てたヴァネッサの言葉を、ヨルハだけは真剣にその理由を考えていたらしい。

未だ釈然としない気持ちを言葉に変えながら、悩む素振りを見せていた。

「────禁忌を犯した人間として、歴史から己の名と、功績全てを消される事を、彼女自身が望んだから、です」

「錬金術師、なのに？」

「錬金術師だからこそですよ、クラシアちゃん」

己が功績を第一とし、名を残す事を至上とする錬金術師という生き物を間近で見てきたからこそ、クラシアは絶句した。

「錬金術師だからこそ、自分の名前が後世に残ってしまえばどうなるかについて、誰よりも理解していたんだと思います。如何に仕方がなかったとはいえ、望まれたとはいえ、それを除いて守る手段がなかったとはいえ、〝賢者の石〟を生成した一連の事が万が一にも美談として残ってしまえば、どうなるかなんて、明白です。だから、禁忌として知らしめ、大罪人の名を刻む方が都合が良かった。数百の魔法師の命を犠牲として、漸く行使出来る錬金術など、ただの虐殺でしかありませんから」

結果、徹底的な情報統制によって『ワイズマン』の名は消され、〝賢者の石〟の存在も曖昧なものとなっていた。

その事実だけを見れば、『ワイズマン』の選択は正しかったのだろう。

「……錬金術から逃げ出したあたしが言うのも何だけれど、よく隠し通せたわね。そんなものを」

事情はどうあれ、話を聞く限り〝賢者の石〟は出来上がってしまった筈である。

それだけの神秘的な力を秘めたものを、「使った」とすれば。

必然、そこには「後処理」が付《つ》き纏《まと》う。

作って、使って、はいおしまい。とは、間違ってもならないのだ。

そして、強大な力であればあるほど、代償がある。〝賢者の石〟によって起こせる奇跡の規模を考えれば、その代償は当然、生易しいものではない筈だ。

「『ワイズマン』は天才だったようですから。それこそ、十年に一人、などと持《も》て囃《はや》される人間が、凡人と思える程に。ただ、そんな彼女であっても使用してしまった〝賢者の石〟を完全に抑え込む事は出来なかった。だから、当時のアンネローゼの人間と、もう一人の人間が手を貸した。そうして、事態の収束を試みた。これが、『シトレアの夜』と呼ばれる、〝吸血鬼〟の大半が一夜にして滅んだ事件。その全貌です」

この世界には、多くの種族が存在している。

ただ、〝吸血鬼〟と呼ばれる種族は、二百年前に滅んだとされている。

他でもない、今しがたヴァネッサが口にした『シトレアの夜』と呼ばれる謎の事件によって。

「……つまり、〝吸血鬼〟から人間を守る為に『ワイズマン』さんが――――」

「逆です」

「逆？」

否定をされ、ヨルハは首を傾《かし》げた。

「人間と歩み寄ろうとしていた〝吸血鬼〟を、己が欲望の為に利用しようとしていた〝闇ギルド〟から守る為に、『ワイズマン』は力を使ったそうです。〝吸血鬼〟に拾われ育てられた彼女が、義理を果たす為に。恩を、返す為に」

そこで、クラシアとヨルハ、オーネストは言葉を失った。

その話が本当ならば、『ワイズマン』は、〝吸血鬼〟を守る為に、前に立ったという事になる。

元より、〝吸血鬼〟という種族は極めて数の少ない種族だった。そして、その全てが魔法の適性を持った優秀な魔法師であったとも。

数百という〝賢者の石〟生成に必要な命の数が、〝吸血鬼〟の数だとすれば。

家族同然の者達を犠牲に、生き残った家族を助ける為に禁忌に手を染めたのだとすれば。

残る同胞を助ける為に己が命を使えと〝吸血鬼〟が『ワイズマン』に願ったとすれば、嗚呼、確かに。

望んで命を落とした、というヴァネッサの言葉にも納得が出来てしまう。

「……なるほど。確かに、そりゃあ『救う』にもなるわな」

血を吐くような想《おも》いで事を成し、己の功績全てを消し、技術ごと自身の痕跡を塗り潰す為に大罪人という汚名まで被った人間を、彼らは利用する為に生き返らせようとしている。

事情を知る者からすれば、到底許せるものではないだろう。


「ええ、だから――――」

ヴァネッサの言葉が、それ以上続けられる事はなかった。

突然の、崩壊の音が響く。

ぱらぱらと、天井から崩れ落ちる予兆が見受けられた事、轟音《ごうおん》が遠くから響いた事でヴァネッサは会話を強制的に打ち切った。

「……まずいわね」

「移動すンぞ。悠長に構えてたら生き埋めになっちまう」

来た道を戻る――――そんな選択肢が脳裏を過《よ》ぎる。

しかし、引き返してどうなるのだと自答をし、その思考を彼方《かなた》へと追いやる。

ヴァネッサは助けられるだろう。

なら、メアはどうなる。

見殺しには、出来ない。

ならば取るべき行動は一つしかない。

可能性に賭けて、先へ進む。ただそれだけ。

「じっとしてろよ」

「え？」

「〝潔癖症〟は、走りながらでも治療出来たろ。治るまではオレさまが担いで行く」

「え、え。そのくらいは出来るけど……もっとマシな担ぎ方もあったんじゃないの」

突如として身体が宙に浮いた事で、素っ頓狂な声を漏らすヴァネッサに構わず、オーネストは脇に抱えるように彼女を担ぐ。

「悪《わ》りぃが、気を遣ってやる暇はねェ。それに、万が一を考えりゃ、両手を塞ぐ訳にはいかねェんだよ」

おぶってやるのも考えたが、両手が塞がれていては槍《やり》を握れない。

だから、これが最善であると告げるオーネストの言葉にクラシアは何も言えず口籠もる。

「つぅわけで、先を急ぐぞ――――って、何突っ立ってんだヨルハ!!」

崩壊が始まっているにもかかわらず、立ち尽くすヨルハの姿を視認し、オーネストは叫んだ。

「ねえ、オーネスト。今、この人動かなかった？」

「はあ？」

ヨルハの視線は、結晶に閉じ込められた男、その亡骸に向けられていた。

「動く訳がねェだろ。この揺れで、動いたって勘違いしてるだけだ。気になるのは分かるが、今は後回しだ。そいつが生きてンなら話は別だが、どう見ても死んでる。死人はどうしようもねェ。そのくらいは分かンだろ、ヨルハ！」

「そ、そうだよね。うん。ごめん。ボクの見間違いだったみたい」

振り払うように、背を向けてヨルハは身体能力を向上させる〝補助魔法〟を行使。

そしてそのまま、その場を後にした。

『――――』

一瞬、薄《うっす》らと聞こえた人の声のような音は、きっと聞き間違いであると自分に言い聞かせながら。

四話　神与天賦

――――ぱしゃり。

水が勢いよく跳ねる軽快な音と共に、俺の顔に液体がかかる。

〝リミットブレイク〟の代償のせいで、ピクリともしなくなった身体《からだ》は、本来、到底動かせるものではなかった。

加えて、ロンとの戦闘で負った傷である。

脇腹を深々と抉《えぐ》った傷を始めとして、あの戦闘で生まれた生傷の数々は、俺の意識を刈り取るには十分過ぎるものだった。

故に、無理矢理にダンジョンを崩壊させて、あの場を脱したところまでは覚えている。

そして、アヨンが〝逆天《ぎゃくてん》〟を発動させた事で全ての事象が逆天《ぎゃくてん》し、瞬く間に意識を刈り取られた。発動されるその瞬間まで、崩壊にリソースを割いていたが故に、避けようがなかった。

だからそこから先――――メアがどうなったかについてが、どうも曖昧だった。

あの男はメアを奪い返せたのだろうか。

漸《ようや》く意識が浮上した俺が、そんな事を考えていると、

「……いい加減、起きろ」

頭の中で渦巻いていた思考は、その少女のような声に上書きされた。

まず初めに視界に映り込んだのは虹色に彩られた瞳。気怠《けだる》げに細められたその双眸《そうぼう》は、水面や

硝子《ガラス》のように異様に澄んでいる。

見詰めていると、まるでこちらの内奥を見透かされているかのような錯覚に陥ってしまう。

俺は彼女を見ている筈《はず》なのに、こちらを覗《のぞ》いている少女の瞳は、俺ではなく、もっと別の何かを見ているかのような。

それが堪《たま》らなく、得体が知れなくて。

透き通った瞳は、綺麗《きれい》ではあるが、少なくとも俺は、人間の瞳とは思えなかった。


加えて、メアの声であるのにメアの声とは思えない無味乾燥な声音。

感情らしい感情が一切感じ取れない無機質な声だった。

だから俺は、目の前の人物がメアであると認識出来なかった。

だが、徐々に明瞭となる意識。

ぼやけていた視界が晴れて行き、その姿を捉える。

「……メア？」

「……このいい身体はな」

そこで、思考が加速する。

思い起こされるロンやチェスターとの会話。

そして、最悪の可能性に辿《たど》り着《つ》いて、俺は飛び跳ねるように立ち上がる。

次いで、臨戦態勢へと移行しようとしたところで更なる違和感に気付いた。

赤黒く滲《にじ》んだ衣服の破れこそそのままだが、身体に痛々しいまでに刻まれたはずの生傷が、完全に癒えていた。

何より、本来であれば疲労困憊《ひろうこんぱい》で動けない筈の身体を、俺はどうして問題なく動かせている……？

「――――そいつは、敵じゃない。と、思うぜ。あくまでおれの勘だが」

赤い髪の男が言う。

羽織っていたであろう外套《がいとう》は襤褸《ぼろ》と化しており、床に脱ぎ捨てられていた。

まるで、ヨルハのような赤い髪。

相貌も、どこか面影がある。

だから俺は、

「グラン・アイゼンツ」

口を衝《つ》いてその名前が出てきてしまった。

「……名乗った記憶はないんだがな。まあ、名前に関して言えばグランであってるが、アイゼンツって姓は知らん。ともあれだ。そいつは敵じゃないと思う。少なくとも、敵ならおれらを治す理由はない。そうだろ？　アレクとやら」

一瞬、誤魔化しているのかと思った。

だが、知らないと口にするグランの様子は、決して嘘《うそ》を吐《つ》いているようには見えない。

これはどういうことなのだろうか。

疑問符で頭の中が埋め尽くされる。

けれど、今はそれよりも優先すべき事があった。だから、俺は今はその事を頭の隅に追いやって、尋ねることにした。

「治、す？」

「嗚呼《ああ》そうだ。こうしておれらが喋《しゃべ》れてるのも、そいつが治したからだ。尤《もっと》も、その為《ため》の道具はおれの私物から勝手にパクってやがったがな」

「……命を落とすよりマシだろう」

「そりゃそうだ。だから文句は言ってないだろ。で、ワイズマン、でいいのか？」

「……好きに呼べ。別に、今更名前に拘《こだわ》る気はない」

「そうかよ」

——————そういうこった。

グランは俺に伝える為に、メアの姿をした目の前の人物と会話をしてくれたらしい。

だから、警戒する必要は今の所はないと思う。と、俺を一瞥《いちべつ》し、視線だけで伝えてくる。

「……大罪人、だった筈だろ」

「歴史ってのは、得てして都合よく捻《ね》じ曲《ま》げられてるもんだ。だからそこに囚《とら》われてちゃ、いつか馬鹿を見る。そんな訳で、おれは自分の目と耳だけを信じてる。少なくともこいつはおれ達《たち》を助けた。なら、話す余地はあるんだろ。こいつはおれ達を殺すことも出来た。でもしなかった。だから聞いてみようぜ。おれ達を殺さなかった訳を」

「……それはそうと、ワイズマンだって確信を持ってるんだな」

「あんな馬鹿げた錬金術を出来る人間が、二人も三人もいて堪るかよ。しかも、見たこともない製法だった。おれに言わせれば、馬鹿げてるとしか言いようがない製法だった。それが、世紀の天才と呼ばれた人間によるものだと仮定すれば、納得出来るんだよ」

「――――当然だ。ワイズマンという人間の足跡は、たった一つの事実を除いて全て消した。編み出した製法も、結果も、繋《つな》がりも、何もかもを消してある。作り出した製法は、真っ先に消したかららな」

そのたった一つの事実こそが、〝賢者の石〟を作り上げた大罪人という過去なのだろう。

「それと、そこの赤いのの言う通りだ。別に警戒する必要はない。こうしてお前達を助けたのは、ただの罪滅ぼしゆえ」

「罪滅ぼし？」

「この身体の持ち主が、お前らを助けろと懇願していた。だから、助けた。この娘は私のせいで巻き込まれた人間だ。私はただ、その罪滅ぼしをしたに過ぎん。感謝される謂《いわ》れもない」

「……メアは、生きてるのか」

「この身体を生者のものと仮定するならば、お前の言うメアとやらはまだ生きている。私の意思が消滅すれば、この身体の主導権は元通りになる筈だ。尤も、そうならないようにこの身体自体に細工もされているようだがな」

忌々しそうに、ワイズマンは自身の身体へ煩わしげな視線を向ける。

幽《かす》かに漂う嫌悪感。憎しみの発露。

負に染まった想念。

膨らんだソレは、一瞬にして場を支配して――――しかし程なく霧散した。

眉間に皺《しわ》を寄せながらの数秒程度の瞑目《めいもく》。

その行為は、こうならないように自分の足跡の一切を消したというのに。

俺には、そう言わんばかりにワイズマンが後悔しているように見えた。

「生前とは勝手が違うといえど、曲がりなりにもワイズマン《天才》だろ。どうにかならないのかよ」

グランが問う。

その疑問に対する返答は、あまりに呆気《あっけ》のないものだった。

「なる」

「じゃあ！」

「だが、それをすればこの身体の本来の持ち主は間違いなく死ぬだろう。たった1％の奇跡もなく、死ぬ。それだけは言い切れる」

反射的に弾んだ声で俺が反応したのも束《つか》の間《ま》。底冷えするほど衒《てら》いのない事実を突き付けられる。

「……なら、どうしろっていうんだ」

「少なくとも、ここから抜け出さない事にはお話にすらならないだろうな。どうにかするにしても、こんな場所では何も出来ない」

そうして、ワイズマンは周囲を見回した。

俺と、グラン、ワイズマンの三人を除いて何一つとして生命体の存在しない現在地。

口を閉じれば、シン、と静謐《せいひつ》が痛いくらいに感じられる。

魔物すら見当たらない薄暗いここは、本当にダンジョンなのかすらも怪しい。

「あの時はこれしか方法がなかったとはいえ、随分と深くまで落ちたっぽいな。確かに、ここから抜け出さないと話にすらならなそうだ。まあ、助けは……期待しない方がいいな」

当人である俺達ですら、ここが何処《どこ》なのか、明確な答えを持っていないのだ。

グランの言う通り、助けは期待出来ないだろう。

ならば。

「つまり、自力で、しかないって事か」

「そういう事になるな。加えて、残念なお知らせもある」

「残念なお知らせ？」

「どういう原理かは知らんが、この場所で魔法は使えない。勿論《もちろん》、〝古代魔法《ロストマジック》〟も同様に、だ。

……いや、厳密に言えば使える事は使える。だが、おれらは使えない」

その物言いに引っ掛かりを覚えた。

「……おれらは？」

「ロン・ウェイゼンと、あの男――チェスター・アルベルトとの戦闘で、おれ達は魔力を使い切ってる状態だからだよ」

「別に、それなら回復を待てば」

「そう。おれもそう思ってたんだ。だが、一向に回復しない。だから、使えないんだ」

身体に魔力は――確かに感じられない。

回復している兆候もなく、魔力をどうにかする類の薬もグランが試した後なのだろう。

「……八方塞がりって訳か。何か良《い》い方法はないのか」

「ないから、こっちはお前が目覚めるのを待ってたんだがな。何やらお前さん、得体の知れない手札を幾つか持ってそうだったからよ。でも、そうか。ないのか。くそったれ、振り出しかよ」

グランは腰を下ろす。

どうしようもないものはどうしようもないと割り切り諦めたのか。

溜息《ためいき》まで吐いて考えを放棄しているようであった。

「プラスに考えるなら、メアを連中から引き剝がせた事を喜ぶべきなんだろうね」

「隠してた手札を全部切ったんだ。これで、何も結果を得られませんでしたじゃ、流石《さすが》のおれも泣いてただろうよ。間違いなく」

あの時は無我夢中に魔法を発動していた為によく見えていなかったが、グランが何かをした事でアヨンとチェスターが同時に吹き飛ばされていた。

それが、隠してた最後の切り札だったのだろう。

「どうにもならないんだ。だったら、今は状況の整理でもしとくか。なあ、ワイズマン」

「……なんだ」

「お前さんは、何処まで知ってるよ。見たところ、お前さんの意思がその身体に埋め込まれてたんだろ。主導権が元の体の持ち主だったとはいえ、色々と見聞きは出来てた筈だ。だったら、知ってるんじゃないか。連中が、何をしようとしてたのかを」

「……随分と、詳しいな」

「一応これでも研究者なんでな。多少は分かる。尤も、多少だがな」

────……やっぱり、あんたは。

ワイズマンと交わすグランの言葉を聞いて、俺はそんな言葉を口にしかける。

レッドローグで出会ったリクも、研究者だと名乗っていた。

あまりに、類似点が多過ぎる。

アイゼンツを否定した事で人違いという可能性も考えたが、やはり彼はヨルハの――――。

「で、返事はどうなんだ？」

「……確かに、私はある程度は知っている。だが、ある程度だけだ。しかも、その情報の殆《ほと》んどが虫食いだ。恐らく役に立てないだろう」

「虫食いだあ？」

「……こいつが完成品であったなら、話は違ったんだろう」

そう言って、ワイズマンは己の手の甲に埋まった石をこれ見よがしに見せつける。

……そうだった。

クラシアは言っていたじゃないか。

「――それが不完全なものだったから、本来の性能を発揮できなかった。そういう訳か」

メアの身体に埋められたそれは、〝賢者の石〟に、限りなく酷似したものであると。

つまりそれは、本物ではないと言える。

「嗚呼、その通りだ。おまけに記憶も混濁している。随分と無茶を重ねて私を起こしたのだろう。本当に、嫌になる」

声のトーンは終始、変わらない。

だが、表情だけはほんの僅かながら変化が見られる。

そう口にするワイズマンの表情に滲むそれは、沈痛のような。後悔のような。怒りのような。自嘲のような。

その姿は、まるで自分という存在を徹底的に否定し嫌っているように見えた。

否、そうとしか見えなかった。

「なら、ワイズマンを頼るのも無理ってか。おいおい、本当にどうしようもないのかよ」

魔法は使えない。

道具らしい道具もなければ、手掛かりの一つすら見当たらない静まり返った現在地。

おまけに、頼みの綱のワイズマンは、元の記憶すら曖昧と言っている。

グランは、その事実を前にヤケクソに自分の頭を掻《か》いた。

「さてさて、どうしたもんか……って、ああそうだ。そうだ。忘れてた。ちょい気になってた事があるんだが、一ついいか？」

顔を引き締めて、グランは何故《なぜ》か俺に向けて問いを投げかけてくる。

「お前さん……あいつ、どっちだと思う？」

「…………は？　どっち？」

あまりに神妙な面持ちで、真剣そのものな声音であったから身構えたものの、やって来たのはよく分からない問いだった。

ワイズマンには聞かれたくないのか。

背を向けて、俺にだけ聞こえるような体勢で、だーかーら、と繰り返してくる。

「あいつの、性別だよ。お前、どっちだと思う」

「…………」

あまりにどうでも良くて。

あまりに興味がなくて。

今、その問い掛けは必要なのだろうか。

そもそも、それを知ってどうするのだろうか。

頭の中に浮かんだ諸々《もろもろ》の感情を一纏《ひとまと》めに、俺は呆《あき》れた視線を向けるも、グランは全く気にした様子もなく言葉を続けた。

「ちなみにおれは何となく、女な気もしてるんだが、名前からして男だよなあ」

「ちなみに、女だったら、何か不都合でもあるのか」

「ばかやろう!!　大ありだろ!!」

何故か俺が怒られた。

こんなことも分からないのか、みたいな。

……納得がいかない。

「……なんというか、おれの体質なんだろうな。女の子供からの懇願に、おれはてんで弱い。明らかに人として間違った懇願でもない限り、ほぼほぼ断れない。説明しにくいんだが、頭が拒むんだ。ソレを」

真剣に一応聞いてみた。

聞いてみた、のだが、到底聞くに値しない告白だった。

一体、俺にどうしろというのか。

「だから、あいつが男であるという確証がないうちは、あいつからの頼みにおれが頷《うなず》いた時、ぶん殴ってでも止めてくれ」

「つまりそれってロリコ――――」

「おおっと。そこから先を口にするってんなら相応の覚悟を持てよ？　血を見る羽目になるぞ。具体的には、今すぐに」

その殺気はあまりに濃密で、鬼の形相となるグランの様子に、俺はすんでのところで言葉を飲み込んだ。

「いいか、勘違いするな？　おれは少女趣味がある訳じゃない。少女の頼みを断れないだけだ」

一体何が違うのだろうか。

理想と現実が乖離《かいり》しているのはよくある事だが、こんなのが兄だと知ったらヨルハが悲しむのではないだろうか。

……いや、リクもグランの事は度し難いシスコンと言っていたので、ある意味、事前情報通りといえばその通りなのか……？

「お前にだってあるだろ。こう、弱い相手ってやつが。大丈夫だ。人には誰しも、隠しておきたい秘密の一つや二つくらいあるもんだ。お前にもあるだろ。な？　な？」

その問いに、特にはないと答えようとした俺であったが、それより先に会話が聞こえていたのだろう。

ワイズマンの声が聞こえた。

救いは、その声に感情が一切籠っていなかった事だろう。

「……下らん」

肩越しに振り向くと、汚物を見るような目で、ワイズマンは俺とグランを見ていた。

とんだとばっちりである。

このままグランと会話をしていては、更なる被害を受ける事となる。

そう判断した俺は、すっかり毒気を抜かれながらもその場を離れる事にした。

どの道、ここから抜け出すには周囲の調査は必須。

だから、「ちょ、待てよ」と制止するグランの声を振り払って、壁のある場所まで取《と》り敢《あ》えず歩いてみることにした。

「――――本質を理解する事、か」

ふと思う。

あの奇妙な空間で邂逅《かいこう》した母から告げられたその一言。

この場所の本質を理解出来たならば、脱出も可能なのではないだろうか。

そう、思いはする。

だが、あれ以来、〝魔眼《レジエレ》〟が発動する様子はない。

自分の意思ではどうにもならないのが現状だった。

とはいえ、俺の魔法の習熟の速さがそれに関係していたとすれば、あの時のような明確な発動云々《うんぬん》はあまり関係がないのではないだろうか。

……答えを知る者がいないために、思考は堂々巡り。

ともあれ、不確定な力を頼りにする訳にはいかない。

そう割り切った俺は、歩くこと数分。漸く壁――――行き止まりに辿り着いた。

同時、俺は妙な納得感に襲われた。

「……あぁ、そうか。そういう事か」

俺は、メアを逃がす為に無我夢中でダンジョンを壊すべく、一切の容赦なく魔法を使っていた。

だから、足場が崩れる事は当然だった。

他でもない俺が狙ってやったのだから。

しかしだ。

如何《いか》に全力で魔法を使ったとはいえ、ここまでの空洞を作る事が俺の力で出来ただろうか。

元より周囲が薄暗い事も関係しているだろうが、遥《はる》か上方に広がる闇は、目を凝らしたところでちっとも果てなど見えやしない。

そして、足元。

数分程度歩いて分かったが、魔法で強引に空けたにしては、随分と平らで整っている。

まるで、初めからこの場所が存在していたかのような。人が歩く事を前提として作られているかのような整然さだ。

極め付けに、目の前の壁である。

「────────」

思わず、俺はソレを見て言葉を失った。

時間を掛けて我に返るも、抱く感情に大した変化はない。

ただただ、「なんだこれは」という感想だけが脳内を埋め尽くす。

だがそれと同時に、色々と納得が出来た。

いや、納得させられた、が適当か。

「…………いや、とんでもないな」

感嘆したのは壁の大きさではない。

納得を齎《もたら》すキッカケを与えてくれたそれは、決してそんな単純なものではなくて。

目を奪われたのはその壁に刻まれた魔法陣——否、魔法陣とも言えない、その原型すら最早《もはや》留《とど》めていない術式の跡。

俺がそれを魔法陣と理解出来たのは、これまで培った知識と、偶然の運でしかない。

だが、理解してしまえば良く分かる。

壮大でありながら、綿密で、常識を当《あ》て嵌《は》めてしまえば真面《まとも》に理解する事すら許されないソレを前にして、なまじ魔法の知識があるからこそ言葉を失う。

「……一体、どんな化物がこんなものを作り上げたんだ。それも、ダンジョンの地下に」

魔法だけではない。

錬金術をはじめとした、他の分野の技術までもが余す事なくこの壁画のような魔法陣もどきに刻まれている。それが奇跡的な配合で、天運があってこそのバランスで、相応の覚悟があったからこそ、一つのものに纏《まと》め上《あ》げられたであろう事は辛《かろ》うじて理解出来た。

有する効果は、増幅。固定。循環。発生……。

あまりに多過ぎて、尚且《なおか》つ、それらが原型を留めないほどに弄《いじ》られていて、俺でさえも理解が難しい。

恐るべきは、そのまさしく神与天賦としか言いようがない奇跡が、たった一人の手によって行われたであろう事実。

刻まれた魔法陣もどきを見る限り、全てが間違いなく同一人物の手で描かれている。

「……少なくとも、造り上げた人間を、自分と同じ人間とは思いたくないな」

「――――なるほど。こいつが、この国の秘密か。造られた国、メイヤード。恐らくは、このでかい空間全てに刻まれてるんだろう。にもかかわらず、その一つ一つが専門外のおれでも一目で分かる人智《じんち》を超えた奇跡。ここまでの馬鹿げた才能を持ってるのなら、嗚呼確かに。国の一つや二つ、造れてしまうのも頷ける」

　俺を追いかけてきたのか。

　割り込むように口を開くグランは、然程《さほど》驚いていないようだった。

　それだけのナニカがあると、事前に心構えをし、知っていたかのような物言い。

「造られた、国?」

「このメイヤードは、本来存在しなかった国。人の手によって造られた国だ。造り上げた天才の名前を、ノステレジア、と言うらしい」

　聞いた事もない名前であった。

「しかしこれは……。いつのノステレジアなのかは知らないが、造り上げた人間は到底正気だったとは思えない。そうだろ？　なにせ、ここに刻まれた魔法陣のようなもの。その一つ一つが、人の血で描かれてる。それだけの譲れない何か。突き動かすものがあったんだろうが、おれからすりゃ、イカレてるとしか言いようがない」

「……違いない」

　肯定する。

　肯定するしかなかった。

そして、不思議と魔法陣からは決然とした意志のようなものが感じられる。

それは祈りのような。願いのような。怒気のような。懺悔《ざんげ》のような。誓いのような。

かくあれかしと希《こいねが》う感情がどうしようもなく伝わってくる。

俺にはそれが、悲鳴のように感じられた。


やがて、俺達を不審に思ってなのか、後から追って来たワイズマンの足音が聞こえてくる。

……まず、い。また変な勘違いをされるのは厄介極まりない。

そう思って今度は手遅れにならないようにと、グランから距離を取ろうとする。

だが、俺の行動は途中で中断された。

「────……なんで、泣いてるんだあんた」

感情を映さない無機質な虹の双眸は、涙で濡《ぬ》れていた。

眦《まなじり》から涙がこぼれ落ちている。

鼻を啜《すす》る様子も、拭う様子もなく、ただただ涙していた。

「……分からない」

力のない声だった。

俺達と離れた間に何があったのだろうか。

浮かんだ当然とも言える疑問。

しかしそれは、ワイズマンの視線が俺達ではなく、揺るぎなく壁へと向いていた事で理解した。

彼女は、アレを見て涙している。

「分からない筈なのに、なのに、止まらない。どうして涙が出てるのかも分からないのに、止まってくれない」

――――だが、と言葉は続く。

「ここが、私にとって大事な場所である事は、分かる。それだけは、分かる」

「…………」

ワイズマンの蘇生《そせい》が、メイヤードで行われた事には理由があるのだろうか。

けれど、それだけだ。

それ以上は、これだけでは何も分からない。

当人の記憶は朧《おぼろ》げで、どうして泣いているのかすら分からない状態。

手掛かりを得られる可能性は、極めて低い。

やがて、ワイズマンは言葉にならない声で、何かを繰り返し呟《つぶや》き始める。

流れていた滂沱《ぼうだ》の涙は、次第に変色。

赤が混じり始める。

どう見ても、普通じゃなかった。

「……連中は、『獄』って場所をこじ開けた。その為に、ロンを利用していた。メアの蘇生という餌を垂らして」

連中は、ロンに〝賢者の石〟の話を持ち出した。だが、実際は全てがワイズマンの蘇生のためであった。

なら一体、連中は――――ワイズマンに何をやらせる気であった……？

〝賢者の石〟の量産？

それとも、世紀の天才であるワイズマンの頭脳を用いて、別の何かをさせる気であったのか？

……分からない。

分からないが、目的の為にロンを躊躇《ちゅうちょ》なく殺そうとし、関係のないメアを利用し、そこに至るまでに、恐らくは百人以上の魔法師を殺して〝賢者の石〟の礎とした連中が果たして、ワイズマンを蘇《よみがえ》らせるだけで満足するだろうか。

満足しないとすれば、ならば連中は一体、メアの身体に何を施したのだろうか。


――――だから俺チャン達は、考えた。他の人間の魂と一つの身体に同居させた上で蘇生をさせれば、思うように『ワイズマン』を制御出来るんじゃねーのか……ってな。

思い起こされるチェスターの言葉。


「……グラン」

「分かってる。みなまで言うな。不完全な蘇生だったせいで、連中が予定していた本来の効果は引き出せなかった。が、この場所に来てしまった事で記憶が喚起されて、調和が始まってやがる」

このままだと、連中の思い通りになる。

しかも俺達は今、魔法を満足に使えない。

ゆえに。

「だから、最悪の場合、二人揃《そろ》ってお陀仏《だぶつ》だ」

グランの言葉と、俺の心境はものの見事に一致していた。

「どうする。一縷《いちる》の希望に賭けて殺してみるか」

人体と異なる生命体『ホムンクルス』が、首を切り落とされたから絶命するとは限らんが。

乾いた笑いと共に付け加えられたグランの一言に、笑い返してやれるほど余裕はなかった。

「……だめだ」

仮にワイズマンを殺してしまった場合、それ即《すなわ》ち、メアの死を意味する。

だから俺は拒絶する。

「じゃあどうする。死ぬか？」

「死なない」

「だが、戦う術のほとんどを失ってるおれ達と違って、あいつは違うぜ。なにせ製法から分かると思うが、〝賢者の石〟ってのは魔力の塊だ。あいつは恐らく、この状況でも問題なく戦えるぞ」

ここでワイズマンが錬金術にのみ精通していると予想するのは、あまりに愚かな考えだ。

ゆえにこそ、グランの提案が最善である。

だがである。

「……分かってる。だけどこれから先、あのふざけたアヨンのような存在が複数出てきた場合、俺らで対処出来るとは思えない」

「だからこそ、不安要素は消しとくんだろ」

「だとしても、真正面からぶつかって勝ち続けられるとは思えない。勝機があるとすれば、あの鎖だと思う」

「あの鎖……？　ああ、あれか」

手枷《てかせ》のように巻き付けられていた薄透明の鎖。

何よりアヨン自身が、囚われの身と言っていた。

歴史に名を残す大悪党。

そんな連中を馬鹿正直に一人一人相手に出来るわけがない。

あの時は偶々《たまたま》アヨン一人であったが、これから先も必ず一人ずつという保証はないのだ。

だからこそ。

「……ワイズマンに、あれをどうにかさせるのか」

「そうする以外に、俺は方法を思いつかない」

「一理ある。が、時間は待ってくれないみたいだぜ」

ワイズマンの変化が顕著なものに変わっていた。うわ言のように呟かれる言葉は、呪詛《じゅそ》のようで。

「分かってる。でも、待ってくれずとも時間を稼ぐ事は出来る」

即ち、問題の先送り。

何の解決にもならない事は分かる。

でも今は、それでも時間が欲しかった。

「――〝眠れ《シャングリラ》〟――」

パチン、と指を鳴らし、ワイズマンの耳へ音を響かせる。

「…………暗示か」

グランがすぐに気付く。

これは、指を鳴らす音を伝達させて行う簡易的な暗示の魔法。

身体の中に残っていたほんの一滴ばかりの魔力でも行える魔法。

特に、正気を失っている人間ほど効きやすい。懸念は、『ホムンクルス』が人間として定義出来ないほど乖離した生命体である場合だった。

けれど、程なく糸が切れたように倒れ込むワイズマンの姿を見て、俺は自分の予想が正しかったのだと安堵《あんど》の息を吐く。

ただ、気になる点があった。

ワイズマンが呟いていた呪詛のような言葉。

辛《かろ》うじて聞き取れた一言。

——私はただ。私達はただ、平穏に生きていたかっただけなのに。

それが、喉の奥に刺さった小骨のように、煩わしく耳に残っていた。

その言葉だけは、ワイズマンのもののようにも、メアのもののようにも聞こえたから。

刹那、反射的に感じ取れた嫌な空気に、背中から気持ちの悪い汗が流れる。

顔は引《ひ》き攣《つ》る。

勘弁しろよ、と弱音を吐かなかったのはせめてもの意地だった。

「もう放っておいてやれよ。こいつの事は——いや、この二人の事は」

「そうもいかんじゃろう。儂も、我が身が可愛《かわい》いのでな。まさか、アレで逃げ切れたと思っては
……いなかったろう？」

「……次から次へと。呪われてんのかよ、くそったれが」

声の主は、〝逆天《ぎゃくてん》〟のアヨンのもの。

俺達は決して彼女を倒した訳ではない。

こうして追ってくるのは必然であり自明であった。

「ダンジョンを壊す発想には驚かされた……が、それだけじゃな。では、続きといこうかの？　生きたくば、次を見せよ。可能性を見せよ。〝英雄〟へと、至る事じゃな。ともすれば、儂《わし》を打倒出来るやもしれんぞ？　クソガキども」

五話　二度目のリミット

――……こいつ、楽しんでやがる。

僅かに吊《つ》り上《あ》がった口角。

問答無用に不意を打ってこなかった事。

それらから俺はそう確信した。

目の前のアヨンという人間は、この状況を間違いなく楽しんでいる。

言葉の端々に、苛立《いらだ》ちめいたものを滲《にじ》ませてこそいるが、同時に愉楽に弾んでいるようにも思える。

きっとそれは、彼女の本質に関係しているのだろう。

元より、アヨンは〝英雄願望者〟。

その想《おも》いに、後悔など一切ないと口にしていた。恐らくは、未《いま》だ不変であるのだろう。

彼女の行動指針、切実な想望とは、突き詰め、切り捨てて行けば、最後に残るのは間違いなくソレただ一つである。

故にこそ、ある程度の理解が出来た。

彼女の求める英雄像とは、誰もが知る都合のいいヒーローそのもの。

例えば、絶体絶命の窮地にて、揺るぎない意志と信念で全てを覆せてしまうような。

……………そして現実、そうでもしなければこの状況はどう足掻《あが》いても覆せない事だろう。

だから、彼女は思っている筈《はず》だ。

己の絶命《敗北》であっても、それが〝英雄〟が生まれる足掛かりとなるならば、寧《むし》ろ望むところであると。故に超えられるものならば、超えてみせろ。

どちらに転んでも、己としては問題ないと。

だからこそ、この展開を楽しんでいるのだろう。

本当に、ふざけるなと言いたくなる。


魔力は底をつき、怪我《けが》が回復したからといって疲労までが消えた訳ではない。

既に、勝敗は決しているとも言っていい。

でもだからといって、諦める訳にはいかない。全てを諦め、絶望するのは何もかもが使えなくなってからでも遅くはない。

頭は働く。

手は動く。

足も動く。

得物だって、ある。

劣勢である事に変わりはないが、それでもどう足掻いても覆せない程では——ない。

俺にもオーネスト程ではないけれど、強くなりたいという感情は多分にあった。

そして、もしもの時、大切なものを己の手からこぼれ落とさない為《ため》にもと、剣を学んでいた。戦う手段は、まだある。

俺は手に、力を込める。

逃げ出す事すら許されないこの状況。

ならば、やる事は一つだけだろう。

至極単純な話だ。

死にたくなければ、戦え。

戦って、目の前の敵を打ち倒せ。

この劣勢極まりない状況で、物語の英雄のように。それこそが、アヨンの望む行動でもあると理解しながら、俺は親しみ深い言葉を紡ぐ。

「――――〝天地斬り裂く《シュヴァルト》〟――――」

「……おいおい、やる気かよ」

「あんたは下がっててくれ、グラン。ここは、俺がやる。それに、逃げられない以上、どっちかが相手をしなくちゃいけない。だったら、魔法がなくとも、剣《これ》がある俺が残るべきだ」

身を以《もっ》て知ったが、魔法師とアヨンの相性は最悪過ぎる。

尤《もっと》も、剣士であっても相性が悪い事には変わりはないが、グランが相手にするより俺が相手をした方が幾分かマシな筈だ。

そして何より、障害物らしい障害物のないこの場で、三人揃って逃げるのはほぼ不可能。

だから、元より選択肢は俺が相手をする以外に存在しない。

「可能性を見せよと言いはしたが、この状況で戦意が折れぬとは大したものじゃな。実に勇ましい」

「……これ以外に道はないんだ。だったら、どれだけ低い可能性であっても賭ける他ないだろ」

悪態をつくように吐き捨てる俺の言葉を受けて、アヨンは破顔した。

本来であれば、世界を震撼《しんかん》させた大悪党〝逆天《ぎゃくてん》〟のアヨンは、万全を期しても俺一人では勝てない相手。

それは単純な地力差、実力差ではなく、もっと絶望的で根本的な――単なる相性の問題。

故に、勝ち目らしい勝ち目は殆《ほとん》どない。

抜かりのない下準備を行い、仲間達《たち》と共に全身全霊で挑んで漸《ようや》く、掠《かす》れる程度に指先が届く。そのレベルの彼我《ひが》の差があった。

だけれど。

「それに、絶体絶命のピンチってやつは、何もこれが初めてじゃない」

「ほう?」

「……ただ正直、頭の片隅ではもう諦めてる。勝てる訳がないと諦めてる自分もいる」

ここに、背中を任せられる頼もしい仲間達は、いない。

乗り越えてきたピンチも、みんながいたからどうにかなった。

今は、それがない。

だからこそ、諦めてしまっている自分もいた。自覚している。

だけど――だけど、だ。

「でも昔、教えて貰《もら》ったんだよ」

ずっとずっと昔。

魔法学院に通っていた頃。

強い人間を見るや否や、手当たり次第に勝負を挑むなんていう馬鹿げた事をしていたオーネストに教えて貰ったこと。

オーネストの場合は「強くなりたい」という渇望ゆえの行為であった。

だからこそ、強い人間に挑み続ける。

挑んで、挑んで、挑んで――――そして、己の糧とする為に。

でも、時には圧倒的な才能や実力の差に打ちのめされる事もある。

だけど、オーネストという人間は欠片《かけら》も臆さず、怯《ひる》まず、躊躇《ちゅうちょ》を覚える事は終《つい》ぞなかった。

何故《なぜ》ならば。

圧倒的な実力差。

劣勢極まりない状況。

対峙《たいじ》する理不尽の権化のような敵。

そういった壁は――――。

「壁ってやつは、超える為にあるもんだ、ってな。そうだろ、アヨン――――ッ!!」

ならば、俺がこのアヨンという壁を超えられない道理もない。

俺は威勢よく言葉を吐き散らかしながら、傷が癒えたばかりの身体《からだ》に鞭《むち》を打ってアヨンの背後を取る。

〝英雄願望者〟である彼女だからこそ、俺の考えに共感を覚えたのだろう。

愉悦ここに極まれりとばかりの笑みを湛《たた》え、その通りだと肯定する。

同時、アヨンは手首に巻きついた薄透明な鎖を使い、俺の攻撃を受けた。

殷々《いんいん》と鳴り響く金属音。

その確かな手ごたえを前に、防がれたのだと理解する。だが、目の前の事実を頭は理解を拒んだ。

「……とことん、ふざけてるな」

ただの鎖でない事は分かっていたが、〝天地斬り裂く《シュヴァルト》〟の一撃を無傷で受け切るなど普通じゃない。あり得なかった。

何せこれは、下手な能力がない代わりに、よく斬れる。

それだけの〝古代遺物《アーティファクト》〟。

言い方を変えれば、斬る事だけに特化したもの。ゆえに、ただの鎖であれば、果物のように斬れてしまう筈だった。

衝撃を受け流す事が出来る達人レベルの剣士ならば兎《と》も角《かく》、本来ならば耐え切る事など不可能な筈だったのだ。

受ける際、アヨンの能力が発動した様子もなかった。

どういう意味を持っているのか判然としないが、やはり、鍵はあの鎖か。

「……ふむ。やはり、斬れぬか。外すも無理。斬るも無理。両手を斬り落とす事も考えたが……仮にこれを外したところでこっちが外れない事には意味がないのう」

長く伸ばされた白髪のせいで見えていなかったが、アヨンの首にはチョーカーのような無骨な銀の首輪が付けられていた。

「しかし、成る程のう。あえて儂《わし》好みの行動をする事でそっちの二人への興味を削《そ》ぐ心算か」

「さぁて、どうだろうな」

精一杯の虚勢を引っ提げて、俺は続けて剣を振るう。

「じゃが、それは悪手と思うがの？　儂の能力はもう知っておろう？」

なにせ、それで既に一度、意識を刈り取られているのだから。

反射的に顔が引《ひ》き攣《つ》る。

記憶に残っていないが、身体は覚えていたのだろう。

直感的に感じ取った「嫌な予感」に対して、戦闘経験値を総動員させ反射的に身構える。

彼女の能力は、事象の〝逆天《ぎゃくてん》〟。

前回は何をされたのか認知する前に意識を失う羽目になったが、文献の内容が確かであるならば、彼女は何らかの代償を負う代わりに、魔力を介した事象を丸ごと〝逆天《ぎゃくてん》〟出来る。

まさしく、理不尽の権化。

しかし、そうでもなければ、『リアトレーゼの悲劇』を引き起こせる訳もない。

〝英雄〟を意図的に作り出すなどというふざけた思想を抱き、実際に完成の一歩手前まで辿《たど》り着《つ》ける訳がないのだ。

だが――――如何《いか》に得体が知れずとも、来ると分かっている攻撃であるならば十分な応手が打てる。故にこそ、

「知ってる。知ってるが、それが魔法である限り、能力相応の欠点も存在する」

能力は脅威。

今まで見てきた中でも飛び抜けてふざけた能力だ。しかし、魔法というやつは能力に応じて相応の代償も必要とされる。

ベスケット・イアリの〝固有魔法《オリジナル》〟などがその典型だろう。

だから、俺が取るべき行動は如何にして時間を稼ぐか。

けれど、俺は大事な事を見落としていた。

仮に、能力の発動によって相応の代償を負うとして。その結果、目に見えた傷を受けて脳が「生命の危機」の警報を発したとして。

それで、足を止めてくれる程生易しい人間であったならば、アヨンは大悪党としてここまで名が轟《とどろ》く事がなかったであろう事実に。

「────確かに、その通りよ。じゃが。じゃが、それがどうした？」

間違いを指摘するように、愚かであると嘲笑《あざわら》うように、それを証明するよう、数十の円形の魔法陣が俺達を包囲する形で生まれた。

その一つ一つが、俺という人間を確殺に至らせるだけの威力が込められたものだと理解させられて、思考が止まる。

次いで、己の間違いを悟って、乾いた笑いが自然と漏れ出た。

「身体に穴が開こうものならば、身は竦《すく》むじゃろう。致命傷ならば、身体は動かぬじゃろう。うむ。その通りじゃ。その通りじゃが、そんな凡百の常識が誰もに通用すると誰が決めた？」

お前がこの状況を打破できるとすれば、それは魔法の代償など一切関係なく、純然たる実力で「勝利」を勝ち取った時。

ただその時だけなのだと、愉悦に満ちた瞳が俺を睥睨《へいげい》した。

そして、人間大の火球が魔法陣より出《い》で、容赦なく降り注ぐと同時、俺はその場から飛《と》び退《の》き、すんでのところで回避────否。

「……ッ」

肌が灼《や》かれていた。

押し寄せる熱波で、服が焦げる。

爆発した大地の破片が礫《つぶて》の如《ごと》く押し寄せ、鋭い痛みが身体に走る。

見た目はただの火魔法。

だが、間違いなく避けた筈なのに、傷を負っているこれはどう説明するのか。

恐らくこれは、ただの火魔法ではない。

────これは、なんだ。

一体、どうなっている。


加速する、俺の思考。

しかし、アヨンが答えが出るまで悠長に待ってくれる訳もなかった。

答えがないまま、次が来る。

まるで〝リミットブレイク〟時の俺のように、弾切れなどないかのように無限に展開されてゆく魔法陣。

「……分が悪すぎんだろ……！！！」

薄《うっす》らと聞こえたグランの言葉は、その通りであるとしか言いようがない。

そして、次が来る。

先程より更に威力が、数が増大した火球。

待機する魔法陣は、際限なく増えてゆき、今すぐにでも仕留めなければならないと理解はしている。だが、決定打がない。

本当に、弾切れを狙うしかないというのに、それすら許されないから、本格的にどうしようもなくなっている。

今は、逃げるしかない。

逃げて、時間を稼げ。

そうすればいつか、打開出来るきっかけを得られる筈。

そんな一縷《いちる》の希望に縋《すが》る俺であったが、その火球が避けられない事に回避する直前で気付いた。

四方に広がる魔法陣。

恐らく俺が火球を避けてしまえば、意識を失ったワイズマンを抱えるグランの逃げ道がなくなる。

「……こい、っ」

俺の頭の中から、強制的に逃げるという選択肢が消え失せる。

迫る複数の火球。

俺はそれに対処しなくてはならない。

僅かの魔力は先程使い切った。

だから、〝反転魔法《リフレクト》〟は使えない。

ならば、残された可能性は一つしかない。

それが無茶な事は承知の上。

しかし、やらなくては道がない。

故にやる。無茶でもやる。

俺は鼓舞するように、その名を叫んだ。


「〝天地斬り裂く《シュヴァルト》〟────ッ！！！」


びきり、と腕に血管が痛いまでに浮き上がる程、力を込めて俺はそれを振るう。

銘は、〝天地斬り裂く《シュヴァルト》〟。

便利な能力などは何もなく、この剣はただただ切れ味が良《い》いだけの〝古代遺物《アーティファクト》〟。

しかしだからこそ、斬れない道理はない。

得体の知れない魔法であれ、斬れない理由にはならないのだ。

証明するように、剣身と接触する攻撃。

程なくして、火球は真っ二つに割れてゆく。


「……っぐ」


しかし、その際に余波が及んだ右の腕が触れてもいないのに焼けてゆく。

まるで火炙《ひあぶ》りの責め苦を受けているかのように変色し、焼《や》け爛《ただ》れてゆく。

だがそれでもと振り抜いた先、どうにかなったという達成感より前に「諦念」がやって来た。

火球に隠れていて分からなかったが、霧散した先にはアヨンがいた。

そして俺の瞳に映る彼女の行動。

肉眼で辛《かろ》うじて捉えられた踏み込みは、オーネストに勝るとも劣らないもので、次の瞬間に何がやってくるのかについて、あまりに容易に理解が及んだ。

先の火球を処理した事で使い物にならなくなった右腕。硬直する身体が、その攻撃に対処出来ないであろう事も。

「脆《もろ》いのう」

「ぁっ、がッ……!?」

落胆にも似た失望に染まった呟《つぶや》きと共に、鋭利な脚撃が腹部に叩《たた》き込《こ》まれる。

せりあがる吐き気。一瞬で損傷した臓器から溢れた血が喉元にまで到達し、口からこぼれ出る。

その小さな身体のどこにそんな力があるのだと、この理不尽に叫び散らしたくなる。

みしり、めきり、と己の骨が軋《きし》みあげる音を聞きながら俺は、指向性を持った攻撃にされるがまま、塵芥《じんかい》のように吹っ飛び壁へと激突。

言葉にすらならない激痛が背から走り、衝撃によって崩れた壁からがらがらと音を立てて瓦礫《がれき》が降り注いだ。

魔法師としては圧倒的に格上。

経験値も恐らくは俺では遠く及ばない。

剣の腕は不明だが、先の体術の冴《さ》えは相当なもので、魔法を抜きにしても勝てるかどうか不明であると思い知らされた。

仮に〝魔殺し陣《マジック・イーター》〟が使えていたとして、勝てたかどうか。

そも、彼女の〝逆天《ぎゃくてん》〟はそれを行使する事を許さなかった事だろう。

それが分かってしまうから、強く死を意識する事になった。

脳《のう》から生命の危機を知らせるサイレン。

たった一撃でボロ切れのようになった身体を動かさねば、死ぬ。

僅かの慈悲すらなく死ぬと警告が齎《もたら》された。

「……わがっ、でる」

俺は、瓦礫を払い除けながら立ち上がる。

目の前には再びアヨンがいた。

まるで、先ほどの光景の焼き直しを思わせる動作だった。

「ではな」

冷徹な言葉。

恐怖を齎す言葉は、しかし、幸か不幸か俺の中の痛みを忘れさせた。

思い出せ。思い出せ。思い出せ。

先程のアヨンの動きを鮮明に思い出せ。

人外が如《ごと》き余力に、洗練された武人のような動き。初見での対応は、まず不可能だろう。

しかしだ。

すでに俺は一度見た。ならば、

「……それは二度目だろ」

このなめ腐ったアヨンに一撃見舞ってやるのも不可能ではない。

俺は目視出来ぬ程の速度で繰り出された脚撃を、今度は紙一重で避ける。

「ほ、ぉ？」

続け様、命を狙われている俺でさえも惚《ほ》れ惚《ぼ》れするような鮮やかな追撃が襲い来る。

だが、その程度は予測済みだった。

故に、これも紙一重で避けられた。

筋肉の収縮。視線の動き。アヨンの性格。

それら全てを考慮すれば、ある程度の法則は見えてくる。

後はそれを、これまで培った戦闘経験に当《あ》て嵌《は》めて本能に身を任せて避けるだけ。

だから、避けられない事はなかった。

問題は、命を刈るべく繰り出された連撃の後に、再び魔法攻撃がやって来るであろう絶望的な事実だけだった。

最早《もはや》、満足に動かない右腕では防ぎようがない絶対的な死の未来。

俺の手札は既に全て切っている。

それを見透かしているであろうアヨンの表情は、まるで「よく頑張った」とでも言いたげだ。

己の勝ちを確信した腹立たしいものだった。

虚《むな》しい苛立ちが湧き立つ。

だが、如何に腹立たしく思おうと、あの魔法はどうにもならない。

故にこれで詰みであった。

あの魔法をどうにか出来ない時点で、俺は終わっていた。魔法が使えない時点で抵抗する術は

――いや、あった。一つだけ、あった。

本来の使い方とは若干異なっているが、魔法が魔力の塊である以上、取り込む事は可能な筈だ。

幸いにして、俺の中の器は限りなく空である。

周囲に魔力が一切存在しないこの状況だからこそ、特にピンポイントでそれだけを取り込んでしまえる事だろう。

問題は、俺の身体がもってくれるのかどうかという根本的なものだけで。

――――いいか。アレク・ユグレット。それはお前らの〝固有魔法《オリジナル》〟だ。だから、私が口出しをするべきでない事は分かってる。分かっているが、一つだけ約束をしろ。お前らは無茶をする連中だ。それが必要になる場面は間違いなく訪れる。だが、一日に二度は使うな。二度目の〝リミットブレイク〟の後は、文字通り生死を彷徨《さまよ》う事になるぞ。

魔法学院に籍を置いていた頃に言われたローザの忠告。

あの時は、魔力を使い切ったが最後、身体は疲労困憊《ひろうこんばい》で、二度も使う事などあり得ないと笑って一蹴したが、成る程。こういう事もあるのか。

「……悪いな、ローザちゃん」

「懺悔《ざんげ》か？」

「ちげえよ」

立ち尽くす。

生き残る術がそれしかないのだ。

ならば、どれだけリスクを伴うとしても、摑《つか》み取《と》る以外に道はない。

故にこそ、二度目の――〝リミットブレイク〟。


どこかで声が聞こえた。


――馬鹿者が。

それは間違いなく幻聴。

しかし、この状況を目にしたならば、間違いなくローザは俺に向かってそう吐き捨てていた事だろう。だから、思わず笑ってしまった。

続けて声が。

立ち尽くす俺に、諦めたかと侮蔑する声。

だが、関係ない。

迫る赤黒い火球の存在を、俺に知らせる悲鳴のような叫び声。

だが、関係ない。

頭の中に響き渡る、ガチリ、と何かが嚙《か》み合《あ》う音。ガコン、と止まっていた歯車が再び駆動を始める音。

明滅する視界。

一瞬、意識が遠ざかり、どうにか踏《ふ》み止《とど》まった俺の視界には、赤色が混ざっていた。

手足の感覚も、少しおかしい。

でも、それがなんだと言う。

死ななきゃ安い。

死ぬよりはずっとマシ。ただそれだけだ。

「……まだ、それが使えよったのか」

火球が俺に衝突する直前、魔法陣と共に霧散したソレを前に、驚いたようにアヨンが言う。

彼女自身も、二度目のあれはないと確信していたからこその物言いだった。

「使うか使わないかじゃない。使えなかったら死ぬ。だから使う他なかった」

適性の垣根を超えた万能魔法。

焼け爛れた右腕は、アヨンの魔法から回収した魔力によって再生されてゆく。

「でも、これで漸く対等だ」

アヨンが魔法を使えば、もれなく俺に魔力が補充される。

俺だけが魔法を使えないという状況は最早、覆された。

「く、ふふ。ははは、くふははははははははは！！！　よもや、よもや、これで対等と言いおるか」

弾《はじ》けたような笑い声が場に轟いた。

俺が圧倒的劣勢である事は火を見るより明らか。しかし、この状況であえて対等と口にした理由は、俺自身がアヨンに勝つ気でいるからに他ならず。

「じゃが、嫌いではない。そういう無謀さは嫌いではない。なにせ、そういう者こそ、〝英雄〟に相応《ふさわ》しいゆえ」

〝英雄〟とは一種の破綻者だ。

理性的にしか考えられない真面な人間に、壁という名の殻は破れない。

圧倒的な劣勢であっても、万に一つの可能性に己が身を懸けられるような、確固たる「意志」で以て超えてゆく。

〝英雄〟とはそんな化物の集まりだ。

そうでもなければ、なれるわけもない。そして、〝英雄〟に一番必要とされるものは、紛れもなく揺るぎない「意志」であった。

それこそが、本来、どうにもならない何かを捻じ伏せるための原動力となり、奇跡を起こすきっかけをつくり出す。

どこまでも〝英雄〟に心酔している人間。

生死を懸けた勝ち負けでさえも、彼女にとってはその延長でしかないのかもしれない。

故にこそ、楽しげに笑っていたのだろう。

どこか、寂寥《せきりょう》に似た感情を滲ませて。

「悪いが、俺は〝英雄〟なんてものになる気はない」

「それは、残念じゃな」

——ならば、死ね。

先程までの行為がすべて小手調べだったと言わんばかりに、炎が燃え上がる。

戦慄を覚える程の大火力。

だが、〝リミットブレイク〟が発動している今は、悪手であると感想を抱いた瞬間だった。

「────〝逆天《ぎゃくてん》〟────」

魔法と魔法陣から魔力を根こそぎ奪おうとした刹那、俺は思い出す。

あの時、俺はどうして意識をものの一瞬で刈り取られた？

あの時も、〝リミットブレイク〟は発動していたというのに。

考えろ考えろ考えろ考えろ。

俺があまりに呆気《あっけ》なく、抵抗らしい抵抗も出来ずに意識を失った理由は。

「────ッ」

答えに辿り着いた俺は、思い切り〝天地斬り裂く《シュヴァルト》〟を地面に突き刺した。

そして、得物を介してありったけの魔力を地面に流し込みながら、魔法を展開する。

無差別に取り込む〝リミットブレイク〟の効果時間にありながら、保有する魔力を空同然にするにはこれしか方法はなかった。

魔法を展開するだけでは、使いきれないいいいいと判断した。

「……やっと、理解した。事象の〝逆天《ぎゃくてん》〟。それはつまり、俺が魔力を得たという事象すらも、〝逆天《ぎゃくてん》〟が可能だった訳だ」

ローザを始めとして、俺とオーネストを知る人間の大半が、〝リミットブレイク〟だけは使う気が起きないと口にする理由。

それは、一度、己の魔力の器を空にするという過程を踏むからだ。

それを強引に乗り越えて漸く、〝リミットブレイク〟に辿り着ける。

しかし、俺達もあくまで意図的に空にしているから、どうにか意識を保てているだけ。

その心構えを持ち、僅かな時間で器に再び魔力を取り込んでゆくからどうにかなっていた。

それが、突如として満タンの状態から空へと〝逆天《ぎゃくてん》〟されれば、間違いなく意識を失う。

「それに気付いたからといって、どうにかなる問題でもあるまいて」

その通りだった。

気付いたとして、それに対処出来るだけで何の解決にもなっていない。

だが、諦める理由にはならない。

即座に新たな魔法陣が、数える行為が馬鹿らしくなるほどの数増えたとて、それは変わらない。

「はなから楽に勝てる戦いとは思っちゃいないさ」

死ぬ理由が一つ減った。

それで十分だ。

不敵な笑みという今出来る精一杯の虚勢を張りながら、俺は得物の刃を寝かせ斬りかかる。

炎の次は、氷。


周囲一帯が、氷紋をあしらった壁紙のように、変形してゆく。

ぱきり、と音を立てながら侵蝕《しんしょく》するそれは、俺の行動を阻害する。

宙に躍り出るように振りかぶった俺の動きは、コンマ数秒遅れてしまう。

それ故に致命的な隙が生まれた。

引き絞られた拳が眼前に現れる。

先の脚撃から、アヨンに近接戦闘の能力がある事は分かっていた。

分かっていたからこそ、

「二度目は食らわないって言ってるだろ……！！」

強引に身体をひねる動作が間に合った。

そのまま魔法陣を頭上に展開。

同時進行で、俺は剣を振り抜いた。

軌道を読まれ、鎖で受け止められる。

次いで、枷《かせ》に囚《とら》われた両手を使い、搦《から》め取《と》るように俺の得物へ鎖を巻き付けてくる。

ぐわん、と身体に見合わぬ膂力《りょりょく》で得物ごと引き寄せようとしたアヨンの目論《もくろ》みを察知して、俺は躊躇《ためら》いなく得物を手放した。

火球を斬り裂いた得物を失った事で、アヨンの魔法に対処する術は失われたと考えたのだろう。

展開されていた魔法が一斉に迫る。

だが、同時に俺が展開した魔法の準備も整った。

「……痛み分けといこうか」

「成る程、の。元より、そういう腹か……!!」

雷鳴の音を聞きながら、俺は魔法を紡ぐ。

一切の容赦なく、己も巻き込んだ自傷魔法。

己へのダメージを許容する攻撃に、アヨンは声を引き攣らせていた。

落ちてこい。

「――――〝雷神の憤激《トールハンマー》〟――――!!」

「〝獄炎《ヘルファイア》〟」

眩《まばゆ》い白雷と、赤黒の炎が降り注ぎ、耳をつんざく爆音が轟いた。

立ち込める砂煙。

伴う衝撃波。

あれを食らえば、普通の人間ならばひとたまりもない。

だが、確かに俺の視界には人影が映っている。

耐えたのだろう。

生きている事が困難な衝撃だっただろうに、俺と同様に一瞬で防御の魔法を展開してダメージを緩和するなりしたのだろう。

しかしだ。

彼女には〝逆天《ぎゃくてん》〟の魔法がある。

魔力が介された事象であれば、既に起きた出来事さえも「なかった」事に出来るアヨンはなぜ、〝逆天《ぎゃくてん》〟を使わなかった?

……分からない。

分からないが、何かしらの制約、または代償があるのだろう。

刻々と減る〝リミットブレイク〟の効果時間中に、俺は何が何でもそれを見つけなくてはならない。

「もし、儂が百年前にお前と出会っていたならば、お前を〝英雄〟に至らせようとしていたやもしれぬな」

「……冗談にしても笑えないな」

「冗談ではない。ないからこそ、惜しいのじゃ。時間があればまだどうにかなったものを。ないから、儂はお前をここで殺すしか――――」

「――――〝紅十字《レイジング》〟――――」

「あ……？」

不意に声が聞こえたと思った直後、血の如き赤が二方向から一斉に十字となって伸びた。

中心点は、アヨン。

声の主は、グランだった。

「おいおいおい。まるでいないみたいな扱いになってたがよ、おれがただ逃げるなんてだせえ真《ま》似《ね》、する訳ねえだろ……!!」

「……残存魔力はなかった筈じゃろう」

「分かりきった事を聞くなよ。魔力はなかった。だが、魔力を内包する薬なら、まだ手元に幾つか残ってた。取り込んでしまえばそれはもうおれの魔力だ。尤も、薬の相応の副作用のせいで身体の負担がデカくはあったがな」

中身の失われた転がる試験管こそが、グランが魔法を使えた他でもない理由。

完全なる荒技だった。

そして十字のそれは、拘束具のように目に見えて身体に巻きつくのではなく、アヨンの影へと伸びていた。

「粗方、種は分かった。執拗《しつよう》に気にしてたその首輪に手枷《てかせ》。そいつがお前を縛ってるんだろ。そして、魔力を消費すると同時にそいつが薄く発光する。そこでおれは仮説を立てた。お前が弱体化すれば、その鎖は本来の効果を発揮するんじゃないのかってな」

そこで初めて、アヨンの表情から余裕が失われた。

「もしくは、時間が経過するごとにその鎖の効果が増幅する、とかな。効果は知らんが、それはお前にとって不都合なものなんだろ。であれば、色々と納得がいく。さぁて、おれの予想は当たってたようだし、ここからは我慢比べと行こうか？　こいつは、お前の魔力を際限なく吸うぜ？」

まるで生き物のように、脈動する紅色の十字。アヨンから魔力を吸っているのだと分かる。

「形勢逆転だ。その状態で、今のアレク・ユグレットをお前は相手に出来んだろ」

「……アレク、ユグレットじゃと？」

驚愕《きょうがく》に染まった表情で何故かアヨンは俺を見る。妙なところに引っ掛かり、俺は気を取られる。

時が止まったかのように惚《ほう》けるそれは、しかし今この時は致命傷となり得た。

「なる、ほど。成る程の。お主がユグレットであるならば、これもまた運命というやつじゃな」

アヨンは、何かを知っているようだった。

だから俺は、尋ねようとする。

ユグレットとは一体、彼女にとってどんな意味を持つ名前なのかを。

しかし、それより先にアヨンの言葉が続けられた。

「どうにも儂は、お主らをみくびっておったようじゃな」

明滅する首輪。

抵抗する気は────どうにもないようだった。

「この勝負は、預けておいてやろう。どうせ、『獄』はまだ開いておる。嫌でもまた相まみえるじゃろうて」

その言葉を最後に、何処《どこ》からともなく無数の鎖が現れ、アヨンの身体を搦め取るように覆い尽くした。

やがて、鎖に飲み込まれるようにアヨンの身体が一瞬にして掻《か》き消《き》える。

……勝った、のだろうが、素直にそうは思えなかった。なんというか、勝ちを譲られたような気分に陥った。

だが、贅沢《ぜいたく》を言っている場合ではない事は誰よりも俺が分かっている。

「……助、かった」

「気にすんな。寧ろ、おれの方こそ助かった。お前が引き付けてくれなかったら、おれ一人じゃどうしようもなかった。だから、もう休め」

平衡感覚がおかしい。

視界がおかしい。

割れるように頭が痛む。

身体が、あつい。

血管という血管を焼き切ろうとするように、血が駆け巡っているようだった。

「……それはあんたもだろ」

「お前ほどじゃないさ」

薬に内包された魔力を取り込んだ際、相応の副作用に見舞われたのだろう。

グランも顔は蒼白《そうはく》で、今にも倒れそうな様子だった。

「でも――まだ倒れる訳にはいかないだろ」

本当ならば、今すぐにでも意識を手放したかった。

だが、瀕死《ひんし》の重体であるからか、平時よりもずっと敏感になった五感が音を捉えている。

それは、人の足音。

何処にも抜け道などないと思っていた筈のこの空間に、その音は続いている。

「……流石《さすが》に、もう一度は無理だろ」

複数の音。

グランの言うように、もう一度、『獄』の人間と戦うのは勿論《もちろん》、ロンのような人間と鉢合わせれば間違いなく殺される。

しかし、隠れる場所も、逃走という行動に割ける気力や体力もほとんど残っていない。

残り僅かな余力を振り絞り、煙《けむ》に巻《ま》く事が精一杯。遠のく意識をどうにか摑み踏み留まりながら魔法の準備を行《おこ》なって――。

「……こりゃ、どういう状況だあ？」

死に掛けの俺達を見て、口にされたその声は俺のよく知るものであった。

「やあ、オーネスト。無事でよがっ、た」

そこで俺の意識は、再び闇の中に溶け込んだ。

六話　過去の亡霊

——夢を見た。

家族に囲まれ、何一つ不自由のない幸せだった日々を。

そして、それらが理不尽によって血に塗り潰され、鈍色《にびいろ》に染まってしまった日々を。

最早《もはや》、手の届きようがない幸せだった筈《はず》の記憶。

それが残酷なまでに焼かれた光景を、目にする事となった。

どれだけ足掻《あが》こうが、どれだけ拒絶しようが、目の逸《そ》らしようのない理不尽を叩《たた》きつけられ、全てを失った[redacted]の記憶を。


原初に据えられていたのは、悲劇の記憶。

決定的なまでに何もかもが崩れ去った、後悔だらけの灰色の記憶。

そこには——涙を流す黒い太陽があった。

燃えていた。

周囲の悉《ことごと》くが燃えて、嗚咽《おえつ》と怨嗟《えんさ》の声が入り混じる。

がらがらと音を立てて倒壊する建物。

緑々と生い茂っていたであろう木々には火が移り、最早見る影もない。

刻々と消えゆく命の灯火。

そこには、子供だろうが大人だろうが、残酷なまでに無残で関係がなく。

どこまでも平等に命を失われてゆく死体は、最早数える事が億劫《おっくう》になる程で。

そしてその死体一つ一つが、本来、恐ろしいまでに白く染まっていた筈の白磁のような肌ではなく、例外なく血に塗《まみ》れていた。

そして、その悲惨極まりない光景に、一人の女性が立っていた。

悪夢としか言いようがないこの地獄の中に、一人の女性が立っていた。

歩きながら、しかし着実に迫る男の姿。

この凄惨な光景を作り出した張本人たる男は、何の呵責《かしゃく》に苦しむ事なく、唇を僅かに卑しく歪《ゆが》めた。それは憤怒《ふんぬ》であり、嫌悪であり、憐憫《れんびん》であった。

様々な感情が、男の中で綯《な》い交《ま》ぜとなって渦巻いていた。

同時に、男は理解出来ない事実に困惑してもいた。

〝吸血鬼〟の里に、何故《なぜ》、人間の女がいるのだろうか。しかし、考えても答えが出ない事は明白で、男はすぐさま考える事をやめた。

考えは決まった。

此処《ここ》にいるという事は、この女は〝吸血鬼〟に与《くみ》している人間なのだろう。

ならば――――殺そう。

一片の慈悲すらなく、殺してしまおう。

そう結論を出した男の想像は、当たっていた。なにせ、彼女は〝吸血鬼〟の為《ため》に、〝吸血鬼〟を止める為にやって来たのだから。

異種族の差別が未《いま》だ絶えないこの世界。

その差別を無くすために、歩み寄ろうとした〝吸血鬼〟。彼女は、〝吸血鬼〟に拾われ育てられた人間。だからこそ、差別を無くすために人に歩み寄ろうとしていた〝吸血鬼〟が罠《わな》に嵌《は》められている事を知った彼女は、それが罠であると伝えに向かった。

普段は結界に護《まも》られている里が、無防備になるタイミングを見計らって何かが起こると知ったからこそ、何もかもを投げ捨てて。

だから、彼女は〝吸血鬼〟の里にいた。

しかし、その言葉は聞き入れられなかった。

その可能性がある事は分かっている。

けれど、我々が一歩踏み出さずしてどうするのだと。明るい未来の為に。

そんな言葉の前に、彼女は止め切れなかった。

その事を、今、誰よりも後悔していた。

どうして己はあの時、たとえ恨まれてでも無理矢理止めなかったのだろうか。

かつての友を殺されて、家族同然の者達《たち》も、皆が「戦えない者」を逃がす為に命を投げうつ羽目になった。

知っている筈の街並みは、もう記憶の中にしかない。

何もかもが潰れていて。

壊れていて。

ひしゃげていて。

後悔ばかりが去来する。


なにが、天才だ。

なにが、〝偉大なる錬金術師《ワイズマン》〟だ。

何一つとして守れない称号に、何の意味もないのだと彼女は思い知らされていた。

これが、夢であったならば。

そんな願望が脳裏にチラつく。

しかし、惨状は絶望的なまでに圧倒的過ぎる存在感で以《もっ》て、これがタチの悪い夢ではなく、現実であるのだと、逃げ道を徹底的に潰し塞いで叩きつけてくる。

こびりついた焼けた臭いが、嘆きの声が、ありとあらゆる現実、その鮮明さが、微《かす》かな希望すらも、持つ事を許してはくれない。

八方塞がりだった。

最早、どうしようもない。

どうしてこうなってしまったのか。

この理不尽極まりない現実に対する問いには、迫る男が既に答えを口にしていた。

それはあまりに単純にして明解だった。

――〝吸血鬼〟だから。


それが、殺される理由で。

それが、地獄を見せられている理由で。

だからこそ、救いはないと男は言った。

その顔に刻まれたタトゥーに、彼女は見覚えがあった。それは、〝闇ギルド〟と呼ばれる組織の印。過激にして苛烈な、一言で言い表すとすれば、世界を――『神』を恨む集団。


――〝吸血鬼〟とは、かつて地に降り立った〝悪神〟の残滓《ざんし》によって生まれた呪われし種族。故に殺さねばならない。故にたった一人の例外もなく駆逐せねばならない。

あの悪《あ》しき神々に連なる者はなんぴとたりとも許しはしないのだと。

言うなればそれは、男の正義のため。

譲れない確固たる正義のもと、この行為を自身の中で肯定し許容し実行に移している。

故に、説得や友好の道は存在しない。

彼にとって〝吸血鬼〟の殺戮《さつりく》とは当然のものであり、彼の中では既に肯定された正義であるからだ。

急に、瓦礫《がれき》の山から声が聞こえた。

燃え盛る音。倒壊の音。苦悶《くもん》の声。悲鳴。それらに紛れて聞こえてきたそれは、謝罪だった。

――――……すまない。キミの言葉に耳を貸さなかったこの不明を、許してくれ。

嗚咽混じりの謝罪だった。

――――そしてどうか、逃げ果《おお》せてくれ。


今にも死にそうな人達が、己ではなく彼女の身を案じていた。

そこに一切の虚偽はなく、本心からの言葉であると彼女だけは理解出来てしまった。

そしてまた一つ、声が消えた。

みんなは何も悪くない。

もっとちゃんと、こうなる可能性を説くべきだったのだ。何が何でも止めるべきだったのだ。

誰も悪くなんてない。責められるわけがない。

その中であえて言うなら、ちゃんと止められなかった己が悪い。

力のない、己が一番悪い。

彼女はそう、自責する。

捨て子でしかなかった自分を、育て、優しくしてくれたみんなを、自身が守らなくてはいけなかった。ここで、受けた恩を返さねばならなかった。なのに、己は未だ何一つとして恩返しが出来ていない。

彼女は自分自身にどうしようもない苛立《いらだ》ちを覚えた。

そもそも、どうしてみんなが死ななくてはならないのか。どうして、〝異種族《吸血鬼》〟だからという理由一つで殺されなければならないのか。

……けれど、どれだけ怒ろうとも彼女にその理不尽に真っ向から抗《あらが》う術はない。

彼女は戦士ではなく、錬金術師でしかない。

力なき者は、その理不尽を受け入れなくてはならないのだ。

力がなければ、ただ失うのを眺める他ないのだ。

しかし、彼女はそれを受け入れる事を拒む。

どこまでも、拒絶する。

なれど、肝心の手段がなかった。

たった一つの禁忌を除いて、どうにかする術を持ち得ていなかった。

だが、あれはだめだ。

あれだけは、だめなのだ。

自分の中で言葉を繰り返すたび、声が消えてゆく。命が失われてゆく。

──……いや、迷ってる暇なんてない。

そして彼女は決意する。

一人でも多く守れるならば、禁忌であっても突き進んでやろう。

だから。

『……どうか、恨んでくれ』

選択肢は元より、これ一つ。

身を挺《てい》して戦えない同族を逃がそうとした彼らの意志を受け継ぐとすれば。

戦う術を本当に持たない者達をこの男から逃がせる方法があるとすれば、最早彼女に残された選択肢はこれ一つしか存在しない。

人倫にもとる行為。

けれど、その恨《うら》み辛《つら》みも十字架も、何もかもを背負うと決めた上で彼女は告げる。

だから。だから。

『どうか、呪いあれと祈ってくれ。こんな恩知らずな私を、罵ってくれ』

家族だった者達の、〝死体〟を利用する以外に方法のない無力な己を責めてくれと。

錬金術において、天才という言葉すら生ぬるい特別な才能を持っていた彼女は腹を括《くく》る。

そうでもしなければ、目の前のこの男を止める事は出来ないと思ったから。

だから。だから。だから。

『こうする事しか出来ない私を、出来る事なら、許さないでくれ』

きっと己でなければ、どうにかなった。

この理不尽極まりない男を差し向けられる事はなく、〝吸血鬼〟という異種族を嫌悪する人間の国々から罠に嵌められる事もなく、何事もなく順調に話を進められたやもしれない。

そして、足下に大きな錬成陣が広がった。

かくして彼女は、禁忌に手を出した。

それ即《すなわ》ち、〝賢者の石〟の生成。

だが、その最中に聞こえた声は、彼女を責めるものではなく、懺悔《ざんげ》の声。

誰がキミを責められるよと、申し訳なさそうに呟《つぶや》く彼女の家族の声だった。

彼女は、王都にて錬金術師として認められ、〝吸血鬼〟から受けた恩を返す為に研究を行っていた。

差別のない国を作る為、その全てを注いでいた。彼女は初めから言っていた。

これは罠であると。

だから、待ってくれと。

もう少し時間をくれさえすれば、必ずこの問題は私が解決してみせるからと。

そう口にする彼女の言葉全てを〝吸血鬼《彼ら》〟は聞き入れる事をしなかった。

これはその報いなのだ。

ゆえに、キミは何も悪くない。

寧《むし》ろ、いらぬ十字架を背負わせてしまう事が、心苦しくて仕方がない。

そして、謝罪の言葉と一緒になって発せられた嗚咽の音と共に、景色がすげ替えられた。

開かれた世界で映り込んだのは、斃《たお》れ伏《ふ》す男の姿と、怪物に成り果てる————その、一歩手前の女性の前で声を荒らげる二人の男の姿。

そのうちの一人の髪色は、まるで、アンネローゼのように白く、銀色に染まっていた。

そしてもう一人の男は、慟哭《どうこく》を漏らしていた。それは怒りとも取れるもので、「どうしてオレらを頼らなかった」と憤っているようにも思えた。

彼女は、鬼才を持った錬金術師であった。

人間でありながら、〝吸血鬼〟に育てられた彼女は、種族差別というものを間近で見てきたものの一人だ。

心優しき〝吸血鬼〟が、異種族であるからと虐げられている。

その事実に胸を痛め、どうにかしようと足掻く人間の一人であった。

そんな彼女には一つの夢があり、その夢を共有する二人の友人がいた。

一つの夢と言っても、その内容はどこまでも幻想的で、どこまでも大きな夢である。

言葉にすれば、至極普通のように思えるもの。

彼女はただ、種族を問わず、誰もが幸せに暮らせる世界を造ろうとした。

だが、一個人の力でそれはまず不可能。

であるから、彼女は国を作ろうとした。


皆が幸せを祈れる王国──〝祈りの国〟を。


そして、更に景色が入れ変わる。

まるでスライドショーのように、一瞬のホワイトアウトを経て、ざらざらと不快なノイズ音を伴って異なる場面場面が誰かの言葉と共に繰り返される。

時系列などお構いなしに、それは流れ込んでくる。

その多くが、〝吸血鬼〟との思い出。

家族とも言える者達との、安らかな思い出。

そして、離別。悲劇。

異種族排他による、〝吸血鬼〟差別。

錬金術を知って。教えて貰《もら》って。志して。

様々な理不尽に打ちひしがれて。

たった一つの過ちで全てを失って。

託し託された少数の〝吸血鬼〟を救う為に、助けられたかもしれない〝吸血鬼《家族》〟を犠牲にし、殺してしまった記憶。

その為に、命を落とすという酷な選択肢を選ばせてしまった記憶。

身を切られるような思いで選び取ってきた過去。

凄惨な記憶がぐるぐる繰り返されて。繰り越して。そして最後に、二人の人間との記憶が再生された。

手を差し伸べるその二人の男は、彼女が心を開いた唯一の者達であり、理想を語り合った友。

その、初めての出会いの記憶だった。

『良《い》いじゃないか。祈りの国。新たに国を造ろうとするその思考はぶっ飛んでるとしか言いようがないが、差別のない自由の国が出来るとすれば、それはきっととても素晴らしい事だ。夢物語？　大いに結構！　夢すら語れないやつが何かを成せるものか!!　笑うやつはオレがぶっ飛ばしてやる。お前のそれは、万人に誇れる素晴らしいものだ!!　オレがそれを保証しよう!!』

一人は、芝居がかった大仰なリアクションを好む男。

錬金術を用いて、差別のない国を造ろうとしている。

その願いの為に全てを注いでいた彼女を笑う訳でもなく、初めて肯定した男だった。

『……願いに貴賤《きせん》はない。大小もない。正誤もない。大言壮語？　別に良いじゃないか。それの何が悪いんだ？　君にとって、その願いは大切なものなんだろう。ならば気にするな。……ああ。もしや、それが君だけのものだと思ってるなら、それは疾《と》く訂正すべきだ。僕らもまた、馬鹿げた夢を持っているのでな』

そして白銀の髪の男も、それを肯定した。

〝吸血鬼〟の里を出たばかりだった頃の彼女が、アカデミーと呼ばれる学舎にて出会った二人の男。

己の夢を語り、それが馬鹿げたものだと笑われ孤立する中、手を差し伸べてきた二人組の男達。

『ああ、自己紹介がまだだったな。こいつはレイ。レイ・アンネローゼ。んでオレは、アゼル・ハステレジア。アゼルでいい。よろしくな、[redacted]』

彼女にとってかけがえのない友人。その記憶を最後に、俺は、漸《ようや》く己の意識を取り戻した。


欠けた夢を見ていたらしい――――。

一瞬を経た今、もう欠片《かけら》さえも残っていない記憶の奔流。脳裏に流れ込んだ鮮明なそれは、ただの夢だったのかと錯覚を覚えてしまう。

しかし、俺はあれが単なる夢とは思えなかった。あれは間違いなく、実際に存在した誰かの記憶だ。

そうでもなければ、こうしてぞわりと心が荒立つ事もなかっただろう。

恐らくは、〝魔眼《レジエレ》〟の能力によるもの。

しかし、あれは一体誰の記憶であるのか。

……決まってる。

姿形は今とは遠く離れているが、間違いなくあの記憶は彼女のものであって────。

「────よし。今から私がロキの物真似《ものまね》をしよう」

「おっ。いいぞ。やれやれ」

「んんっ。では失礼して」

囃《はや》し立《た》てるオーネストの声。

咳払《せきばら》いをするガネーシャの言葉。

やがてシン、と場が静寂に包まれたと思ったと同時、

「『みっ、水！　水！　死ぬっ！　水っ！』」

「ぎゃははははは！！！　似てる!!　超似てらあ！！！　あいつの反応にまじソックリ!!　ひぃー!!　腹が痛え!!　ぎゃははははは！！！」

〝ハバネロ丼〟を食べた際のロキの物真似をガネーシャがした事でツボに入ったオーネストの笑い声と、耐え切れなくなった数名の笑い声を聞きながら俺は上体を起こした。

「……何やってるんだ、あいつら」

呆《あき》れ半分。

思いの外、そっくりだった事の面白さ半分。

こんな状況で一体何をしてるのだと思った俺は、そのままの感想を口にする。

「ヨルハが元気ないからって事で、元気付けようとしてるというか。あいつらがただ単に楽しんでるだけというか」

側《そば》にいたクラシアが答えてくれる。

言われて、俺は視線を動かしヨルハを探してみた。

すると確かに、元気のないヨルハがいた。

でも、どうして元気がないのだろうか。

「……チェスターさんと戦ったんでしょ。つまり、そういう事なんじゃないのかってね」

ロキはチェスターに会いに行った。

しかし、その後俺達の前にまるで狙ったかのようにロキに扮《ふん》したチェスターが現れた。

それが意味するところはつまり、ロキがチェスターにやられた可能性が高いという事。

最悪、死んでいてもおかしくはない。

……それをガネーシャが話していたとすれば、嗚呼《ああ》確かに。元気がないのも頷《うなず》ける。

〝クソ野郎〟呼びで定着していたロキであるが、あれでもなんだかんだ俺達にとっては友人のような間柄であったから。

「おいおい、これでも元気が出ないのか。確かに、不安を煽《あお》ったのは私だが、それは問題がないと判断したからだぞ、ヨルハ・アイゼンツ」

「……問題がない？」

「ああそうだ。なんだかんだ、あいつは強い。狡《こす》っからくて、地味で、目立たない嘘吐《うそつ》き性悪クソ野郎だが、あいつもそれなりに強い」

「そ、それは一応、褒めてるんだよね」

「当然だ。そして、あいつの生命力は控えめに言って異常だ。生に対する執着が常人のソレと比較にならないと言うべきか。まあ、蜚蠊《ごきぶり》並みにしぶとい。だから、怪我《けが》は負ってるかもしれないが、どうにかして命だけは繋《つな》いでるだろうな。散々、〝運命神の金輪《フォルトゥナ》〟に巻き込んでやった私が言うんだ。これは間違いない」

「それぱっかりは説得力しかないわね」

あんなものに巻き込まれ続けていながら、まだ生きているという事は、とんでもなく悪運の強い人間としか思えない。

ロキのガネーシャに対するぞんざいな扱いも、今なら仕方ないと思えるような気がした。

「そんな訳で、気にするな。混乱を避ける為に情報の共有はしたが、気にする必要はないだろう。そういう訳で、最後に副ギルドマスターにしばかれるレヴィエルの真似でもしてやるから、深刻そうな顔はやめろ」

これは私の秘蔵のネタでな――――。などと続けるガネーシャのとっておきの物真似を前に、抱腹絶倒するオーネストの声が遅れてやってくる事となった。

「――――さて。場も和んでアレク・ユグレットも目を覚ましたようだし、今後について話すとしようか」

終始物真似をしながらオーネストと爆笑していたので気付いていないのかと思ったが、ガネーシャはどうやら俺が目を覚ました事に気付いていたらしい。

その際、違和感を感じた。

〝リミットブレイク〟を使用した後にしては、まだどうにか身体《からだ》は動くレベルで辛《かろ》うじて回復をしている。

これは、俺の側にいたクラシアが治癒の魔法をかけ続けてくれたであろう事は明白だった。

だが、本来ここにいるべき筈の人間が一人いない。

俺が意識を失う直前までいた赤髪の男――――グランの姿が、周囲を見回してもどこにもなかった。

「……なあ、ガネーシャさん」

俺の様子から、何を尋ねんとしているのかを察したのだろう。

「伝え忘れていたが、あの〝赤パイン〟ならどこかに消えたぞ。どうやら、調べたい事があるから此処からは別行動、だそうだ」

「あ、〝赤パイン〟……？」

「正体不明のあんなやつは、〝赤パイン〟で十分だ」

……そうか。

彼女は、彼がグラン・アイゼンツである可能性が極めて高い事を知らない。

どころか、名前すら知らない筈だ。

ヨルハの精神状態を考えるに、今は申し訳ないが〝赤パイン〟呼ばわりしておいた方が都合が良くはある、か。

そう思って俺は、言及をやめる。

「にしても、あの崩落で綺麗《きれい》に別れてしまったようだな。本来ならお前の父の言う通りカルラ・アンナベルを私が呼びに向かうべきだったのだが、この通りだ。ロン・ウェイゼンを連れていたあの男が巻き込まれていないだけマシと考えるべきか」

ここにいないのは、親父《おやじ》とチェスター、レガスに、ロン。

結果的にグランとも別れてしまったが、出来る限り戦力の分散は避けたい。

アヨンのような敵を前にした時、ある程度の戦力がなければまず勝ち目がない。

最低でも三人以上での行動は必須だろう。

一人になるくらいならば、こうして合流してしまった方が都合は良かった。

「そして問題は、あのちびっ子だ」

暗示から抜け出し、意識を取り戻していたメア――――ではなく、ワイズマンへと視線が一斉に集まった。

「見ない間に随分と雰囲気が変わった……というより、まるで別人だな」

この状況にありながら、一切騒ぎ立てる事なく、無口を貫いていた。

瞳に湛《たた》えられた感情は、どこまでも穏やかで、この状況に微塵《みじん》も動じていない。

ガネーシャからすれば、それは「異常」でしかないだろう。

なにせ彼女が最後に見たメアは、ロンが致命傷を負うところを目の当たりにし、冷静さを欠く姿であった筈だから。

だから、この場において唯一、事情を知る俺が全てを説明しようとすると、

「……肉体の主導権が変わってしまったのだと思います。恐らく彼女は、もうあなた方の知る少女ではない。彼女の人格は既に、ワイズマンのものになっている。そうですよね」

何処《どこ》かクラシアの面影を感じさせる女性が、答えを口にした。

……恐らく彼女が、ヴァネッサ・アンネローゼ。クラシアの姉なのだろう。

彼女は、理由は分からないが、今のメアがワイズマンであると確信を持っているようであった。

俺らの中ではワイズマンとは、世紀の大罪人。しかし、彼女が悪人でない事は俺だけが知っている。

だから、慌てて止めに入る。

「こいつは、ワイズマンだ。でも、悪いやつじゃ、ないんだ。実際、俺はワイズマンに助けられた。だから」

「その懸念は無用です。私達に、ワイズマンをどうこうする気はありませんから」

極悪人として知られるワイズマンに、初めから敵意すら向けない事に違和感を覚えた。

だが、それと同時に意識を取り戻すまで見せられていたあの記憶の断片が蘇《よみがえ》る。

ワイズマンが友と呼んでいた二人の人間。

アンネローゼと、ノステレジア。

敵意を向けない理由がそれが関係しているとすれば、ではノステレジアとは。

「……なぁ、ワイズマン」

「……なんだ」

無言を貫いていたワイズマンが応じる。

「あんたがあの時、我を失ってた理由は、もしかしなくてもノステレジアが関係してるのか」

俺の言葉に、ワイズマンは絶句した。

彼女だけじゃない。

事情を知っているのか、ヴァネッサも目を大きく見開いた。

グランは言っていた。

ここが、造られた国であり、造った人間の名前はノステレジアであるのだと。

「それと、もう一つ聞きたい」

情報の出どころを明かす事なく、俺は言葉を続ける。

寧ろ、俺にとって本題は此方《こちら》。

ノステレジアやアンネローゼがワイズマンと関わりがあろうがなかろうが、言ってしまえば彼女の人生だ。

俺がどうこう言うものじゃない。

だが、一つ、あの記憶の中で見逃せないものがあった。

それは、彼女の記憶の大半を占めた悲劇。その首謀者であった〝闇ギルド〟の男。

俺は、その人間に心当たりがあった。

否、心当たりどころじゃない。

俺はあの人間を知っていた。

言葉すら交わした。

だから、可笑《おか》しいのだ。

彼女の記憶の中で、彼は死んだ筈だ。

ゆえに、この時代にあの男はいていいはずがない。いる筈がないのだ。

「あんたは、テオドールについてどこまで知ってるんだ」

「ねぇ、アレク。それは、どういう事……？」

レッドローグにて、グランの友であったリクの死の原因となった張本人。

故に、真っ先にヨルハが反応した。

あの記憶は、偽りのものではない。

だからこそ、〝賢者の石〟の生成という禁忌を犯してまでワイズマンが殺しきったであろう人間が、テオドールであっていい筈がないのだ。

仮にもし、そうであったとして。

ならば、俺達が出会ったあの少年は、誰だろうか。テオドールの亡霊とでもいうのか。

……馬鹿らしい。

だが、〝賢者の石〟で以て復活したとしても、果たしてここまで手間を掛けて〝賢者の石〟を作る必要があっただろうか。

そんな疑問が残る。

そもそも、俺の知るテオドールは、あそこまで苛烈な性格をしていなかった。

性格が、似ても似つかないレベルで異なっており、顔にタトゥーもなかった。

可能性としては、よく似た別人という線もあるが、だとしても、かの人物がテオドールと全くの無関係とは思い難《がた》い。

何より、「テオドール」という名前を聞いて、ワイズマンが明らかな動揺を見せる理由はどこにもなかった筈なのだ。

だからこそ、尋ねずにはいられなかった。

彼は一体、何を考えているのか。

何がしたいのか。

何をしようとしているのか。

そもそも。

「あいつは一体、誰なんだ」

「…………」

口を閉ざしたまま、黙考をひとつ。

言っていいものなのか。

はたまた、言うべきものなのか。

思案しているであろうワイズマンが選んだ答えは、ありのままを告げる事であった。

「――〝神の操り人形《テオドール》〟――」

瞬間、空気がどろりと変容した。

重苦しいそれは、ワイズマンによる憎悪の感情の発露。一瞬で場を席巻《せっけん》したそれを前に、全員の表情に皺《しわ》が刻み込まれた。

恐ろしく感情の籠らない言葉しか口にしなかったワイズマンが、初めて感情を込めた。

若しくはそれは、過去に抱いたワイズマンの感情、そのままの投影であったのやもしれない。

だが、暗がりから這い出《はいで》るようなある種、悍《おぞ》ましい声に、「何もなかった」と思える程、俺は鈍感に生きてきていない。

「……私が知っているのは、アレがそう呼ばれていた存在である事。そして、アレが『神』を誰よりも呪っていた人間である事。それくらいか。記憶が虫食いでなければ、もう少し語れたのやもしれんが」

「呪っていた？」

「ああ。それこそ、病的なまでに。『神』に連なる『何か』であれば、その繋《つな》がりが欠片《かけら》程であれ、常軌を逸した憎悪を見せる。何かに突き動かされてると言ってもいい。そして、執拗《しつよう》に殺し滅ぼそうとする。テオドール《アレ》は、そういう存在であった」

「……〝神の、操り人形〟」

反芻《はんすう》する。

しかし、現実味がなかった。

俺の知る『神』とは、〝楽園《エデン》〟にて出会った少年の姿の『神』──アダムのみ。

だが、彼が誰かを操り人形にする姿が想像出来なかった。

……いや、俺達《おれたち》に見せたあの姿が偽りであっただけなのやもしれない。

けれど、だとすればあえて偽った理由が分からなくなる。

そもそも、テオドール程の人間を傀儡《かいらい》に出来る存在が、手間を掛けて俺達に体裁を取り繕う理由なぞ、どこにもないはずだ。

「今でこそ風化しているようだが、私が生きていた頃はまだ、今とは違った」

「違った、だあ？」

反応したのはオーネストだった。

古い人間特有の、カビでも群生していそうな聞き慣れた言葉。

昔は今よりもずっと──。

そんな前置きから始まるある種の自慢話かと早合点《はやがてん》をした事で不機嫌をあらわにする彼だった

が、それが勘違いであると程なく理解させられる。

「あの頃はまだ、『神』とは形而上《けいじじょう》の存在というより、〝恐怖〟の象徴に近かったからな」

「恐怖の象徴？」

「……ああ。恐怖の象徴だ。『神』によって、夜を奪われた街があった。血を奪われた種族がいた。目を奪われた者達がいた。そして、『神』の憎悪によって魔物が生まれた。『神』とはそういう存在だ。故に、恐怖の象徴。誰もが怯《おび》え、恐怖した。私は多くの吸血鬼《家族》から、そう聞いた」

ゆえに、〝神の操り人形〟という言葉には意味があったのだとワイズマンは言う。

「この世界には、至る所に傷痕が残っている。どんな傑物にさえも癒《いや》せない傷痕だ。テオドール《アレ》の存在も、その一つなのだろう」

「────ならば、滑稽極まりないな」

ガネーシャが会話に割り込んでくる。

「そんな人間が、〝神の操り人形《テオドール》〟だと？　大層な皮肉もあったものだな」

ワイズマンの記憶以前の過去は分からない。だが、テオドールが『神』に対して並々ならない憎悪を抱いていた事は事実だろう。

その感情は、黒濁とした瞳で、さも当たり前のように、童《わらべ》のような無邪気さで、笑顔を浮かべながら「『神』を殺す」と宣《のたま》ったテオドールの言動と合致している。

疑う余地もない。

「……確かに、これ以上ない皮肉だ。〝神の操り人形《テオドール》〟が、『神』に連なるものを鏖《みなごろし》にしているのだからな。しかし、……嗚呼《ああ》そうか。だからあえて、テオドールと名乗っているのかもしれないな。復讐《ふくしゅう》の一環とすれば、納得も出来る」

『神』を殺す事を目的に据えているくらいだ。

〝神の操り人形〟という呼び名から、ある程度の事を察する事も出来る。

「そして、私をこうして引っ張り出した理由も。アレの前で、私は〝賢者の石〟を作り上げてしまったからな。あの復讐鬼は、変わらず『神』に連なる全てを殺すつもりなのだろう。人に限らず、場所であっても。その存在すべてを殺すまで、アレは止まらんのだろうな。それだけが、アレの生きるよすが故」

俺の口振りから、テオドールが今も尚《なお》生きていると察したワイズマンが、掠《かす》れ乾いた笑いをもらす。

「……メイヤードで、これから何が起こる」

「さあ。そんな事は私にも分からん。だが少なくとも、碌《ろく》な事が起こらないのは確かだな。この国が地図から消える事くらいは覚悟した方がいいだろう」

憎悪の塊とも言える人間が引き起こす事象。

それが真面《まとも》である筈《はず》がないと、ワイズマンは俺の質問に言葉を返す。

そして、彼女の言葉に息を呑《の》む音の重奏が起こり、しかしワイズマンは直《す》ぐに訂正した。

それは、俺達の周囲の光景がたった一瞬ではあったが、明滅を始めたからだろう。

壁一面に刻み込まれた魔法陣もどきが、ではない。

文字通り、視界に映り込んだ光景そのものが明滅をしていた。

まるで、この光景そのものが何かと差し替えられようとしているかのような。

「……いや、この世界が滅ばなければ御の字とでも思っておくべきかもしれないな」

「そんな馬鹿な話が――――！！！」

ヴァネッサが憤るように声を荒らげる。

だがそこで、思い起こされるレッドローグでのやり取り。

リクと、ノイズと呼ばれていた不死の男の会話。あの男は、その身に『神』を降ろす〝神降ろし〟を、既に必要ないと言っていなかっただろうか。それは、代案があるからこそ、〝神降ろし〟を不要と切り捨てたのではないか。

ならばこれが、その代案と捉えられないだろうか。

思考がソコに至ってしまった瞬間、身体中《からだじゅう》の汗腺が開いた。

冷や汗が背中を撫《な》でるように流れてゆく。

「あるんだ。そんな馬鹿げた話が、本当に」

実際に目にしてきたかのような様子で、告げられる。

冗談を言っている訳ではなく。

誇張している訳でもなく。

だからこそ、ヴァネッサは己の言葉を言い切る事が出来なかった。

明滅する光景。

この異様極まりない変化が見られてから、ワイズマンは己の意見を覆したように思えた。

だから、俺は尋ねていた。

「……あんたがそう言う理由は、これが原因か？」

問いに対して、ワイズマンは首肯を一つ。

「────空間転移。これは、そう呼ばれていた技術だ。尤《もっと》も、私の時代では理論しか完成していなかった筈だが」

「……なんだそりゃ？　要するに、〝転移魔法〟じゃねェのかよ」

あえて聞き慣れない言葉で説明するワイズマンに対して、オーネストが頭を掻《か》いた。

「似ているが、違う。〝転移魔法〟とは、何かを指定の場所に転移させる魔法。言ってしまえば、点と点を繋ぐだけ。だが、空間転移は、空間そのものを転移させる。これは、点そのものの配置を逆転させる。対象は勿論《もちろん》、規模も、何もかもが大きく違う」

「空間そのもの……？　…………ッ、成る、程な」

そこで、漸《ようや》く何もかもが繋がった。

テオドールがリクを切り捨てた理由は、もっと確実に『神』を殺す方法が生まれたから。

誰かの身に『神』を降ろすことで殺す、なんて手順を踏むより、もっと確実性のある方法。

恐らくそれは、アダムがいたあの場所────〝楽園《エデン》〟を、このメイヤードと入れ替えるように転移させる事ではないだろうか。

その為《ため》に、ワイズマンを蘇生《そせい》させ、『獄』をこじ開けたのだとすれば。

「……テオドールは本気で殺すつもりだ。『神』と呼ばれる存在を、本気で殺すつもりでいる」

望んだ結果を得られるならば、世界などどうでもいいと本気で彼は思っている。

その為ならば、己の命を含めた全てを考慮の外に置ける人間。だからテオドールは、何が消えようと、何が死のうと、何が失われようと関係がないときっと捉えている。

何千、何万という命がその過程で失われようと、テオドールからすれば「それが？」で終わる話なのだろう。

ワイズマンの言うように、それだけが彼に残された唯一の生きるよすがであるから。

「ああ。それゆえ、もしもの時は真っ先に私を殺せ」

「な、ん――――」

驚愕《きょうがく》したのは、まだ理解の追いついていないヨルハやクラシア達。

薄《うっす》らと察した俺やヴァネッサは、そのある意味で真っ当な発言に、顔を顰《しか》めた。

何故《なぜ》ならば、そうするしか方法はないと考え至ってしまっているから。

心が許容するしないはさておいて、防げるかもしれない手段がそれを除いて見つからない。

「アレの行動には、必ず意味がある。私を曲がりなりにも蘇生させたのだ。ならば、ワイズマン《私》を何らかの形で必要としているのだろう。だから、殺せ。取り返しがつかなくなる前に」

「…………その身体は、お前の物じゃないだろ」

「だから、もしもの時だ。だが、この身体は〝賢者の石〟によって蘇生させられた『ホムンクルス』。本当に殺せるかどうかは私にも分からない。それゆえ、お前が殺し方を見つけてくれ」

視線の先には、ヴァネッサがいた。

どうして、自分にそれを頼むのか。

分からないとばかりに顔を歪《ゆが》める彼女に、ワイズマンは当たり前の事を言うように告げる。

「錬金術師か否かくらい、臭いで分かる。錬金術師の臭いは独特だからな」

「……だとしても、錬金術師としての腕は貴女《あなた》の方が私よりもずっと上でしょうに」

「だろうな。が、今の私には色々と制限がある。自死が出来ない上、自死の手段を考える事も出来ない有り様だ。……恐らくは、蘇生の際にそういう術式を組み込まれていたのだろう。だから、お前が見つけてくれ」

程なく、ワイズマンは何の躊躇《ためら》いもなく己の腕を薄く傷付け、浮かんだ鮮血を何処《どこ》からともなく取り出した試験管に注いでゆく。

アレは……グランが持ち歩いていた試験管の一つ、だろうか。

……恐らく盗んでいたのだろう。

こうする予定だったのかは兎《と》も角《かく》、手癖が悪いというか何というか。

やがて、『ホムンクルス』の血が入ったソレが、ヴァネッサに投げ渡された。

「とはいえだ。何をするにせよ、ここから抜け出さない事には話にすらならない訳だが」

ワイズマンが見回す。

そうして、この壁に再び衝突した。

だが、あの時とは明確な違いがある。

「——あたしが〝転移魔法〟を使う」

「それは良かった。でなければ、どうしようもなかったからな」

この場には、クラシアとヨルハがいる。

外に印を残してきた彼女らがいる今、ここから出る手段があった。

時間はあまりない。

だから、即座にクラシアは〝転移魔法〟の準備に取り掛かった。

微細な光が散らばる。

薄緑の、蛍火のような光。

これまでに幾度となく目にしてきた〝転移魔法〟の前兆。故に、驚くところは何一つとしてない筈だった。

なのに、オーネストは不思議そうに声を上げた。

「────ぁ？」

薄明かりに照らされる周囲。

時折、不穏なまでに明滅を繰り返す光が照らす、壁へ確かに刻まれた魔法陣擬《もど》きにオーネストの視線は吸い寄せられていた。

魔法の知識など、二の次三の次。

どころか、オレさまはそういうのは苦手なんだと常に度外視。

興味がないと切り捨ててきたオーネストが、規格外極まりないとはいえ、この魔法陣擬きに驚愕を示した事に対して、少しどころではない違和感があった。

「…………何処かで、見なかったかこれ」

「は？」

こんな馬鹿げたものを、何処で見るのだ。

「いや、全く同じもんじゃねェんだが、なんつーか、若干似たようなもんを見た気がする」

それは、何もかもを本能的に捉えるオーネストだからこそ気付けたのやもしれない。

感覚で、術式の癖を見抜いて────どこか似ていると思ってしまった。

「……ぁぁ、そうだ。こいつは、あの死体に刻まれてた紋様に似てンだ」

「……死体だと？」

オーネストの呟《つぶや》きに、各々が反応を見せる。

ヨルハは不思議そうな表情を。

ヴァネッサは引《ひ》き攣《つ》りを見せ、ワイズマンは驚愕を。

だが、それらの疑問が解決するより先に、〝転移魔法〟が完成した。

俺達と別れてから、オーネストに何があったのか。

共有すべきだろうが、それよりも今はこの場から脱しなくてはならない。

故に、描かれた魔法陣に後ろ髪を引かれたが、俺達はその場を後にした。


独特の酩酊《めいてい》感《かん》の後、すげ替えられた景色。

そこで俺達が目にしたのは、暗雲に閉ざされた黄昏《たそがれ》の空だった。

所々に差し込む陽光は、どこか怪しげで、不気味さを助長するものでしかない。

頭上には、巨大な魔法陣が一つ。

歯車のように、ぐるぐると魔法陣が廻《まわ》っていた。

そしてその先に、見通せぬ洞のような、得体の知れない闇が広がっていた。

明らかに、俺達の知る魔法陣とは異なっていた。


……なんだこれは。一体、なんだこれは。

渦巻く疑問に囚《とら》われる中、不意に声がやって来た。

「ヨハネスは、一緒ではないのか」

場に似つかわしくない和服の女性。

カルラ・アンナベルだった。

「まぁよいか。最早、言うまでもなかろうが、面倒な事になりおった」

カルラは、空を見上げる。

横顔に浮かぶ彼女の表情に、懐古の色が滲《にじ》んでいる気がしたのは、俺の気の所為《せい》だろうか。

「ただ、お陰で連中の目的が分かった」

「目的？」

「そうよ、目的よ。このメイヤードと呼ばれる国の特性を考えれば、答えは一つしかなかった。空間ごと入れ替えるには、〝賢者の石〟の残滓によって強引に創り出されたこの国は都合が良すぎた。そして、『獄』よ。答えなど、初めから出ておったのだ」

「……〝賢者の石〟によって創り出された？　残滓《ざんし》？　どういうことだよ、学院長」

訳が分からない。

カルラは一体、何を言っているのだろうか。

何を、知っているのだろうか。

だが、時間がないと言わんばかりに話は先へ先へと進む。

律儀に説明する時間すら惜しいのだろう。

「恐らく、ワイズマンの蘇生は、その後を見据えてなのだろう。確かに、『獄』の中には空間ごと入れ替える事の出来る魔法使いがおる。嗚呼、よく知っておる。妾《わらわ》だからこそ、ソヤツの技量は痛い程に」

苦虫を噛《か》み潰《つぶ》したようなカルラの表情から、それがいかに不味《まず》い事態であるのか、理解させられる。

「……つまり、『大陸十強』か」

その殆《ほとん》どが隠棲《いんせい》。又は、既に命を落としているかつての規格外達。

「……かつて、〝正義の味方〟と呼ばれたヤツがおった。たった一つの悪すら許さなかった魔法使い。悪を滅ぼす為ならば、それこそ身を切る事すら、禁忌に踏み込む事すら、時には殺戮《さつりく》でさえも何の躊躇いなく行えた正義の味方がいた。〝正義〟という言葉を妄信する、文字通り、壊れた人間であり、妾に言わせればアレは一等タチの悪い悪人でしかなかったわ」

〝正義〟の為に何もかもを肯定してしまえる人間。本当にそんな人間がいるのであれば、それはもう、壊れているとしか言いようがない。

「連中は、アレに会いに向かっておるのだろうよ。アレの助力を得られるならば、空間の入れ替えすら出来るからの。なにせ、『獄』と呼ばれる擬似空間を一人で創り上げた天才よ。人格は兎も角、あの女の実力は妾も認める程のものであった。名前を、ユースティティア・ネヴィリム。あの魔法陣の先におるのは、〝正義の味方〟などと呼ばれておった、『大陸十強』。ある種の破綻者よ」

＊　＊　＊

足音が響き渡る。

黄昏が砕けた薄暗い空間。

むせ返るような死臭に満たされた空間を、一人の男が闊歩《かっぽ》する。

澱《おり》となって空気に混ざったソレは、男にとっては親しみ深いものなのだろう。

顔を歪める素振りなど一切なく、寧《むし》ろ、好ましいものとでも捉えているのかもしれない。

そうでもなければ、微笑《ほほえ》むその表情の理由を説明出来る筈もなかった。

その在り方は、異様としか言いようがなく、しかし、この場でそれを指摘する者もいなかった。

「〝罪人〟を収容する『獄』。その為に、自分の生涯全てをも犠牲にするその在り方は、嗚呼、うん。実にきみらしい。〝正義の味方〟と呼ばれていたきみに相応《ふさわ》しいと思うよ。ぼくは、死んでも真似《まね》をしようとは思わないけどね。そもそも、正義を振りかざすべきと思える程、この世界に価値を見出《みいだ》してないからね」

そう言いながら男は――――テオドールは、己の目に掛けていた眼帯を外した。

眼帯の奥から、眼窩《がんか》に嵌《はま》った虚ろな瞳が姿を晒《さら》す。白濁したその目を見れば、医療の知識を持たぬ人間でも一目で分かった事だろう。

その瞳は、何も映していないと。

微《かす》かな光すら、見えていないと。

しかし、見えていないであろう瞳には、変わった紋様が刻み込まれていた。

まるで、翼のようにも見えるソレ。

ソレこそが、テオドールにとって、今から会いに行く人物に立場を証明する唯一の術と知っているからこそ、眼帯を外していた。

それ即《すなわ》ち――――『大陸十強』の者に対して掛けられた〝呪い〟である。

この世界の真実を知った彼らは、その対価として多くのものを喪《うしな》った。

それは、五感であり、記憶であり、身体であり、魔力であり、未来であり。

「――――」

「今更何をしに来たって？　決まり切った事をわざわざ聞かないでくれよ。ぼくの望みは、数百年前から何も変わっちゃいない。『神』を殺すこと。それだけがぼくの存在価値《レゾンデートル》なのだから。それを貫かなくちゃ、筋が通らないんだよ。分かるだろう。きみなら、尚更」

テオドールにとっては、腐る程投げ掛けられてきた下らない質問。

だが、その問いがかつての友からのものともなれば、意味は変わる。

テオドールからすれば、『神』を殺すという禁忌すら人を殺す事と大差はない。

真っ当な人ならば、その異常具合に、破綻具合に、決定的に己とは違う者だと認識する事だろう。そして、畏怖のこもった瞳で徹底的に理解を拒絶してくる。テオドールには最早、僅かな感慨すら抱けない反応だが、そうであったならば、彼は即座に相手を切って捨てた事だろう。

だが、テオドールに己の意思を投げ掛けた人物は違う。

彼女がそう問うた理由は、テオドールの思考を正そうとしたからではなく、単純に憐れんだから。

そこに多少なりの理解を示し、憐《あわ》れむ彼女だからこそ、テオドールは笑みを深くする。

彼にとって彼女は決して思想の交わらない敵のような存在であったが、それ故に理解者でもあったから。

「ぼくにとって、守るべき者は彼女一人だけだった。ぼくの居場所は、あそこだけだったんだ。安寧を感じられたのも、幸せを感じられたのも、全ては彼女がいたからだった。なのに、『仕方がなかった』から認めろと？　許せと？　納得しろと？　『不慮の事故』だったと諦めろと？


――冗談じゃない」

「ダから、殺すのカ？」

掠れた声。

まるで、喋《しゃべ》り方《かた》を忘れたかのように、発声の仕方を模索しているようであった。

だから、所々、彼女の発音はおかしかった。

「ああ。殺す。何もかもを殺す。それが、ぼくの復讐だから。だから、ここに来たんだ」

闇の底を覗《のぞ》き込《こ》んできたような瞳は、何の耐性もない人間ならばその悍ましさに正気を保てていなかったかもしれない。

だが、彼の会話相手は嘆息を一つ、漏らすだけだった。

それはやはり、憐れみだった。

「ホんきで、アレを殺せるとでも」

「殺すさ。殺す為にぼくはここにいる。そしてその最後のピースが、きみだった」

やがて、響き渡っていた足音が止まる。

「ナるほど。だから、夢を連れてきた訳ダ。アレは、現実の境界を曖昧にするマホウ。存在そのものを曖昧にしてやった『獄』をこじ開けるにはもってこいの魔法であるからナ」

夢以外に、彼女を引《ひ》き摺《ず》り出《だ》す手段は存在しなかった。

その点については、彼女は納得したのだろう。

確かに、それ以外に方法はないなと同意をしているようだった。

しかし――――しかしである。

不敵に笑む彼女は、伸び切った藍髪を掻き上げ、隠れていた己の表情をさらす。

獰猛《どうもう》に笑むそれは、「馬鹿にしているのか？」と蔑み、嘲弄しているようであって。

「ただ、そもそもだ。お前はアタシが誰だか忘れてるようだからあえて言ってやる。アタシが――――テメエという悪を見逃すと、いつ、言ったよ？」

また、憐れんだ。

喋り方を思い出したのだろう。

発音のズレが完璧に矯正された。

同時に、腹の底で渦巻き、煮えたぎったような憎悪に近い感情が、容赦なくテオドールにぶつけられる。

「ああ。言ってはいない。でも、今のきみなら見逃すさ。たった一つの悪を見逃す事で、多くが救われるのならば、見逃すさ」

かつての〝正義の味方《彼女》〟であれば、拒絶しただろう。

しかし、今テオドールの目の前にいる存在は、〝正義の味方〟であって、そうではない。

今の彼女は、現実を知ってしまった張りぼての〝正義の味方〟だ。

全てを救うことは出来ないと思い知らされた〝正義の味方〟だ。

彼女の根底に据えられた〝正義〟は、未《いま》だ不変だろうが、それでも、かつての彼女ではない。
ゆえに、テオドールはかつての友であり、敵でもあった彼女へ手を伸ばす。

同じ傷を負った仲間として――。
同じ憎悪を抱いた友として――。
共に全てを喪った喪失者として――。

「――ぼくと取引をしよう。ユースティティア・ネヴィリム。乗ってくれるなら、ぼくが責任をもってあの『神《麈》』を殺してやる。望むなら、どんな対価であってもくれてやる。全てが終わった後なら、命であっても構わない。〝正義の味方《ユースティティア》〟としては、悪くない提案だろう。『大陸十強《同類》』」

「……悪くはないな」

テオドールの提案は、ユースティティアと呼ばれた女にとって悪いものではなかった。

彼女にとっても、『神』とは忌むべき存在。

嫌悪すべき外敵。唾棄すべきもの。

だからこそ、悪くはなかった。

しかし、込み上がった感情は、石を投げ入れられた水面のように一瞬の変化を齎《もたら》すだけ。

程なくそれは、波紋一つない平面に戻る。

「だが、まだそれだけだ」

憎しみで前が見えなくなる時期は、とうの昔に過ぎ去っている。

何より、テオドールの言う通り、今のユースティティアはかつての〝正義の味方〟ではない。

だからこそ、彼女は差し伸べられた手を取らなかった。

己の信じる正義の為《ため》、たった一つの悪すら許さず、己の道を貫いた〝正義の味方〟はもういない。

『大陸十強』、〝正義の味方〟などという大層な呼び名をつけられていたにもかかわらず、力及ばず己の道を貫けなかった弱者。

それが、ユースティティア・ネヴィリム。

けれど、それでも。

それでも僅かな意地を貫きたくて、彼女は『獄』を創り上げた。

それが、ユースティティアなりの意地であり、信念のあらわれであった。

彼女にとって、『獄』とは贖罪《しょくざい》の証《あかし》だ。

〝正義の味方〟であろうとした彼女は、徹頭徹尾、一切の疑念の余地なく悪の敵であり、弱者の味方であった。故に、たとえ欠片《かけら》程の悪であれ見逃す事はしなかった。

そうしなければ、苦しむ弱者がいると身を以《もっ》て知っているから。

だから、悪を滅ぼす為ならば、人倫にもとる行為であっても躊躇《ためら》いなく敢行した。

そんな人間だったからこそ、自分を許せなくて、残る生涯全てを犠牲にしてまで罪人を閉じ込める『獄』という場所を創り、文字通り身を削って弱者の為に、最後の最後まで〝正義の味方〟であろうとした。

そこに、己の感情など誤差程度にしかなく、自分の生は〝正義の味方〟になる為だけに存在していると、他でもない自分自身が決めつけた。それが使命なのだと刻み込んだ。

故にこそ、カルラ・アンナベルはユースティティア・ネヴィリムを悪人と呼んだ。

人間性が欠落し、〝正義の味方〟としてしか生きられない、生きようとしない彼女を、壊れているとしか言い表す事が出来なかった。


全ては、かつての己のような――――何の罪もない弱者の為に。

その想《おも》いがユースティティアの根底にあると知っているからこそ、価値観が歪む事も仕方がないと認識しながら、最後の最後まで理解を拒んだ。

そんな生き方は、人のものではないと、カルラは痛いくらい思い、見ていられなかったから。

「テメエの提案は結局、あの『神《塵》』を殺せる前提で成り立っているものだ。あの時は不意打ちだったとはいえ、アタシら十人を良《い》いように弄んだヤツを、テメエ一人で本気で倒せると？　カルラ一人殺せていないテメエが？　冗談にしても笑えないだろうが」

少なくとも、『神』を殺せると言い切れるだけの何かを見せない限り話にすらならない。

要するに、出直してこい。

それが、ユースティティアの言い分であった。

「……それは、きみに認めさせれば協力してくれるって考えていいのかなあ？」

テオドールの返答は、彼女の望んだものであったのだろう。

喜色に笑みながら、声のトーンが僅かに上がる。

「ああ、認められるだけのもんを見せてくれさえすれば、協力してやる。二言はない。あの『神《塵》』はアタシとしても目障りなんだ。気掛かりなのは、失敗してしまった場合。だから、勝算がある事を示してくれさえすれば、アタシは喜んで手を貸してやるさ」

ユースティティアが死ねば、『獄』は消えてしまう。罪人を残して、システムだけが消失してしまう。

本来ならば、悪人など、殺してしまえばいい話ではある。だが、ユースティティアに掛けられた呪いが、それを許してくれない。

だから、利用する他なかった。

手枷足枷《てかせあしかせ》、首輪をつけて、彼ら彼女らを利用する事で、〝正義の味方〟であり続けようと。

故に、勝算のない戦いだけは出来ない。

たとえその相手が、己にとって不倶戴天《ふぐたいてん》の敵であったとしても。

故に、ユースティティアは勝てると思えるだけの判断材料を欲した。

腑抜《ふぬ》けと罵られようとも、これはどこまで行っても取引でしかなく。

彼女はどこまで煎じ詰めても悪人を憎む〝正義の味方〟であるのだから。

「なあ、■■■■■。テメエはまだ、あの時の事を引《ひ》き摺《ず》ってるのか」

ユースティティアの望み通り、勝算を示す為であろう、踵《きびす》を返したテオドールだが、去り際に聞こえてきた彼女の声に、足を止めた。

「テオドール」

「ん？」

「今は、そう名乗ってるんだ。だから、テオドールって呼んで貰《もら》っていいかな」

「……成る程。見た目だけじゃなく、名前まで変えたのか」

声に感情はなかった。

無機質な、機械の声に近い。

だが、彼を知る人間からすればそれは、必死に感情を押し殺しているのだと一聴して分かるものだった。

そうでなければテオドールがこんなにも『神』を殺す事に躍起になっていなかっただろう。

「……それで、きみの質問なんだけど……引き摺ってるって？　当然じゃないか。そもそも、僕らの呪いだってそうだ。世界を守る為に引き受けたと言えば聞こえはいいが、その実情は、無理矢理押し付けられただけだ。人よりも少し力を持っていたから、呪いに耐えられる人間だからと、押し付けられただけだ」

望んでもいない物を、強制的に押し付けられた。ダンジョンの奥底に押し込めた『神』の負の力が漏れ出て、世界を壊しかねなかったから。だから、負の力に耐え得る強い人間――『大陸十強』に押し付けた。

それが、呪いの実情だ。

ある者は、そのせいで大地に足をつける事が出来なくなり。

ある者は、記憶を失い。

ある者は、五感全てを失い。

またある者は、腐敗の呪いを植え付けられ、身体《からだ》が朽ちる様を見せながら死んで逝った。

そして、たった一人。

協力など土台無理な『大陸十強』を唯一纏《まと》められた一人の少女は、贄《にえ》としてその呪いの大半を引き受けて彼らの目の前で命を落とした。

『神』は、それ以外に道はないと少女を追い詰めて、責任を強要して、そして最後は、少女が自分の意思でその命を投げ捨てた。

投げ捨てざるを得ない状況を作り上げた。

他の人間は、あいつの選択だと口々に言った。彼女の性格を考えるに、どんな過程を踏んでも結果は変えられなかったと諦めた。

そんな事はテオドールも分かっていた。

だが、それでも。

テオドールだけは、許せなかった。

「どうして僕達《ぼくたち》が、他人なんかの為に犠牲にならなきゃいけない？　放っておけば魔物が溢《あふ》れる？　なら溢れればいい。力ある者の義務？　それがどうした。僕達だって、初めから力を持ってた訳じゃない。血反吐《ちへど》を吐きながら、死に物狂いで生きて、それで得た力だ。なのになんで、何の努力もせずに震えてるだけの奴《やつ》らの為に、僕らが犠牲になり続けなくちゃいけない⁉　なんで命を賭けなければならない⁉　……そんな奴らの為に、なんで、苦しみ続けたあいつが、最後まで苦しまなきゃいけなかったんだよ」

だから、テオドールは嫌いなのだ。

この世界そのものが嫌いなのだ。

自己満足を満たす為ならば、誰が死のうが関係などない。

こんな世界に最早《もはや》、価値などないのだから。

「……誰かを犠牲にしなくちゃ存続出来ない世界なんて、滅んだ方がマシだ。少なくとも僕は、そう思ってる」

――――他の奴らは違うみたいだけどね。

そう、言葉を残して歩き去ってゆく。

魔法学院を創設したカルラ・アンナベルを始めとして、生き残った『大陸十強』の大半は、命を落とした彼女の遺志を継いで、世界の為になる事を行った。

それが唯一の罪滅ぼしだと言わんばかりに。

ユースティティアも、その一人だ。

だからこそ、テオドールの言い分も分からないでもなかった。

故に、何も言えなかった。

激情をあらわにするテオドールの言葉に、一切口を挟む事が出来なかった。

テオドールは悪人だ。

人の命を命とすら思っていない一等タチの悪い悪人だ。

そしてだから、かつての彼は〝神の操り人形〟として生きる事になってしまった。

それらの事情があったからこそ、余計に許せないのだろう。

そんな悪人に唯一手を差し伸べてくれた人間を、助けてくれた恩人を守れなかった己自身と、彼女に死を選ばせた『神』という存在を。

返せなかった恩を、テオドールは『神』を殺す事で清算出来ると決めつけている。彼女のような存在を、もう二度と生み出さないようにする為に。

それ以外に、道はないと断じている。

その様が、少しだけ痛ましくて。

黙ってテオドールを見送ったのち、小さな溜息《ためいき》を挟んでから口を開いた。

「————盗み聞きとは、良い趣味をしている。まあ、誰なのかは大体見当はつくが、いい加減、出て来たらどうだ？」

テオドールが消えた『獄』の中。

静寂に包まれ、周辺には人っ子一人存在しないように、思える。

気配は一切感じられない。

その隠形《おんぎょう》は魔力に聡《さと》い人間であっても気付けないだろう。

本能に敏感な、それこそ驚異的な勘を持っている人間か、はたまた、事前に彼について知っており、その上で警戒している人間でなければ気付きようがない程の完成度。

「相も変わらず、研究者らしくない隠形だ」

これで、戦士ではなく研究者と言っていたのだから、本当にふざけている。

過去を懐かしむユースティティアに、これ以上は隠し通せないと判断したのだろう。

壁に隠れていた人物が、漸《ようや》く姿をさらす。

予想通りの人物だった事に満足をしながら、ユースティティアは軽い調子で言葉を投げかけた。

「……しかし、今日は随分と客が多いな。[redacted]《テオドール》の次は、テメエか。近くにカルラもいるようだし、なにか。今日は、同窓会か？」

ユースティティアはその場からすっくと立ち上がる。

だが、返事はない。

じっ、と沈黙を貫いてユースティティアを見詰めるだけ。

それは、見定めているとでも言うべきか。

先のテオドールの発言を、ユースティティアはどう考えているのかについて。

本当に協力する気なのか、どうなのか。

答え次第では殺すと、深海を思わせる黒ずんだ瞳が告げている。

そして、目の前の人物はユースティティアに対してすらそう出来るだけの人間であると彼女が一番理解をしていた。

だから、笑ってしまう。

その様子が、最後に言葉を交わした数百年前から何も変わっていなかったから。

「ま、それはないか。アタシ達が一応、曲がりなりにも纏まる事が出来てたのはあの子がいたからだ。死んだ今、仲良く手を繋《つな》いでやる理由はない。そうだろう——タソガレ？」

＊　＊　＊　＊

時は少しばかり、遡る。

ダンジョンの中。

ずたずたに壊されたその場所で、二人の男が対峙《たいじ》していた。そしてその趨勢《すうせい》は、明らかなものであった。

「〝嫉妬《ブックメーカー》〟とは、言い得て妙なもんだ。だけどな、おれと戦うにゃ、相性が悪《わ》りぃよ、チェスター・アルベルト」

悪いどころではない。

考え得る限り、最悪。

アレクの父であるヨハネスとチェスターの相性は、それ程までにチェスターにとって不利だった。

〝逆天《ぎゃくてん》〟のアヨンに対処すべく、アレクがダンジョンを破壊した後、ヨハネスとチェスターは同じ場所に飛ばされていた。

だからこその、このマッチアップ。

しかし、現状はあろう事か、チェスターが肩で息をし、身体は傷だらけ。

対してヨハネスは、殆《ほとん》ど傷を負っていなかった。

その理由は、ヨハネスが言うような絶望的な相性問題にあった。

「……夢魔法のような特別な魔法は例外として、その他の魔法は模倣出来てしまう。そりゃ、自分の思うようにその後の展開を描けるだろうさ。誰がつけたのかは知らんが、〝ブックメーカー〟の名にこれ以上なく相応《ふさわ》しいわな。だが、おれに魔法の才能はねえんだわ」

ヨハネスが扱う魔法を模倣出来ずとも、チェスターにはこれまでに模倣してきた魔法がある。だから、ヨハネスのその言葉は一見すると答えになっていないように思える。

しかし、彼の言葉は紛れもなくこの状況に陥った理由を言い表していた。

魔法の殆どを使えない筈《はず》の人間が冒険者として曲がりなりにも生きられていた理由は、それ以外に戦う手段があるからだ。

こうして立ち塞がれる理由は、それだけの自信を齎す何かがあるから。

魔法を碌《ろく》に使えない人間だからこそ、魔法使いに対して、特に有効な。

「だから、おれは剣一本で魔物や魔法使いと戦えるようになるしかなかった」

ヨハネス・ヴァン・イシュガル。

その名に含まれる王族の証であるイシュガル。彼の国は、万夫不当と謳《うた》われた剣士の国。

その血が代々受け継いで来た剣の一族。

王族と一部のみ知る〝血統魔法〟と呼ばれる反則を除いて、ヨハネスには魔法の才能がなかった。代わりに、補って余りある剣の才能があった。

「要するに、借りもんの力しか使えねえお前はおれのカモって訳だ。というより、おれに魔法師をぶつける事自体間違ってるわな」

如何《いか》に過去の事とはいえ、魔法師を優に超える剣士となる為に英才教育を施されて来た人間に、形ばかりの大技魔法が通用しないのは当然と言えば当然であった。

そんなヨハネスが、かつてロン・ウェイゼンを殺し切れなかった理由は、ロンが影という珍しい魔法を使っていた事。

それを、一切の隙なく極めていた事。

ロン自身が英傑と呼ぶに相応しい騎士であった事。

そして、ヨハネスの本来の戦闘スタイルである一対一に持ち込めなかった事。

それらが揃っていたからこそ、殺し切れなかった。

同じ剣士故にヨハネスの手は読まれ、一を極めた魔法師でもあるロンは、ヨハネスとはあまりに相性が悪かった。

「まあ、相手が魔法師なら、お前の完勝だっただろうがな」

喘鳴《ぜんめい》の音。

返事をする余裕すらないのか。

はたまた、何かを企《たくら》んでいるのか。

やがて、その答えと言わんばかりに魔法陣が四方八方を覆うように展開。

如何に模倣という反則技を持っているとはいえ、全てが属性の異なる魔法で、撃ち放つタイミングも、絶妙な間隔でずらしている。

その技量は、借り物の力とは思えない。その模倣は、本来の術者そのもの、若しくはそれ以上なのだろう。

だがそれであるが故、ヨハネスには通じない。

戦いとは盤上の駒を動かすゲームではない故――魔法師は何があってもヨハネスと一対一で対峙する事は避けなければならなかった。

「……また、それか」

ヨハネスに直撃する寸前に、魔法がまるで自分の意思で弾《はじ》け飛《と》ぶように霧散する。

これまで幾度となくチェスターはヨハネスに攻撃を仕掛けたものの、一度として魔法が直撃する事はなかった。

絶対に、直撃する寸前で霧散してしまう。

それをチェスターは魔法の仕業と考えたが、あろう事か、ヨハネス自身が魔法は全く使えないと否定している。

嘘《うそ》だと思っていたが、事実ヨハネスは、魔法らしい魔法を一度として使っていない。

ならば何故《なぜ》と考え続けて――。

「……成る程。漸く分かった。俺チャンの魔法が消える原因は、その剣か」

ヨハネスの右手には、一振りの剣が。

無骨ながら、柄と剣身の全てが黒に染まったそれは、不気味な剣であった。

「良いだろ？　これ。〝喰尽《ヴァルヴァ》〟って言うんだ。一応これでも、〝古代遺物《アーティファクト》〟だぜ？」

勿体振《もったいぶ》る様子もなく、慢心でも何でもなく、ヨハネスは答える。

「これは、周囲にある魔力を強制的に発散させるもんなんだわ。お前が随分と疲れてる理由もこれが原因だよ。魔法、発動しにくかったろ？」

魔力の強制発散ともなれば、本来、魔法を発動する事すら難しい。

にもかかわらず、チェスターがどうにか魔法を形に出来ていた理由は、彼が尋常でない魔力を注いでいたからだろう。

メアを奪われた事で焦りを覚え、一刻でも早く――――。そんな感情から後先考えず、全力を尽くしていた。

それが、今のチェスターの疲労に繋がっていた。

そして、それを認識してしまったからこそ、チェスターの額に冷や汗が流れ落ちる。

その能力ならば、使用者であるヨハネスは一切の魔法を使えないだろう。

だが、魔法をそもそも使えない人間からすればそんなものは欠点となり得ない。

それこそ、かつてのロンのように、側にアリア・ユグレットという魔法師がいるという状況を無理矢理作り出し、〝喰尽《ヴァルヴァ》〟を使わせないように立ち回らない限り、ただの魔法師ではヨハネスには勝てない。

『大陸十強』のカルラがヨハネスにある程度の信頼を寄せている理由が、そこに全て詰まっていた。

〝喰尽《ヴァルヴァ》〟を手にしているヨハネスは、それこそ一対一の状況に限れば、下手をすればかつての、

『大陸十強』にさえ勝てる可能性があるから。

「悪りぃが、お前に勝ち目はねえよ。チェスター・アルベルト」

勝ち切れないと悟るや否や逃げ出したロンの時とは異なり、ここに逃げ場は存在しない。

だから、せめて彼から情報を引き出そうとして。

「そう、かもしんねー。確かに、少しどころじゃねーくらい相性が最悪だ。でも、だとしても。俺チャンが諦める選択肢はねーよ」

懲りずに、魔法の発動。

しかしそれは、ヨハネスに向けてではなく、ダンジョンに向けて撃ち放たれたもの。

〝喰尽《ヴァルヴァ》〟の効果がギリギリ届かない場所からの攻撃によって、崩壊。

彼方此方《かなたこなた》で天井が落石を始める。

これならば、確かに発散の影響を受けないが、致命傷を与えるには程遠い攻撃だ。

しかし、チェスターからすればこれで良かった。これはあくまで、未《いま》だ萎えない敵意を見せつけるための行為であったから。

「俺チャンにだって、意地があんだ。勝ち目が薄いからって諦めるくれーなら、ここにゃいねえし、そんな事をしようものなら、色んなやつに申し訳が立たなくなる」

チェスターを突き動かすのは、過去の無念。

誰より生きたいと願っていた癖に、たった一人の人間の為に、全てを投げ捨てた友達《馬鹿》への贖罪。

その為に、全てを捨てた。

ただ、生きたい。

そんな当たり前の願いすら許されず、認められず、たった一人の友すら持つ事を許されなかった人間がいた。

そんな生き方しか、許されなかった人間がいた。

だから、「自由」を求めていた筈なのに、最後の最後で、チェスターを守る為に身を差し出した大馬鹿。

己の無力が彼を――――ローゼンクロイツ・ノステレジアを殺した。

だから、己を責めて。責めて。責め続けて。

「自由」を失うと分かっていながら、笑顔で「おれが出会ったのがチェス坊で良かった」と告げながらチェスターの前から去っていったローゼンクロイツの意図が、どうしてもチェスターには分からなくて。

他でもない俺チャンのせいで、お前は「自由」を失ったのに――――そう責め続けて、抜け殻となっていたチェスターに、力を与えたのがテオドールだった。

こんな世界は、間違っている。

そう口にするテオドールの理想は、チェスターにとって悪くないものだった。

嗚呼《ああ》、その通りだ。

当たり前の幸せすら望めないこんな世界は、間違っている。

そう思ったからこそ、チェスターはテオドールが差し伸べた手を取った。

利用されると分かった上で、手を取った。

無力でしかなかった己が、手段を得られるならばと。

たとえ間違っているとしても、それが己に出来る唯一の贖罪であると信じて、突き進もうと決めた。

だから、ここで負ける訳にはいかない。

「魔法が使えない。確かに相性は最悪だあ。でもよ、俺チャンがいつ、模倣出来るのは魔法だけと言ったよ」

不敵に笑いながら、チェスターは哮《たけ》る。

「ここからが本番だろうが。さぁて、命のやり取りと行こうかあ⁉」

魔法を展開。

補助魔法の重ね掛け。

身体強化を、肉体の崩壊が始まるレベルまで強制的に行う。

剣士として生きていないチェスターが、技量を模倣出来たからといってヨハネスに勝てる可能性はゼロに等しい。

ならばどうするか。

決まっている。

身体と命を削ってでも、身体能力を強制的に引き上げて同じ次元に持ってくる。

それでも数え切れない経験を持つヨハネスを相手にするのは無理がある。

しかしそれがどうした。

無理でもやる。

それ以外に残された道はねーんだ。

そう己に言い聞かせ、チェスターは大地を強く踏み込んだ。

「…………っ」

極限の敵意。

掻《か》き消えるようにしてその場からいなくなったチェスターの姿は、一瞬でヨハネスの前へ。

そして次の瞬間、得物同士の衝突音が殷々《いんいん》と響き渡った。

飛び散る火花。

剣越しに伝わる強烈な、膂力《りょりょく》。

その細腕の何処《どこ》にそんな力があるよ、と叫びたくなる気持ちを隠し、ヨハネスは無理矢理に弾く。

そのまま身体を旋回。

撃ち放つは、円弧を描くような横薙《よこな》ぎ一閃《いっせん》。

間違いなく間に合わない一撃。

情け容赦なく繰り出した一撃はしかし、鮮血を散らす事はなく、虚《むな》しい鉄の音を響かせた。

「────双剣、か……!!」

強度は二の次で、能力が目立つものとはいえ、〝喰尽《ヴァルヴァ》〟は〝古代遺物《アーティファクト》〟。

その一撃を刃こぼれなく受け止めるなど、同じ〝古代遺物《アーティファクト》〟以外に考えられない。

恐らくは備え持っていたのだろう。

ヨハネスはそう判断を下し、相手との戦い方を双剣想定に修正。

一瞬の思考によって生まれたヨハネスの隙を見逃さず、背後に回ったチェスターが剣を振り下ろす。

必殺を期した一撃。

だが、

「視えてんだよ」

背中に目がついているのではと思わせる挙動で、ヨハネスは当たり前のように避ける。

そのまま、カウンター。

一瞬遅れて風を斬る音が響いたそれは、チェスターの肌を切り裂く。

反射で咄嗟《とっさ》に身を引いたチェスターは蹈鞴《たたら》を踏みながらも再度肉薄。

二度、三度と重い衝突音が轟《とどろ》いたのち、後方に大きく跳躍し、ヨハネスを睨《ね》め付《つ》けた。

仕切り直しのつもりなのだろう。

お互いに、息を吐いた。

チェスターは知らない事であるが、ヨハネスの一番の強みとは、剣の腕でも、魔法に頼らない戦闘方法でもない。

一番警戒すべきは、ヨハネスの目である。

有り体に言うなら、視野が驚く程に広く、そもそも見ている景色が違う。

ヨハネスが視《み》ているのは、筋肉の収縮。

視線の動き。本来ならば追えない得物の軌跡。風の流れ。重心。

彼はそれらを俯瞰的《ふかんてき》に視る事の出来る、特異体質を持っていた。

それがヨハネス・ヴァン・イシュガルの強みであり、そこに〝喰尽《ヴァルヴァ》〟と、培われた剣技が合わされば、早々負ける事はない。だからこそ、カルラは彼に信を置いていた。

「……身体能力を強制的に上げたか。まあ、この状況で戦うにゃ、そうするしかねえわな」

距離を取ったチェスターは、斬り裂かれた傷を治癒する。

たった一瞬とはいえ、その一撃は骨にまで達していた。身体能力を限界まで上昇させ、無理に剣技を模倣して尚《なお》、これだ。

ふざけているにも程があるとチェスターは胸中で毒づいた。

「ただ、どうしたもんか」

ヨハネスは思考する。

チェスターを殺すのは簡単。

だが、彼は貴重な情報源でもある。

不安定な要素が多い今、脅威だからと殺すのはあまりに惜しい。

けれど、彼の覚悟を考えるに、降伏するくらいなら死を選ぶだろう。

現に、あんな戦い方をしていては命が幾つあっても足りやしない。

かといって、殺さない戦い方を貫ける程圧倒的な実力差も存在しない。

下手を打てば殺される可能性も十分ある。

だからこそ、悩む。

そして、そんな時だった。

ヨハネス達の足下が、錆切《さびき》った鉄のように、ぼろりと綻びを見せた。

「────は？」

一瞬、チェスターの仕業かと疑った。

しかし、チェスターもヨハネスと同様にその事実に目を見開いて驚いていた。

戦闘の余波で崩れたならば、まだ分かる。

アレクのようにダンジョンの力を使ってはいないものの、それならばまだ理解が出来るのだ。

だが、目の前で起きたそれは、戦いと一切関係のないように思える。

何より、その綻びは二人の周囲だけではなく、ダンジョンそのものにまで影響を及ぼしていた。

まるで、これまで支えていた何かが失われたかのように、綻んでゆく。

「…………まさ、かッ」

「何が起きてんだ、これは」

この現象に心当たりがあったのか。

脇目も振らず、チェスターはその場から駆け出した。

それを見逃すヨハネスではなく、泳がせるという意味で、追撃こそしなかったものの、彼はチェスターの後を追う。

最中、目に映る景色が明滅を始めるわ、ダンジョンは崩れ落ちてゆくわ。

ここはどんなアトラクションなんだと呆《あき》れながらも、冷静さを失ったチェスターを追いかける事十数分。

漸く辿《たど》り着《つ》いたその場所には、ひび割れた巨大な水晶と、そこに閉じ込められた男が一人。

「…………なんだこれは」

ダンジョンの下に、なんでこんなもんがある。

ヨハネスは必死に思考を巡らせるが、答えらしい答えが見つからない。

だが、チェスターの反応を見る限り、彼はこの存在を知っていたのだろう。

「なんだ。知らなかったのか。カルラ・アンナベルと一緒に俺チャンの事を捜していた割に、そんな事も知らねーんだな。簡単な話だ。これが、この国の実体だ」

「……実体、だあ?」

「都市国家メイヤード。この国は、ノステレジアと呼ばれる一族の犠牲によって成り立っている。その、最後の人柱に選ばれた人間こそが、ローゼンクロイツ・ノステレジア。こいつだ」

「……最後?」

「ああ。これ以上の人柱は何が何でも造らせねー。だから、最後だ」

滔々《とうとう》とチェスターは語る。

平然としている理由は、既にこの件で枯れるほどに涙を流し、どう足掻《あが》いても過去は戻ってこないと理解してしまったからか。

「本来なら、既にノステレジアの血は尽きていた。他でもねー人間の悪意によって。そしてそのせいで、メイヤードは存亡の危機に晒《さら》された。この造られた国は、ノステレジアの力なくして存続出来ないから」

ヨハネスも、薄々想像は出来た。

そうでもなければ、水晶に閉じ込められる、なんて事にはならないだろうから。

「だから、ある人間は考えやがった。ノステレジアの力が必要ならば、造ってしまおうと。こいつは、生まれたその瞬間から、人柱になる事を定められて生きてきた――――いわば、デザイナーベビーだ。残されていたノステレジアの遺伝子を使って、人柱として一番都合が良いように造られた。国の存続の為とはいえ、あいつらはノステレジアを物か何かとしか思ってねー」

「…………」

「嘘だと思うだろ？　だけどな、これが本当なんだよ。俺チャンは許せなかった。だから、俺チャンはテオドールの手を取った。これは、俺チャンなりのケジメだ。この国で育った人間として。変えたいと願った人間として。ロゼに助けられ、友と呼ばれた人間として。この国は、壊さなくちゃいけねー。跡形もなく、もう一度造ろうとする意思すら生まれないぐらいに、何もかも。そうしねーと、ロゼのような犠牲者がずっと生まれ続ける」

だから。

「だから……だからッ俺チャンは――――！」

眦《まなじり》を決して言葉を紡ごうとして。

しかし、チェスターが最後まで言葉を口にする事は出来なかった。

遮ったのは、殊更に大きく響いた水晶の割れる音。そして、続くように聞こえた、まるでしゃっくりのような、くひひ、という変わった笑い声だった。

「……この状況が『大陸十強』って人の仕業なのは分かった。ところで、学院長。ロキについて、何か知りませんか」

チェスターの下に向かった筈《はず》のロキの安否について、ずっと気掛かりだった。

俺達《おれたち》とチェスターの出会い方が出会い方なだけに、生命の危機に晒《さら》されている可能性が高い。

だからもし、学院長が知らないのなら、俺達はまずロキを捜そう。

そう、思っていたのだが。

「あの命知らずか？」

拍子抜けしてしまうくらい、あっけらかんとカルラは答えた。

まるで、実際につい先程まで見ていたかのような物言いだ。

「……命、知らず？」

「そうであろう？　自分を殺そうとした人間を、それでも尚《なお》、止める為《ため》にあの重体で向かうなぞ、命知らずと言わずして何と言い表せと？」

その言葉を受けて、俺達は顔を見合わせる。

俺達の知るロキ・シルベリアとは、そんな情熱的で友情に厚い男ではなかったから。

どこまでも適当で、軽佻《けいちょう》浮薄《ふはく》の四文字が服を着て歩いているような存在だった。

なのに、傷付いた身体《からだ》を引《ひ》き摺《ず》って、意地を通そうとするなど、あまりに普段のロキらしさとはかけ離れていた。

だが、ロキにとってチェスターはそれだけ特別な人間なのだろう。

そう思い、俺はロキについてはひとまず考えない事にした。

生きているのであれば、問題はない。

なら、優先すべきはもう一つの懸念事項。

「……そういう事なら、問題はレガスさん達がどうなってるか、だな」

ダンジョン内で別れたレガスとロンの行方も、分からなくなっていた。

ロンは間違いなく致命傷を負っていた上、レガスに治癒魔法の心得はない。

こんな事になるなら一緒にいれば良かったと思ってしまうが、この事態を予想出来るほど、俺は想像力豊かでもない。こればかりは仕方がないとしか言いようがなかった。

「それは大丈夫じゃねえか？」

「……というと？」

問題はないと口にするオーネストの意図を尋ねる。

「あいつらの事だ。どうせ、片割れも何処《どこ》かにいる」

片割れというと、〝人形師〟で知られるライナー・アスヴェルドか。

確かに、レガス達は常に二人で行動をしている。

ライナーもメイヤードにいるとすれば、人形を操る彼の能力からして、レガスの位置は把握しているだろう。

時間さえ掛ければメイヤード中に自分の目を置く事すら出来てしまう能力。

冷静に考えてみれば、その可能性は極めて高いと言えた。

だがそれでも、何事にもイレギュラーはつきものだ。

「……ライナーさんがいるとすれば、まだどうにかなるか。でも、念には念をで捜した方がいいとは思う」

ここで、今から捜しにいくぞ。と、威勢よく啖呵《たんか》を切れない理由は、俺の酷《ひど》く疲弊した身体の状態にあった。

こうしてどうにか喋《しゃべ》る事は出来ているが、万全とはほど遠く、クラシアの治療を受けて尚、会話をするのが精一杯の状態だ。

捜し回る事はどうにか出来るだろうが、足手纏《あしでまと》いになる未来しか見えない。

「……普通に考えるなら、そいつらの下に元気な護衛役と治癒魔法が使える人間の二人組を。それと、私を殺す手段を見つける役として、ヴァネッサ・アンネローゼともう一人か二人。そして、余りの人間の三つに分かれて行動をするのが妥当だろう」

隣でワイズマンが口を開く。

その意見は、尤《もっと》もなものだった。

圧倒的に人員が足りていないという欠点があるものの、恐らく俺達が取れる選択肢としては最善のものだろう。

だから、他に致命的な欠陥があろうとも、俺達はその選択肢を選ぶ他なかった。

「────ただ、それを許してくれる状況ではなさそうだが」

……否、ここでは考える時間が許されていないという理由が一番適当か────。

ワイズマンの言葉と同時、俺達の視界が僅かに変化した。

目にした事もない変化の筈なのに、程なく視界に飛び込んでくるであろうはずの「鎖」が、最悪の未来を俺に伝えてくる。

鎖のようであって、鎖ではない。

未《いま》だ正体不明のソレが、〝逆天《ぎゃくてん》〟のアヨンの時と同じだと理解をして、思わず空笑いが出そうになった。

面白くもないのに笑いが出てくる理由は、単純に、「現実逃避」と「虚勢」である。


「……冗談にしてもキツイだろこれは……‼」

まるで時空の歪《ゆが》みのように、空間に線が複数走っていた。

それが亀裂のようにひび割れてゆき────そこから、見覚えのある鎖と共に闇色の酷い不快感を齎《もたら》す景色が姿を覗《のぞ》かせていた。

俺の視線は、吸い寄せられるように鎖へ向く。明らかに素材が鉄ではないその鎖は何度確認しても間違いなく、〝逆天《ぎゃくてん》〟のアヨンの手首に巻かれていたソレと同じと告げている。

猛烈に、嫌な予感がした。

「…………やはり、こうなりおったか」

傍《そば》で、苦虫を噛《か》み潰《つぶ》したような表情で口にされたカルラの言葉は、この未来を予想していたと考えられるものだった。

それ故に、間髪いれずに疑問を俺は投げかける。そこに、苛立《いらだ》ちめいた感情を含めてしまった事は、アヨンの相手をした俺だからこそ、仕方がないとも言えた。

「……学院長。やはりってどういう事ですか」

「勘違いをするでない。これは妾《わらわ》の怠慢によるものではないわ。あくまで、その可能性があると知っていただけ。そして、妾にそれを止める術はなかった。出来るのは、それが起こってしまった際に真っ先に止めに入る事だけ」

分かっていたのなら、止める事だって出来たのではないのか。

言葉に隠された俺の心情を読み取ったカルラは、宥《なだ》めるように口にする。

「アレク・ユグレット。『獄』が何故《なぜ》、これまで数多《あまた》の手の付けられない罪人達をたった一度の脱獄すら許さず閉じ込める事が出来ていたか、分かるか?」

その存在すら、実《まこと》しやかに囁《ささや》かれるだけで、『獄』の実態について知る者は全くいなかった。

だから、今日を迎えるまで何も知らなかった俺に答えられる問いではなかった。

「単純な話よ。『獄』は、ユースティティア・ネヴィリムが創り上げた異空間に存在しておったからよ」

「……異空、間」

「そして、魔法の天才であったあやつの手によって完全に秘匿されておった。故に、誰も気付けなかった。故に、外からの助力すら望めなかった。脱獄など、到底不可能だったろう。なにせアレは、創った張本人でさえ出られないようにする事で徹底的に堅牢《けんろう》な檻《おり》として機能するように創られておるからの」

たった一つの綻びすら出ないように、完全な檻とする為に自分自身そのものも犠牲にしているのだと告げられて、その在り方に俺は少しだけカルラが彼女を忌避する気持ちが分かったような気がした。

「問題があったとすれば、『獄』を創る際にユースティティアが文字通り力を使い果たした事くらいであろうな。だから、こうしてその存在が明るみに出た時、『獄』から無理矢理出てくる人間がいてもおかしくないと思っておった」

……成る程。ここが、やはりに繋《つな》がるのか。

俺も魔法師だから、分かってしまう。

単なる魔法ならば兎《と》も角《かく》、複雑怪奇な〝固有魔法《オリジナル》〟に近い魔法を、仕組みも知らない人間が補修するなど、土台不可能な話だ。

確かに、それならばカルラの言う通り、備える以外に取れる手段が存在しない。

「たとえそれが、限りなく小さな綻びだろうが、囚《とら》われているのは世紀の大悪党共。出られない道理はなかろうて……ただそれは、ユースティティアが『獄』の維持すら困難な状態にある事を意味する」

「……それの、何が問題なんだよ」

納得がいかないとばかりに顔を顰《しか》めるカルラの言いたい事が分からなくて、オーネストは訊《たず》ねる。

「妾は、空間ごと入れ替えられる魔法師に心当たりがあると言った。であるが、そんな状況にあるあやつが、『獄』の崩壊を後回しに、こんな真似《まね》をするとは思えん」

こんな、とは俺達の視界に入るこの明滅を繰り返す光景についてだろう。

ダンジョンの外に出て尚、その奇妙な光景は変わらなかった。

「あやつは、どこまで行っても救えないまでに〝正義の味方〟よ。何を差し置いてでも悪人を憎悪するその秤《はかり》が、たかだか数百年で変わる訳がない」

ある意味、それだけの信頼を置けてしまうまでに馬が合わなかったのだろう。

だが、カルラがそう言い切るという事はつまり、この光景を生み出している張本人は、ユーステイティア・ネヴィリムではない誰か。

一体誰なのか────。

その答えを出すより先に、変化が訪れる。

それは、目に見えた変化。

地震のような音を伴って、俺達の世界が文字通りズレた。

縦の、揺れ。

「ちょ、どうなっ、て」

「────ぁ？」

オーネストやガネーシャを始めとした驚愕《きょうがく》の声が広がる。

だが、決して立っていられない程のものではなく、俺はダンジョンに何かあったのではと考えた。

けれど、焦燥に駆られながら口にされるクラシアの言葉を前に、考えを改めざるを得なかった。

「……等価、交換……？」

何故、この状況でクラシアの口からその言葉が出たのか理由は分からなかった。

ただ、クラシアの視線は終始、先の揺れによって隆起しては、崩れる大地へ向いていた。

恐らく、轟音《ごうおん》にまぎれて聞こえたクラシアの呟《つぶや》きがなければ、今、俺達が足をつけている大地の一部が、砂で出来た城のように風化した事実に気付く事はなかっただろう。

等価交換とは、錬金術と魔法の鉄則である。

望んだ結果を得る為に、魔法であれば魔力を。錬金術であれば、対価を差し出す必要がある。

魔法は、基本的に一度限り。

撃ち放てば、その等価交換は終わる。

だから、一回分の魔力の消費だけで終わる。

だが、物を生成する錬金術は少し異なる。

錬金術にて生成された物は、対価に応じて、その存在の強度、維持される期間が決まる。

その為《ため》、対価が払えなくなった時、錬金術によって生成された物は跡形もなく風化してしまう事は周知の事実であった。

要するに、錬金術では等価でなくなった瞬間に消滅してしまう。故に、維持する場合は対価を払い続ける必要がある。

それが出来なかった場合、錬金術によって生成されたものは風化してしまう。

正しく、大地そのものが風化するその様子は、錬金術の等価交換のように見えた。

そして、その光景を前にして、どうしてか、ヴァネッサは明らかな動揺を見せる。

けれど、この状況で動揺するのは得策でないと理解してか、彼女はどうにか平静を装う。

「……どうして、貴女《あなた》が蘇生《そせい》をされたのか、分かりましたよ。ワイズマンさん」

「なんだと」

一言発するたびに、猛烈な勢いでめまぐるしく景色が変化する。

ひび割れた空間から姿を覗かせる鎖の数も増えて、程なく人の姿までもが現れる。

時間が圧倒的に足りていない。

だが、これだけは伝えなければとこの状況にありながらヴァネッサは言葉を続ける。

「確証がないので黙っていましたが、アンネローゼが知る秘密の一つに、都市国家メイヤードが〝賢者の石〟によって造られた国だ、というものがあります」

瞬間、ズガンッ!! と大きな音が轟《とどろ》いた。

それは、怒り任せにワイズマンが隆起した大地を殴りつけた音であった。

「……そんな馬鹿な話があるものか」

〝賢者の石〟がどれほど呪われたもので。

どれほど人の手に余るもので、どれだけの犠牲を払ってでもその存在を明るみにしてはいけないと身を以《もっ》て知り、秘匿した人間だからこそ、認められなかったのだろう。

そのきっかけであり、現状の原因が己にあると薄《うっす》らと理解出来てしまったからこそ、自分のせいで更に数百、否、数千にものぼる犠牲があったかもしれないと想像出来てしまうが故に、それを認める訳にはいかなかった。

「……ええ。馬鹿げた話です。だから、私も今の今まで信じていませんでした。ですが、そうであれば、辻褄《つじつま》が合うんです。何もかもに、辻褄が合うんです。この国が、こんな凶行を敢行する舞台に選ばれた理由も。ワイズマン《貴女》が蘇生された理由も、生かされている理由も。何もかもに」

「……ならダンジョンは、どう説明する」

ヴァネッサの発言を否定する為に、ワイズマンは言葉を重ねる。

「〝賢者の石〟で、ダンジョンまで造ったとでも言うのか」

「……いえ。恐らく、メイヤードのダンジョンはダンジョンではありません。ガネーシャさん」

「……何かな」

「貴女はこのメイヤードのダンジョンで、一度でもフロアボスに出会いましたか？」

「それはどういう」

「ダンジョンコアを目にした事は？　セーフティエリアに足を踏み入れた事は？　この国で、〝迷宮病〟に罹患《りかん》したという患者の話を聞いた事は？」

この中でダンジョンに誰よりも立ち入っているであろうガネーシャに投げ掛けられた疑問。

捲《まく》し立《た》てるように告げられたその疑問の数々に、「そんなもの————」と反論しようとしたところで、ガネーシャは言葉に詰まった。

「……な、い。強い魔物と戦う事はあっても、そう言えば、なかった。どの国であっても〝迷宮病〟の話は聞くのに、確かにこの国では聞いた事がない」

ガネーシャの不手際で、一階からダンジョンに潜った俺達にもそれは言える事だった。

言われてみれば、ヴァネッサが口にしたその全てが、このメイヤードのダンジョンには欠けていた。

それはまるで、このダンジョンが本来のものとは異なる————それこそ、造られたものとでもいうかのように。

気付いてしまったが最後、気持ちの悪い汗が背中をじっとりと濡《ぬ》らしていた。

「恐らく、この国のダンジョンは偽物です。そして、その最奥に、この国の核である〝賢者の石〟が隠されていた。そう考えれば辻褄が合うんです。その力を使えばきっと空間転移だって出来てしまう。ただし、その等価交換として、本来の〝賢者の石〟の役目であったメイヤードの維持が不可能になるだけで」

この等価交換が破綻した時特有の現象は、それ故。

そうならば、ユースティティア・ネヴィリムの力を借りず、この光景を作り出している事にも納得が出来てしまう。

「……私は、そのスペアか」

「ええ。恐らく、貴女は万が一の際のスペアでしょう」

空間転移を起こす際、欠かせないものはメイヤード本体。

しかし、転移させる為には〝賢者の石〟が必要不可欠。

その際、メイヤードが風化してしまわない為に、もう一つの〝賢者の石〟が必要だった。

中途半端な未完成品ではなく、完成された〝賢者の石〟が。

その為に、ワイズマンが必要だったのだ。

「……アレク。これからあたしは、姉さん達とダンジョンに戻るわ」

「正気か？」

俺に向けられたクラシアの言葉に、間髪いれずにオーネストが応じる。

確かに、ダンジョンに戻るならば、先程転移魔法を使用したクラシアが必要になるだろう。

ワイズマンを除けばこの中で一番錬金術に長《た》けたヴァネッサ。そして、ワイズマン本人。

三人がダンジョンに戻る事は、先の事情を知った上ならば、何もおかしくはない。

そのダンジョンが、崩れかけの状態でなければ、オーネストもクラシアの正気を疑う事はなかっただろう。

「……それ以外に、選択肢はないでしょ。何より、今回のこれは元はと言えばあたしのせいみたいなものよ。危険だからって、あたしが何もしない訳にはいかないでしょう」

その、刹那だった。

「オーネスト！！」

疲弊し切った身体に鞭《むち》を打ちながら、俺は声を張り上げる。

「おや」

「……心配すンなよ。見えてっから」

襤褸《ぼろ》のような外套《がいとう》の下に、包帯を全身に巻いた男が、何処からともなく現れ、オーネストに大鎌を振り下ろしていた。

咄嗟《とっさ》に差し込んだ槍《やり》との間に飛び散る火花。

金属の擦れる音を響かせながら、男は不服そうな声を漏らして飛《と》び退《の》いた。

手首には見覚えのある鎖が。

……恐らくこいつは、アヨンと同じ『獄』の人間────。

「余所見《よそみ》は厳禁、だぜ？」

思考に割り込むように、今度はスカルマスクの男が至近距離に入り込む。

手にはノコギリのような武器が、一対。

それを何故か、己の肢体に食い込ませた。

噴き出す血飛沫《ちしぶき》。

自傷するその行為に呆気《あっけ》に取《と》られた俺は、隙を晒してしまう。

身体の疲弊とも相まって、思うように動けなかった。そんな俺を嘲笑《あざわら》うように、男は噴き出した己の血飛沫を得物に乗せて――――。

「〝拘束する毒鎖《バインド》〟‼」

「オイオイ、随分と勘がいいいお嬢ちゃんじゃねえか‼　だが、無粋な真似をすんじゃねえよオ！！！」

男はヨルハの鎖によって磔《はりつけ》の状態へ。

圧倒的物量の鎖は、身動き一つさえも拒絶する。男はそれでもと強引に力任せに鎖を解こうと足掻《あが》くも、それだけの隙を見逃してやる程、俺は阿呆《あほう》でもなくて。

アヨンと同等の相手ならば、単に魔法を撃っても当たる訳がない。

故に、咄嗟に発動したヨルハの鎖に伝導させるように、雷の魔法を展開する。

「ナイスだ、ヨルハ……‼　〝雷電駆けろ《ショックボルト》〟‼」

「っ、づぁッ、ぃッてえじゃねえかァ！！！」

そしてそのまま、〝天地斬り裂く《シュヴァルト》〟を発現。

相手が俺を侮っている事は明らか。

真面《まとも》に戦って勝てる状態ではない以上、ここで後顧の憂えを絶っておく必要があった。

だからこそ。

「終わりだ」

心臓部に、躊躇《ためら》いなく俺は突き刺した。

帯電していた電撃が剣を伝って肌を灼《や》く。

多少の傷を負う事になろうとも、ここでこの男を殺す以上の成果はないだろう。

心臓をひと突き。

人であるならば、これは覆しようもない致命傷。だった、筈なのだ。

「残念。そいつの心臓は、そこじゃない」

ほんの僅かに、勝ちを確信したその瞬間、聞こえてきた言葉に耳を疑った。

オーネストを襲った包帯男の声。

心臓が胸以外の場所にあるなど、そんな馬鹿な話がと思うと同時、限界まで圧搾された殺意が襲い来る。

剣を伝って確かな拍動も感じられた。

目の前のこの男は————間違いなくまだ生きている。

「纏《まと》めてへし折れろや」

「————は」

口端《くちは》から血を溢《こぼ》しながらも、獰猛《どうもう》な笑みを浮かべ、スカルマスクの男は力任せにヨルハの鎖を引きちぎりながら得物を振りかぶる。

身を捩《よじ》る事で、突き刺さったままの〝シュヴァルト〟が、更に食い込む事もお構いなし。

その様子は、本当は痛みを感じていないのではと疑ってしまう程のもので、単なる強がりのようにも思えなかった。

「っ、〝魔力剣《ソード》〟！！！」

突き刺した〝シュヴァルト〟を抜いていては間に合わない。

故に俺は、剣を咄嗟に作り出す。

そして、互いの得物が合わさった直後、ほんの一瞬の均衡が崩れて俺は力任せに後方へと吹き飛ばされる。

「……チ。上手《うま》いこと、受け止めやがったか」

左腕が軋む。ヒビでも入ったか。

しかしそれ以上に目を疑う光景があったせいで、痛みに喘《あえ》ぐ事すら忘れてしまう。

「……あい、つ、傷が塞がって……！」

握ったままだった〝シュヴァルト〟が、吹き飛ばされると同時に引き抜かれた瞬間、確かにあったスカルマスクの男の無数の傷が一瞬で塞がった。

それは、元々、そんな傷は存在していなかったかのように時間が巻き戻るが如《ごと》く、綺麗《きれい》さっぱり、無傷へと変化した。

砂煙を巻き込み吹き飛ばされながら、加速する思考の中で考え抜く。

『獄』の人間は、誰もが手に負えないとされた大悪党の筈である。

彼らの生きていた時代は、数百年近く遡る必要もあるだろうが、それでも大悪党に限るならば正体を導き出す事は決して不可能ではなかった。

そして、足と〝魔力剣《ソード》〟を地面に擦れさせる事で勢いを殺し、漸《ようや》く止まると同時、俺の思考は辿《たど》り着《つ》いた。

どれほどの傷を負っても決して死ぬ事がなく、たった一度として歩みを止めなかった戦狂いであり、救いようのない差別主義者にして虐殺者。

純粋悪として世界を震撼《しんかん》させた大悪党。

——〝不死身〟の異名で知られるその人物の特徴は、手にする奇妙な得物といい、目の前の男とものの見事に一致している。

「……〝逆天《ぎゃくてん》〟のアヨンといい、三百年前の大罪人までいるのは相当だな。〝不死身〟のダリオス」

三百年前に存在した、大悪党、ダリオス。

通称、〝不死身〟。

俺の呟きに対する返事はないが、間違いなく彼の正体は〝不死身〟のダリオスだろう。

——オレを知ってんのかよ、と言わんばかりの喜色に染まった笑みがその証左。

生涯において、どれほどの傷を負っても死ぬ事はなかったという不死身の男。

その実体は、己の身体に高速で再生を施す〝固有魔法《オリジナル》〟によるものと言われたが、その詳細はついぞ明らかになる事はなかった。

一つ言えるのは、先の一撃でも分かるように彼の能力は再生力だけではないという事。

三百年も昔故に、文献の内容はあまりあてには出来ないが、伊達《だて》に大悪党と呼ばれている人物なわけではないだろう。

「……となると、そっちの包帯男も相当だな」

〝逆天《ぎゃくてん》〟のアヨンに、〝不死身〟のダリオス。

どちらも国程度は軽くひっくり返し、世界を震撼させた大悪党。

そんな人間に続いて、あの包帯男だけは例外で小悪党、なんて展開が起こるとは思い難《がた》い。

何より。

「……一人でも手に負えなかったのに、今度は二人か。いや、四……ご」

アヨン一人であっても、俺だけでは手に余った。

なのに今度は、二人である。

そして、現在進行形で目の前の空間に更に三つ、亀裂が生まれた。

合わせて、ここにいるであろう罪人は五人。

「学院長————」

こうなってくると、俺達の手に負えない。

だからこの場で間違いなく一番の強者であるカルラに、指示を仰ぐべきだと俺は判断した。

けれど、視線の先のカルラは、普段の余裕に染まった表情からは考えられないくらい苦しそうな様子を見せていた。

「あの『檻』を創っていた女もそうだが、随分と難儀な呪いを受けてるらしい。大地に呪われるってのはどんな地獄なのかね」

包帯男の言葉だった。

——大地に呪われる？

——難儀な呪い？

聞き覚えのない言葉に疑問符が浮かぶ。

しかし、その言葉を受けて、目に見えて表情を歪ませるカルラから、無関係ではない事は明白であった。

恐らくその言葉は、カルラがずっと魔法学院に引き籠っていた理由に関係しているのだと思った。

「……は。どこでそれを知ったかは知らんが、だとしてもお主らを相手にするくらいならば、訳がないわ」

同時、一斉に展開された大魔法に紛れて、カルラの声が聞こえた。

――――一旦、こやつらの相手は妾がする。だから、ひとまずここから離れよ。数が数なだけに、守りながらは戦えん。

アヨンと同じ化物が五人である。

それを一人で相手取ろうとするカルラを止めようとも思ったが、ボロボロのこの身体ではどうしようも出来ない。

足手纏いになるだけだ。

だからせめて、邪魔にならないように下唇を噛み締めながら、俺はカルラの言葉に従う。

「――――ここで別れよう。ここからは、俺はオーネストと二人で行動する。ガネーシャさんとヨルハは、クラシアの補助に回るか、レガスさんを捜して欲しい」

「……お前達は、どうするつもりだ」

目を細め、ガネーシャは俺の目的を訊ねる。

「あの中に入ってくる」

俺は、隠す理由もなかったからこそ、素直に答えた。

「入る、だと？」

「ああ。あれは、何処かしらに繋がってる魔法陣だ。手っ取り早く解決するには入る他ない」

視線の先には、空間形成の片鱗《へんりん》が窺《うかが》える旋回する魔法陣。

複雑怪奇で詳細まで理解は及んでいないが、あれはどこかに繋がっている一方通行の入口。

故に入るだけならいとも容易《たやす》く可能だ。

恐らくそれは、『獄』の性質を踏まえた設計だったのだろう。罪人を閉じ込めておく為に、入口だけは開けておく必要があったと考えれば合点《がてん》がいった。

なのに何故か、ガネーシャだけは終始複雑そうな表情を貫いていた。

「……分からないな」

ぽつりと一言。

「お前達の本来の目的は、この時点で達成されている。ヴァネッサ・アンネローゼを連れてメイヤードを後にするべきだろう。なのに何故、そうも首を突っ込もうとする？」

俺の考えを最後まで聞いて出された問い。

ガネーシャの言葉はその通りと言う他なく、本来、俺達はヴァネッサの安否を確かめる為にメイヤードへとやって来ていた。

親父《おやじ》の行方。

知らない間柄ではないカルラの存在。

グランに、ロキ。そして、メア。

気掛かりな事は無数にあるが、それでも今は、ヴァネッサをメイヤードから逃がすことを優先して然《しか》るべきだろう、と。

カルラにもカルラの事情があって、親父にも親父の事情があってメイヤードにいる。

ロキだってロキの事情があったから首を突っ込んだ訳で、だからこそ、俺達が俺達の本来の事情を優先する事は何も可笑《おか》しな事ではない。

「……出来るなら、そうするのが一番だって事は言われるまでもなく分かってるよ」

首を突っ込み過ぎた結果、誰かが命を落とす可能性だってある。

「でも、そう出来るのは、あくまで何も事情を知らなかった時までだと思う」

どうして、ヴァネッサがメイヤードにいたのか。それを始めとして、事情を知ってしまった今、ガネーシャの言う選択肢を摑《つか》み取《と》る事は到底、俺には出来なかった。

「……知ってしまった今、強引に連れ帰る事は出来ないという訳か。だから、首を突っ込んで手を貸すという訳か。とんだお人好《ひとよ》しだな」

「……今更、全部を見捨てられる訳もないしね。それに、勝機がない訳でもない」

「その身体でか？」

「ああ。この身体で、だよ」

疲労困憊《ひろうこんぱい》。

傷だらけの身体は、とうの昔に限界を迎えている。虚勢でどうにかなる範疇《はんちゅう》を超えていた。

だからこそ、ガネーシャは胡散臭《うさんくさ》いものでも見るかのように俺を見つめてくる。

あんな化物だらけの魔窟で、どこに勝機を見出《みいだ》せるのだ。

なまじ優秀で強いからこそ、全てを察して、手遅れになる前に逃げてしまえとガネーシャは言っているのだ。

……お人好しはどっちなんだか。

「うるっせえよ、〝賭け狂い〟。アレクが出来るって言ってンだ。なら、出来るンだろ。こいつは、出来ねえ事を出来るなんてつまらん嘘《うそ》を吐《つ》くような奴《やつ》じゃねえンだよ」

獰猛に笑みながらオーネストは言う。

その大きな信頼が、今はどうしようもなく心地良く思えると同時、俺の考える勝機に賭け要素が多過ぎる故に、少しだけ申し訳なくも思ってしまう。

今回ばかりは、絶対の確証がないから。

「それで、どう二人で引《ひ》っ掻《か》き回《まわ》してやるよ。こうなりゃ、とことん付き合ってやらあ」

槍を握る手に力を込めるオーネストを横目に、俺は苦笑いをする。

「……まあ、ある意味そうと言えばそうなんだが……ただ、俺の目的は戦闘じゃない」

「あン？」

意味が分からないとばかりに口にするオーネストに、俺は言葉を続けた。

これは真正面から挑んでも、俺達の手に負える話ではない。

「俺達が今すべき事は、今回の首謀者を倒す事。それと、アレをどうにかする事だ」

空に浮かぶ旋回する魔法陣。

『獄』そのものを消しでもしない限り、恐らく罪人達は際限なく出てきてしまう。

それには首謀者をどうにかする必要がある。

「……ただ、今の状態じゃどうしようもない。だから、取引をしにいくんだ」

圧倒的に手が足りていないこの状況。

逆立ちしても解決不能なこの状況を打開するには、多少のリスクを背負った賭けでもしない限り、打開出来ない。

そして、これが俺の考える唯一の勝機。

「……アレクお前、学院長の話を聞いてたのかよ。その『獄』にいる奴が融通の利かない人間だってのは何度も」

「違う。俺が取引を持ち掛ける相手は、『獄』を創った人間じゃない。『獄』に囚われてる人間だ」

この状況を打開出来るだけの能力を持ち、かつ、己の欲求の為ならば此方《こちら》に手を貸す事も厭《いと》わない人間。そして、純粋悪ではない者。

相応の代償を払う事になるだろうが、彼女の能力を俺は身を以て知っている。

ことこの状況において、毒を飲むくらいの覚悟がなければ解決出来るはずもなかった。

＊　＊　＊

「────嫌でもまた相まみえるとは言いはしたが……まさか、お主から儂《わし》に会いに来るとは思わなんだ」

幽鬼を思わせる白髪の女性。

打って変わって身体中、薄透明の鎖に雁字《がんじ》搦《がら》めにされながらも、鉄格子越しに愉楽に染まった眩《まぶ》しい笑みを見せる彼女を、すぐに発見出来たのは不幸中の幸いだった。

否、ここでは見つけさせられたと言うべきか。

『獄』に立ち入った瞬間より、見つけてくれと言わんばかりに彼女は自己を主張していた。

「まさか」なんて言葉を口にしてはいるが、彼女は俺がこの行動を起こす可能性を知っていたのだろう。

声音からは然程《さほど》の動揺も見受けられなかった。

「それで一体、何の用じゃ？」

そして、全てを理解した上で抜け抜けとそんな事を彼女はほざく。

面白くて仕方がないと言わんばかりの笑みを絶やさないのがその証拠だ。

「……不本意極まりないけれど、あんたの力を借りたい」

間違ってもそれは、少し前に殺し合いを繰り広げた相手に向ける言葉ではないだろう。

だが、相手にとって正当と思える対価を差し出し、取引が出来るような相手を、俺は今、彼女を除いて知り得なかった。

「俺と取引をしよう。〝逆天《ぎゃくてん》〟のアヨン」

十話　ユグレット

俺の発言を前にして、呆《ほう》けるようにぱちくりとアヨンは目を瞬《しばたた》く。

恐らく、彼女にとって予想外の言葉であったのだろう。

だが、そんな反応も長くは続かず、やがて緊迫した空気が弾《はじ》けるかのように、小さく息が吐き出された。

「く、くふ、くふふふふふふふ」

感情を隠す気など毛頭ないのだろう。アヨンは雁字搦《がんじがら》めにされた鎖を擦り鳴らしながら、口を弧に描いて白い歯を剝《む》き出《だ》して笑う。

腹を揺すりながら、どこまでも愉楽に声を弾ませる。

「成る程。成る程のう。取引と来おったか。確かに、儂《わし》は『獄《ここ》』に囚《とら》われておる多くと違って嗜《し》虐《ぎゃく》に飢えておる訳でもなければ、憎悪に支配されておる訳でもない」

その通りであった。

しかし、かといってアヨンが理知的で取引し易《やす》い相手と言うわけではない。

真面《まとも》に話し合いの場すら設けられない禽獣《きんじゅう》より酷《ひど》い連中と比べたら、幾分かマシというだけだ。常識が常識として機能しない前提はアヨンも同じである。

そうでなければ、アヨンが己の欲求に従い、大虐殺を引き起こす事もなかっただろう。

「して、お主は儂に何を差し出すつもりじゃ？」

取引とは、何かを望む代わりに何かを対価として差し出す事。

俺がアヨンに望む取引ならば、それに応じた対価を求める権利がアヨンに発生する。

喜色満面のアヨンの笑みは、期待の表れか。はたまた、滑稽極まりないと嘲っているだけか。

分からない。

分からないが、仮に後者であったとしても俺のやる事には変わり無い。

そもそも、これ以外に選択肢はないのだ。

「一応言っておくが、出来ぬ事をほざくでないぞ」

流し気味に、アヨンの瞳が動く。

その先には、己の肢体の自由を奪う鎖の束。

ただし、その鎖は渾身《こんしん》の一閃《いっせん》ですら僅かの欠けもなく受け切る強度を誇る代物。

つい先刻繰り広げた戦闘の中で、鎖を断ち切る術を探していたアヨンでさえも、諦めたほどのものだ。

鎖から解放される方法はついぞ見つからず、どれだけ鋭い一撃も、魔法も、鎖を斬り裂く事は叶《かな》わなかった。

故の、諦念。

故の、忠告。

他でもないアヨン自身が、まともな方法ではこの鎖からは解放されない。

そう判断せざるを得なかったからこそ、確証もないにもかかわらず、『獄《ここ》』から出してやる事が対価とでも口にしようものならば、それ相応の覚悟をしろよと言外に告げてくる。

「……アレク。こりゃ、どう見ても時間の無駄だぜ。仮に取引が出来たところで、微塵《みじん》も信じられねえ相手になンの意味があるよ」

何があっても瞬時に対応出来るようにと、槍《やり》を既に取り出し肩に背負いながら、黙って俺とアヨンのやり取りを見つめていたオーネストが会話に割って入る。

取引というものは、互いにある程度の信頼があってこそ、成り立つものである。

信頼がゼロどころか、マイナスに割り込んでいる状況で、相手が差し出す対価が罠《わな》ではないと言い切れない以上、その取引自体に意味はないと口にするオーネストの言い分はその通りでしかない。言い訳の余地なく、正しい。

きっとオーネストは、アテがあるとばかりの物言いをした俺に知己がいるか何かと考えて、あの場では納得してくれたのだろう。

ただ、俺だって何も希望的観測一つで行動を決めるような向こう見ずではない。

恐らく、こういう時のために、何事も例外が付き物という言葉があるに違いない。

「……いや、信じられるよ。相手があの〝逆天《ぎゃくてん》〟だからこそ、信じられる。こいつが、自分の信条を、それこそ死ぬとしても曲げられない人間だからこそ、この取引は信じられる」

「おいおい、正気かよ」

——〝英雄願望者〟。

どれほどの犠牲を払おうとも、決して最後の最後まで曲げなかった彼女の願いであり、信条。

ソレが叶うのであれば、それこそ彼女は悪魔にだって喜んで魂を渡す事だろう。

一度、戦ったからこそ、そう言い切れた。

「少なくともあんたは、〝英雄〟に成り果てようとする人間を害する事は出来ない筈《はず》だ。そうだろう？」

アヨンが求めているのは、傀儡《かいらい》ではない。

どんな困難も確固たる意志で以《もっ》て乗り越える、正真正銘の物語上に存在するような〝英雄〟。

そして先の戦闘で、彼女は俺にその素質があると口にしていた。

だからこその取引。

だからこその信頼。

どんな経緯であれ、アヨンが望んで止《や》まなかった〝英雄〟に成り果てようとする人間を、彼女は害せない。それが、彼女自身が認めた素質を持つ者であれば、きっと尚更《なおさら》に。

何故《なぜ》ならば、それこそがアヨンの生涯そのものとすら言えるから。

百年以上の時を経て尚、微塵も変わらなかった想望を対価にされては、アヨンであっても無下には出来ない。俺にはその確信があった。

現実────。

「……成る程。その謎の自信の理由は、それ故じゃったか。確かに、儂はその申し出だけは拒む事が出来ぬ。いや、お主の言うように儂だからこそとでも言うべきか」

アヨンは仕方がなさそうに笑った。

〝英雄〟という偶像は、彼女が何を犠牲にしたとしても捨て置けなかったもの。

それを知った上での提案だからこそ、この対等とは程遠い取引に笑うしかなかったのだろう。

特に、あの場で殺す事を躊躇《ためら》う程度には彼女は俺に価値を見出《みいだ》していたのだから。

「他の人間が口にしようものならば取り合う事すらしなかったじゃろうが、お主ならば話は別よ。あの時の覚悟然り。そして、自己犠牲を前提とした上の、この取引。少なくともその精神性は、どうしようもなく〝英雄〟に相応《ふさわ》しかろうて」

そして、アヨンの好奇心に満ちた視線が値踏みをするようなものに変化する。

「それで。お主は儂に何を求める？　見ての通り、儂は真面には動けぬぞ。ま、誰のせいとは言わぬがの」

「あんたの〝逆天《ぎゃくてん》〟の力を借り受けた上で——『獄《これ》』をどうにかしたい」

冗談ともつかない彼女の嫌味に構う事なく、俺は告げる。

「……。前者は兎《と》も角《かく》、後者は恐らく無理じゃな」

溜息《ためいき》にも似た吐息を挟んでアヨンは答えた。

「一応説明するが、儂の〝逆天《ぎゃくてん》〟は魔力に作用する〝固有魔法《オリジナル》〟よ。裏を返せばそれはつまり、魔力の介入がない物に、〝逆天《ぎゃくてん》〟は通じぬ。そして、不純物が混ざっていればいるだけ、本来の効果が望めなくなる」

能力の開示。

所有者にとって生命線とも呼べるものを呆気《あっけ》なくアヨンが口にした理由は、彼女なりの誠意か。はたまた、知られたところで対処の仕様がないと決めつけているからか。

「……不純物？」

「端的に言うなら、魔力以外の力じゃな。その正体は儂にも分からん。じゃが、そのせいで儂でさえもこの通りよ。その大元ともなれば、余計に無理じゃろうて」

鎖の擦れる音を聞かせながらアヨンは言う。

「ゆえ、力になれるとすれば前者のみになろう。この『獄』そのものをどうにかする事。そして、その管理者であるユースティティア・ネヴィリム。あれの、説得。この二つは、どうにもならん。術を模索するならば、この二つを除いた手段しかないじゃろう」

どう考えても尋常とは程遠い人間だろうが、『獄』を力業で対処出来ないならば、創った張本人をどうにかするしかない。

安易にたどり着いた俺の選択を、見透かしたようにアヨンは否定してきた。

「……しかしよ、見れば見るほど。聞けば聞くほど、半端な〝正義の味方〟だな」

会話をぶった斬るようにオーネストが言う。

「仮にも、〝正義の味方〟を語る人間なら、こうなる事も予想出来てただろうによ」

こうなる事とは、管理者であるユースティティアの力が弱まった事で、囚われの身であった罪人が好き勝手暴れている件だろう。

確かに、徹頭徹尾悪を憎み、正義を尊奉する人間がこの状況を予想出来なかったとは思い難《にく》い。

何より、カルラの言葉が本当ならば、正義を貫く為《ため》ならば人倫すらも躊躇《ちゅうちょ》なく無視して突き進む人間だった筈だ。

オーネストの言う通り、少しだけ違和感が残る。

仮に、捕らえた罪人を利用する目的だったとしても、万が一がないようにもっと拘束を徹底していてもおかしくない。

そもそも、力ある罪人を何人も捕らえておく事はあまりに危険性が高過ぎる。

「そうじゃな。ただ、恐らくユースティティアは、予想した上でそれを許容したのじゃろう」

「……どうして」

「偏《ひとえ》に、その危険性を抱え込んででも果たさねばならない目的があった────そう考える他なかろう。でなければ、説明つくまい。そもそも、そこのツンツン頭の言うように儂も前々から疑問を抱いておった。ここは本当に罪人を捕らえる為に創られた場所なのか、とな」

「まるで、心当たりがあるような言い方じゃねぇか」

「儂らの役割を考えれば当然じゃろう。捕らえられた儂らは、ユースティティアの目であり、手であり、足であった。ゆえに、目にするものも自《おの》ずと多くなっておった」

鎖で繋《つな》がれた彼ら彼女らは使い勝手のいい駒だったという訳か。

「そして、ここに繋がるのじゃ。のう？　アレク・ユグレット。どうしてあの時、儂がユグレットの名に反応したか、気にならぬか」

……そうだ。

アヨンは、グランが俺の名前を呼んだ時、「ユグレット」の名に妙な反応を見せていた。

まるで、あり得ないものでも見るかのように。

「答えは簡単よ。一時的ではあったが、儂がユースティティアの命でアリア・ユグレットを監視しておったからじゃ」

「────ッ、アレクッ！！！」

ガシャン、と音が響いた。

鉄格子越しだったが、その言葉を聞いて俺は、思わず手が出ていた。

だが、幸か不幸か、鉄格子に阻まれる。

オーネストが大声を上げ、強引に肩を摑《つか》んでくれていなければこのまま魔法の一つや二つ、撃ち放っていたやもしれない。

「……詳しく、話せ」

「先に弁明しておくが、儂はお主の母の死に一切関与しておらぬ。あくまでも儂は、監視をしておっただけに過ぎん」

「なら、一体何の為に監視してたんだよ」

語気が強くなる。

けれど、それも仕方がなかった。

「万が一、あの男にアリア・ユグレットが奪われた場合、生死を問わず奪還しろと、ユースティティアは儂に命じておった。だから、監視しておったのじゃ」

その言葉に俺はもう訳が分からなくなった。

頭が混乱している。

煩雑で、言葉の意味すら分からなくなった気がしてしまう。

「……あの男って、誰だ」

「これでお主らに伝わるかは分からぬが……背丈の小さい眼帯の男よ。名前は知らぬのでな。それ以上、伝えようがない」

「……テオドール……!!」

眼帯の、背丈の小さい男なぞ彼以外にいる訳がない。

という事は、ユースティティアとテオドールは前々から接触をしており、協力関係にあったという事なのだろうか。

……否、であるならば先のアヨンの言葉はおかしい。

ユースティティアはテオドールの邪魔をせんとする命を下していた。

頭の中が、混乱する。

疑問が疑問を呼んで、整理がつかない。

「話がぐちゃぐちゃだ」

そんな中、オーネストが呆《あき》れるように言う。

「オレさまは賢くねえし、深く考える事自体が嫌いだ。だから、この会話が時間稼ぎのようにも思えるし、まどろっこしくて仕方がねえ。そんな訳で、端的に結論だけ言うぜ」

億劫《おっくう》な心境を隠す事もせず、オーネストは自分勝手に思うがままの言葉を口にしてゆく。

「ユースティティアって奴《やつ》は、あのクソ眼帯の敵か？　味方か？　それと、アレクの母さんの身柄を求めてた理由を吐け。理由によっては、オレさまは関わった全員を何が何でも殺す」

「答えられないと言ったら」

笑みを消し、スッと銀の瞳を覗《のぞ》かせるアヨンに怯《ひる》む事なく、オーネストは無情に告げる。

「その身体《からだ》に穴を空けてでも答えさせる」

「悪くない殺気じゃな。その言葉が脅しでない事がよく分かるわ。じゃが、儂は本当に知らぬよ。

何も知らぬ。開示出来る情報は全て教えておる」

「なら、ユースティティアって奴の居場所を言え。そンくらいは分かンだろ」

「うむ。その問いならば儂にも答えられる。じゃが、その必要はなかろう」

「あ？」

アヨンの視線が、オーネストから外れた。

その視線は、オーネストよりももっと奥――少し先を見ているようで。

「アタシがアリア・ユグレットの身柄を求めた理由は、単純に〝操り人形《テオドール》〟に渡す訳にはいかなかったからだ。それ以上でもそれ以下でもない。これで満足か？」

そこには、藍色の髪を腰付近まで伸ばした女性がいた。顔色は悪く、今にも死に掛けの人間のソレで、だから俺の顔は反射的に引《ひ》き攣《つ》っていた。

外傷はない。

ならば、身体の内の問題なのだろう。

身体を引《ひ》き摺《ず》るように歩み寄ってくる。

その様子も含め、やはり彼女は死に掛けの人間でしかない。

なのに、この距離になるまで彼女の気配に気付けなかった。

それがどれだけ異様で異常なのかを理解したが最後、気を抜ける訳もなかった。

「……渡す訳にはいかなかった理由を、まだ聞いてない」

「特別な意味などない。ただアタシは、あいつらの思惑通りに事が運ぶのが許せなかったのと、一方的に押し付けられたデカい借りをほんの少しばかり返そうとしたに過ぎない」

あっけらかんとユースティティアは言う。

「テオドールと同類扱いされたくはないが、アタシも『神』が嫌いなんだ。だからこれは、そう。単なる嫌がらせにも近いな。それと、同情か」

「……同情？」

「そうだ。自分自身が未《いま》だ、操られている事に気付いていない人形に対する同情。僅かな自由な時間に得た記憶と感情すら、利用されている哀れな人形に対する同情だな」

――――人形。

ワイズマンとの会話があったから、その言葉はテオドールを指しているのだとすぐに気付けた。

「テオドールと名乗るあいつは、〝魔眼《レジェレ》〟の力を持つ人間を求めていた。他でもない、〝神の意思〟とやらに従って。尤《もっと》も、当の本人は何も気付いていなかったがな。それが、『神』を殺す事に繋がると信じて疑っていなかった」

「…… 〝神の意思〟だと？　あのテオドールが？」

口を開けば『神』を殺すと宣《のたま》うあいつが、〝神の意思〟に従っているなど、土台あり得ない話だと思った。

「言っただろう。普通の人間のように見えるが、どこまでもあいつは、人形でしかない。一度はその運命から解放されはしたが、あいつは今も、昔も、ただの操り人形だ。それは、かつて言葉を交わしたアタシだから、言い切れる。『神』への復讐《ふくしゅう》などと真っ当な理由《自我》を持っているように見えるが、根っこにあるのはあいつを操る存在の意思以外の何物でもない。それに気付いていた人間から、アタシは監視を頼まれた。それもあって、『獄』を創った。相手に気付かれないようにする上で、〝正義の味方〟というアタシの肩書きはよく働いてくれたよ。お陰で、誰も何も疑わなかった。尤も、悪を恨む感情は今も変わらんがな」

この『獄』という存在が、〝正義の味方〟による罪人への檻《おり》でしかないと、事実、カルラでさえもそれを微塵も疑っていなかった。

本当に、信じられない話ばかり。

だが、ユースティティアが口にする言葉には、一応の筋が通っていた。

「質問には答えた。これで満足だろ。だったら、今すぐ『獄』《ここ》から――――いや、この国から出ていけ。ここから先は、アタシ達が責任をもってケリをつける。これは、あの時、テオドール《アレ》を殺しておかなかったアタシ達の責任だから」

馬鹿正直に質問に答えてくれた理由は、ソレだったのだと今更ながらに気付いた。

彼女は俺達《おれたち》を脅威と捉えていた訳ではなく、利用しようと誘導した訳でもなかった。

ただ、俺達をメイヤードから追い出す対価として質問に答えていたのだ。

彼女にとっては、ここまで巻き込んでしまった事に対する慰謝料。

そんな感覚だったのやもしれない。

だが、である。

「断る」

「あ？」

俺は、それを理解して、けれどその上で、拒絶の言葉を突き付けた。

剣呑《けんのん》な空気が満ちる。

相手は見るからに死に掛けだ。

なのに、どうしようもなく恐ろしく感じるこの感覚は、言葉では説明出来なかった。

本能が忌避しているとでも言えばいいのか。

「あんた達が、確実にこの状況をどうにかしてくれる保証がどこにある。今にも死に掛けのあんたがどう言ったところで、俺は信じられない。何より、俺にだってあいつには借りがある」

もし、何もなければ、俺は引き下がっていたのかもしれない。

「少なくともあいつがいなければ、母さんが死ぬ事はなかった。親父《おやじ》があんな悲しい顔を見せる事はなかった。エルダスが、罪悪感に苛《さいな》まれる事もなかった。ヨルハが、グランと離れ離れになる事も、リクが死ぬ事もなかった」

関係がないと割り切るには、あまりに関わっているものが多すぎた。

「メアが、苦しむ事もなかった」

ここで手を引いて、もし万が一、ダメだったら。次はどうなる。

次はどんな悲劇が訪れる？

仮にそうなった時、誰が責任を取ってくれるという。

だからこそ、ユースティティアの言葉には頷《うなず》けなかった。

「……ああ、そうだろうな。アタシは目にしてないが、テメエには様々な不幸があっただろう。この世には、理不尽な不幸ってやつが腐るほど転がってやがる。アタシも、それはよく知ってる。でも、今はのみ込んでおけ」

明確な怒気が込められる。

「カルラから聞かなかったのか。アタシら〝呪われ人〟は、普通じゃないと。テメエらが戦ったところで、得られるのは無駄死にという結果だけだ。万が一すらなく、結果は既に決まり切っている。テメエが命を掛けて引き分けたアヨンは勿論《もちろん》、他の救いようのない悪党共も、テメエが言ったこの死に掛けのアタシに、手も足も出なかったんだ」

アヨンは、その言葉にたった一言も言い訳を口にしなかった。

その通りだと言うように、無言を貫く。

「……そうかもしれない」

少なくとも俺は、カルラには勝てない。

それこそ、足元にも及ばないという言葉が適当と思えるまでに。

そんなカルラが曲がりなりにも認めていたユースティティアにも、間違いなく勝てないだろう。

万全の状態であったならば、アヨンにも勝てないかもしれない。

嗚呼《ああ》確かに、この場において俺はお荷物だ。

ユースティティアの言葉は紛れもなく正しいのだろう。

「でも、〝仕方がない〟からと言い訳をして目を背ける事は大嫌いなんだよ。もう、しないと決めてるんだよ」

〝仕方がない〟と流されて、許容して、諦めて、言い訳をして。

その結果、後悔を抱えた過去があるからこそ、俺は嫌悪し忌避を隠さない。

「少なくとも、メアを助ける方法を見つけるまで、俺はメイヤードを後にする気はない。それに、人が死ぬのを黙って見てるほど俺はクズじゃない。だから、ここまで関わってしまったからには、あんたの言葉であっても応じられない。ユースティティア・ネヴィリム」

「ならば仕方がないな」

敵意が剝き出しになる。

まるで、死神の鎌を首にかけられたような錯覚すら覚える鮮烈な殺意であった。

「……その状態でてめえ、ヤル気かよ」

「万全でなければ戦えないは、弱者の言い訳に過ぎないからな」

「言うじゃねえか……ッ」

俺達はテオドールの敵である。

双方の目的は、過程は兎も角、一致している筈だ。しかし、その立場を明かしたにもかかわらず、敵の敵が味方とならない理由は、薄々理解している。

ユースティティアが、母の事を告げた上で俺達に出て行けと言ってきたからだ。

間違いなく、〝魔眼《レジエレ》〟を持つ俺が邪魔なのだろう。

しかし、その反応は俺からすれば悪手極まりなかった。それはつまり、テオドールが俺に執着を見せる可能性がある事を示しているから。

純粋な戦闘力では勝てないにせよ、その要素があるならば俺にも勝算が生まれる。

「なら、容赦なく行かせてもらうぜ？　悪《わり》ぃが、得体の知れねえ奴の言葉に従ってやる程、オレさま達は馬鹿じゃねえんだ」

そして、血が滲《にじ》む程に強く槍を握りしめたオーネストがユースティティアに肉薄しようとして、けれど、激突が起こる事はなかった。

「……チ」

「……時間切れか」

まるで狙ったかのようなタイミングで、俺達の世界が大きく揺れた。

鳴り響く轟音《ごうおん》。

もしや、カルラが全てを始末し、助けに来てくれたのだろうか。

そんな希望を抱くが、間違いであるとすぐに思い知らされる。

だから、突然の出来事でユースティティアの目がこちらに向いていない今をこれ幸いとして俺は言う。

「アヨン」

「なんじゃ？」

「取引の続きだ」

ユースティティアの登場によって中断されていた取引の続き。

アヨンもそれを待ち侘《わ》びていたのだろう。

やっとか、と告げるように笑みが深まる。

「あんたの求める〝英雄〟に俺が相応しいかどうかは分からない。なれるかどうかも分からない。でも、今は戦う力が――――」

「〝逆天《ぎゃくてん》〟」

――――必要なんだ。

足下を見られる事覚悟で言い終わるより先に、アヨンが言葉を被《かぶ》せた。

俺に対して言い放たれたそれは、彼女の〝固有魔法《オリジナル》〟であり、代名詞とも言えるもの。

回復魔法の比じゃない速度で、身体が癒えてゆく。底をついていた筈の魔力まで、回復してゆく。

「あの時、あの話を持ちかけられた瞬間より、儂に選択肢がなくなったように、お主にも選択肢はない。じゃから、問答は無用よ」

「…………」

「それと、心配せんでもよい。仮に、お主が儂の望む〝英雄〟に成り果てずとも、その時は貸しを一つ、違う形で返して貰《もら》うだけの事よ。なに、些細《ささい》な願い事を聞いてくれればそれで良《い》い」

「……人倫に悖《もと》る行為は出来ないぞ」

「儂を何だと思っておるのやら。確かに、〝英雄〟という存在に憑《つ》かれてこそおるが、それはあくまで、儂を含めた理不尽な不幸に喘《あえ》ぐ人間を救ってくれる存在を求めたが故よ。意味のない虐殺を儂は求めておらん。安心せい」

相手は、リアトレーゼの悲劇と呼ばれる〝英雄〟を造り出す為の行動で国ごとを糧にしようとした人物。

彼女の過去を少しでも知る人間ならば、およそ信じられない一言である。

しかし、何故だか、理由らしい理由もないのにその言葉は嘘《うそ》ではないと思えた。

「分かった」

「取引成立、じゃな」

人影を視認した。

小さい、子供のようなシルエット。

見覚えは――――嫌になるくらいにある。

「それと、折角じゃからサービスをしてやろう」

そんな中、アヨンの言葉は続く。

「サービス？」

「このままでは、天地がひっくり返ってもお主らはアレに勝てんよ。尤も、アレがユースティティアと同格だとすればの話じゃが」

お互いに万全でなかったとはいえ、一度死力を尽くして戦った相手の言葉だからこそ、重みがある。

「ゆえ、勝てると思うな。正真正銘、負けて当然の相手なのじゃから。なれど、決して諦めるでない。手が折れようと、足が千切れようと、心臓が鼓動を止めるその瞬間まで諦めるな。奇跡という奴は、そういう人間にしか微笑《ほほえ》まぬ。少なくとも、儂がそうであった。そうであったから、儂は〝逆天《ぎゃくてん》〟のアヨンになった」

一番重要な部分を、回りくどい言い方で表現されたからこそ、逆によく分かった。

つまりは、彼女は未だ解明されていない本当の意味での〝固有魔法《オリジナル》〟の事を言っているのだろう。

〝固有魔法《オリジナル》〟とはその名の通り、その者にしか扱えない特別な魔法。

元来の魔法とは、異なる魔法を指す。

だが、奇妙なことにその使い手は、子供もいれば大人もいる。

研究者もいれば、研究など一度もしたことが無く、魔法に殆《ほとん》ど触れた事がない者すらいる。

信じられない事ではあるが、ある日突然、〝固有魔法《オリジナル》〟を使えるようになった、そんな珍妙な話が実際に存在するのだ。

勿論、研究に研究を重ねた結果、元来の魔法とは異なる〝固有魔法《オリジナル》〟に辿り着《たどつ》く人間も存在するが、本当の意味での〝固有魔法《オリジナル》〟と呼ばれる物は、理屈や論理などで説明しようがない、破綻だらけで、本当に、その者の為だけに用意されたとしか思いようのない、ある日突然、ふとしたきっかけで使えるようになった魔法を指す。

だから、ある国ではその者の想《おも》いが形を成した姿であるとして、〝固有魔法《オリジナル》〟を想いの魔法などと呼んだりもするらしい。

恐らくアヨンは、どんな絶望的な状況であっても、諦めなかった先で〝固有魔法《オリジナル》〟を習得した、とでも言いたいのだろう。

本当か嘘かは分からない。

だが、とんだサービスだなと思った。

「……は。サービス精神旺盛だな」

お陰で、最後の最後まで諦められなくなった。けれど、〝逆天《ぎゃくてん》〟のアヨンに〝英雄〟という言葉を用いて取引をしたにしては、まだ優しいサービスであったのやもしれない。

俺に言わせれば、サービスではなく呪いの間違いなのではと思ったが、口に出す事はやめておいた。

言葉があろうがなかろうが、ここまできて途中で諦める選択肢はそもそもなかったから。

「お主が死んでは、対価を受け取れぬだろう」

「それもそうだ」

そこで、アヨンとの会話は終わった。

「────ぼくはユースティティアに会いに来たというのに、どうやら場違いな人間がいるね」

否、強制的に打ち切られたが正しいか。聞こえてくる声は、やはり覚えのあるもの。テオドールの声であった。

「そしてどうにも、そいつはそこの罪人と結託しているように見える。ねえ、ユースティティア。どうしてまだ、そんな人間が生きてるんだい？」

「……どうだって良いだろ。アタシはこの状態なんだ。使えるものはなんだって使う。それだけの話だ」

何故か、ユースティティアは俺達を庇《かば》った。

先程まで、実力行使をしてでもこの場から追い出そうとしていた人間が、である。

「ところでだ。テオドール。アタシが認められるだけのもんは持ってきたのかよ。見たところ、カルラの首は持ってないようだが」

「ちゃんと持ってきてるよ。尤も、カルラの首じゃないから、見せるならきみの目の前での方がいいと思ってね」

俺達を蚊帳の外に、話は進む。

口振りからして恐らく、すでに一度、テオドールはユースティティアを訪ねていたのだろう。

「……アレク。あいつの手を見ろ」

何かに気付いたオーネストが、耳打ちするように告げてくる。

「手？」

「あの、ちびっ子と全く同じ状態だ」

言われるがままに確認すると、彼の手には何かが埋め込まれていた。

見覚えのある、鉱石のような異物。

「……『ホムンクルス』か」

だが、俺の記憶が確かならばテオドールの手にそんなものは埋め込まれていなかった。

ただ、先程聞かされたヴァネッサの推論を踏まえると、答えが出てしまう。

つまりテオドールは、メイヤードにあった〝賢者の石〟を奪い、自身の身体に取り込んだのだろう。

「そうさ。自分自身を『ホムンクルス』に近付ける事で、ぼくはぼくらにあった制限を取り払う事に成功した。その過程で人間を半分辞める事になったけれど……そんな事は今更だろう。そもそも、人の寿命の限界をとうの昔に超えたぼくらが、本当に未だ人間なのかどうかは怪しい」

「……確かに、今のアタシらが制限なく力を使えるのなら、勝機はある」

「なら、約束通り――――」

「ああ。協力してやろう」

そこで俺達は、殺意をユースティティアに向ける。やはり、彼女はテオドールと結託していたのだ。ならば、二人が協力する前に、万全とは程遠いユースティティアを先に倒さなくては。

そう、結論づけようとした瞬間だった。

感じたのは一抹の違和感。

その違和感は、続く彼女の言葉によって確信へと変わる。

「ただし、アタシが協力してやるのはあくまで『神』を殺す事についてのみだ。〝操り人形《テオドール》〟としてのテメエには、協力する義理はないな」

巻き起こる殺意の奔流。

ユースティティアはここでテオドールを殺す気だ。

その真意を汲《く》み取《と》った人間から、動き出す。

彼女の言葉を最後まで聞いていたテオドールだけが、一歩遅れた。

加えて、ユースティティアの言葉に集中するあまり、俺達への警戒心が薄れた。

それが、まごう事なき致命傷。

誰よりも速く、大地を蹴り上げ肉薄したオーネストの穂先がテオドールに迫る。

「────殺《と》った」

どう足掻《あが》いても最早《もはや》避けられないであろう攻撃。そう、俺も確信した。

なのに、オーネストと共に肉薄していた俺の視界に映り込んだ墨色の何かの存在が、俺にこの言葉を叫ばせた。

「いや違う！　避けろオーネストッ‼‼」

既に足は大地を離れ、槍を突き出している。

避けるにも避けられない。

何より、あと数センチで穂先はテオドールの頭部を貫く位置にある。

絶好の機会。

だが、決死の思いで叫んだ俺の言葉に、オーネストは常人ではあり得ない挙動で身体を捻《ひね》り、横に旋回する事で応じた。

「……成る程。何となくだが、勝てねえと言われた理由が分かった気がすンぜ」

オーネストが、手で頬を拭う。

そこには一筋の血。

鋭利な刃物で抉《えぐ》られたような傷が生まれていた。

「……〝古代魔法《ロストマジック》〟のような兆候もなければ、魔力の消費も、魔法陣すらなかった」

気付けたのは、本当に偶然だ。

ユースティティアとアヨンに、絶対に勝てないと忠告を受けた上で、最大限の警戒をしていたから辛《かろ》うじて気付けたに過ぎない。

だが、オーネストを襲った鉤爪《かぎづめ》のような攻撃の正体が、全く分からない。

一体、どんなカラクリなのか。

何も分からないから、対処のしようがなかった。

思考を巡らせる中、敵とすら認識されていないと憤るべきか。未だ侮っていると喜ぶべきか。

テオドールは襲った俺達に一瞥《いちべつ》すらくれず、ユースティティアに言葉を投げかける。

「…………。まるで、ぼくが『神』を殺そうとしていないような物言いじゃないか」

「耳は正常のようで安心した。ああそうだ。アタシはそう言ったんだ。操り人形にまた成り下がりやがった今のテメエには協力出来ない」

「……ぼく、が、操られてるだと？　そんな訳が、あるか。ぼくは、あのクソ共を殺す為だけに生きてきたんだ。生きて、るんだ」

テオドールは頭を抱える。

譫言《うわごと》のように、何かを確かめるかのように言葉をぶつぶつと呟《つぶや》く。

だが、そんな彼に構う事なくユースティティアは言葉を続けた。

「なら聞くが、どうして『ユグレット』の奴の子孫を殺そうとした？　あいつに、誰よりも感謝を抱いていたテメエが」

「それは、『神』を殺す為に必要であったからで――」

そこで、不自然にテオドールの言葉が止まった。

〝神降ろし〟と呼ばれる外法《げほう》に巻き込まれたエルダスを餌として、テオドールは俺の母を殺そうとした。

ただ、何故ここでその話が出てくるのだろうか。そもそも、『ユグレット』の奴の子孫とはどういう事だろうか。

「ならどうして、テメエは〝賢者の石〟なんて外法を使って、『ユグレット』を生き返らせようとしていた？　他でもない『神』に利用されていたテメエが、あいつを何故、生き返らせようとしてる？　はぐらかすなよ。テメエが〝賢者の石〟で生き返らせようと用意した棺《ひつぎ》の一つが、あいつのものなのは知ってる。あの『神《塵》』に良いように利用されたあいつが生き返ったとして、誰が一番喜ぶかなんて明白だろうが。また、あいつを苦しめたいのかテメエは」

「ぼくはただ、ただ……た、だ？　ア、れ。なんでだ。いや、そう。『神』を殺す為に必要であったからで。だから、あの人と同じ、〝魔眼《レジエレ》〟の力が必要で……。あレ。なんで、だ。なんで、ぼくは、よりによってあの人を利用しようと、考えてた？　いや、ちがう。違うんだ。ぼくはただ、俺はただ」

混乱しているのが手に取るように分かる。

だが、それは俺もそうだった。

ユースティティアの言っている『ユグレット』は、俺でなければ、母でもない。

親父でもない。

あの言い方は、もっと前の人間。

それこそ、数百年近い時を遡った先で、生きていた人間のような。

ユースティティアは、まるで俺に言い聞かせるように視線を一瞬移し、最早言葉が届いていないであろうテオドールなどお構いなしに声を張り上げた。

その内容は、思わず頭を抱えたくなるほどに、衝撃しかない事実であった。

「『ユグレット』は、かつて『大陸十強』と呼ばれていた人間であり、『神』の都合で殺された人間の一人だ。そして、操られていたテオドールを救った人間でもあり、アタシにデカい恩を一方的に押し付けて死んだ人間でもある。アタシがアリア・ユグレットを監視していた理由は、あいつの子孫が、また『神』なんて塵《ごみ》に利用される事が許せなかったからだ。これで納得したか。アレク・ユグレット」

ユースティアから齎《もたら》されたその言葉を聞いて漸《ようや》く、俺の胸の内に渦巻いていた複数の疑問がほんの少しだけ解けた。

どうして、俺の〝魔眼《レジエレ》〟が開眼した時のため、母は自身の能力を用いてまで保険を掛けていたにもかかわらず、現実世界では何一つとして〝魔眼《レジエレ》〟の痕跡を遺《のこ》していなかったのか。

母は知っていたのだ。

己が利用されようとしている事実を。

母は俺が同じ運命を辿《たど》る事を危惧したのだろう。

だから、徹底的に遠ざけた。

それこそ、〝魔眼《レジエレ》〟という存在すら気付けないように。

故に、それが叶《かな》わなくなったと知ったあの邂逅《かいこう》の時、悲しそうな表情をほんの一瞬だけ見せていたのやもしれない。

ただ、ユースティアが口にした言葉その全てを飲み込み信じるにはあまりに情報量が多過ぎた。とてもじゃないが理解が追いつかない。何より、齎された情報を信用出来るだけの裏付けが決定的に足りていなかった。

それらを踏まえて、俺がユースティアに言葉を返そうとした瞬間、割れんばかりの怒号が響き渡った。

「……納得したか、だと？　アレクは、それで母親を殺されてんだぞ。母親が死んだ理由がそんなクソみてえな理由だと聞かされて、納得出来るわけねえだろうが……ッ!?」


それは、オーネストのものだった。

どこまでも冷静で、感情の籠らないユースティティアの声音。

どこまでも他人事《ひとごと》と割り切ったその態度が余計に苛立《いらだ》たせる要因になったのかもしれない。

赫怒《かくど》の形相で、オーネストは声を荒らげていた。

「挙句、アタシらの問題、だぁ？　だったらなんで、アレクの母親が死ぬ前に全てを終わらせなかった。オレさまの母親ももういねえから、よく分かる。肉親を失う辛《つら》さは、よく分かる。だから言わずにはいられねえな……!?　そもそもどうして、そこまで分かっていながら助けなかった。何もせず、何も出来なかったてめえに、アレクに指図する資格がどこにあるってンだよ……ッ」

捲《まく》し立《た》てるオーネストの言葉はまだ止まらない。

「何より、てめえらの話が本当なら、『神』は存在する価値のねえロクでなしだ。それなら、救いようのねえクズではあるが、オレさまはまだテオドール《あいつ》の方が信用出来るとすら思える」

テオドールの中にある『神』への憎悪は紛れもなく本物で、一切の揺れもなく貫かれている信念のようなものでもある。

手段を選ばないテオドールのせいで犠牲になった人間は数知れない。

だが、そもそもの全ての元凶がその『神』であるならば、どれだけ犠牲を払おうとそれを殺そうと試みるテオドールの姿勢はある意味で間違ってはいなかった。

寧《むし》ろ、それだけ害でしかない存在であると理解していながら静観を決め込んでいた者達《たち》にこそ、不信感が向いてしまう。

「……そう、だ。俺、は、殺さなくちゃいけないんだ。あんな結末を引き起こした存在を、許すわけにはいかなかったから。許さないと、そう決めたから。だから。だから、だから。だからだからだからだからだからだからだからだからだから────！！！　何を犠牲にしてでも、俺は殺さなくちゃいけない。いけないいんだ」

頭が痛むのか、押さえながらもテオドールは確かめるように言葉を紡いでゆく。

焦点の定まらない瞳で、捲し立てるように、ひたすらに。ひたすらに。

それは、壊れたブリキ人形のようでもあって。

「だって、おかしいじゃないか。なんで、一番関係なくて、一番悪くないやつが、どうして一番苦しんで死ぬ必要があった……⁉　どうして、彼女が死ぬ必要があった⁉　そんな犠牲の上にしか存続出来ない世界になんの意味がある⁉　そんな事を強要するしか出来ない『神《無能》』の存在価値がどこにある⁉　だったら、殺すしかないじゃないかッ！！！　もう二度と、あんな事が出来ないように！！！　だから俺は、間違ってなんかないんだ……‼」

「…………」

全ての事情を知らない俺からすれば、テオドールの言葉は支離滅裂で手前勝手な暴論のように思える。

ただの取り繕いのようにも思える。

だけど、口から零《こぼ》れ落《お》ちる慟哭《どうこく》の声は、切実な絶叫であった。

心が張り上げるような悲鳴だった。

だからこそ、手足よりも先に口が動いた。

知る必要があると思ったから。

知りたいと思ったから。

知る権利が、俺にはあると思ったから。

そもそも一体――――。

「……一体、『神』ってなんなんだ」

呟《つぶや》く。

誰に向けた訳でもない俺の言葉は、独り言のようであって、誰でもいいから答えてくれという慟哭にも似たものであった。

『神』について、俺は然程《さほど》詳しくはない。

この世界の創世記についても、同様に。

でも、形而上《けいじじょう》に存在するとされる『神』は、もっと人々の希望の象徴で、誰もが信仰を捧《ささ》げてしまう偶像のような存在だと思っていた。

実際、俺達が邂逅したアダムも、慈愛に満ちた存在のように思えた。

なのにどうして、この二人はここまで『神』を嫌悪しているのだろうか。

どうして、その感情に、微塵《みじん》の躊躇《ちゅうちょ》すらないのだろうか。演技ではないと分かるからこそ、頭がこんがらがった。

何が本当で、何が嘘《うそ》で。何が正しくて、何が間違っていて。何が、正義で、何が、悪で。

何もかもが分からなくなってくる。

そうまでして彼らが殺したいと願う『神』とは一体何であるのか。

そもそもこの世界とは一体、何であるのか。

アダムと名乗った存在を知ってしまったからこそ、その疑問を胸の内に留《とど》めておけなかった。

「……すべての元凶。信仰に値しない愚物。間違いなく、その言葉に帰結するだろうね。ぼくに言える事は一つだけさ。あいつらだけは、何があっても信じるな」

答えたのは、テオドールだった。

頭を抱えたまま、未《いま》だ整理のつかないだろう思考の中で、明確にその言葉は紡がれた。

内包された滲《にじ》む程の憎悪の感情が、その言葉が欺く為《ため》の嘘でないと雄弁に物語っている。

「あいつらは、人を体のいい道具程度にしか考えていない。自分達の欲望を満たす為の、唾棄すべき人形程度にしか考えてない。そのせいで、多くが犠牲になった。多くが、礎となった……！　願い、い、い、いを叶える。そんな甘やかな言葉と夢で皆を痴れさせ、果てに絶望の淵《ふち》に叩《たた》き落《お》とした……‼　それが、『神』だ。奴《やつ》らにとって、人とは路傍の石以下の存在でしかない。だから奴らは、平気で人を辱める。だから、ぼくは嫌悪する。だから、ぼくは『神』を恨み、殺す為に生きている」

会話をしているようでその実、自分自身に言い聞かせているかのような様子だった。

混乱した頭の中を、言葉を口にする事で落ち着かせているのだろう。

ユースティティアから齎された「操られている」という言葉を否定し、自分の中にある『神』への憎悪が揺るぎないものであると認識する為に。

到底正気とは思えない彼の言葉であるが、「妄言」と一括《くく》りにするには、あまりに心当たりのある部分が多過ぎた。

故に、耳を塞ぐ事は出来なかった。

「……たとえそうする事で、新たに多くの犠牲が生まれるとしても、ぼくはもうそれだけしか、い、い、出来ない。何故《なぜ》なら、あの時、あの場所でそう誓ったから。……ユースティティアの言う通り、ぼくはかつてのように操られてるのかもしれない。自覚の外で、彼女の血縁にまで手を出してしまっている以上、言い訳のしようもない。だけど、それでも一つだけ言い切れる。ぼくの中にあるこの誓いだけは、紛れもなくぼくの意志に違いないと————！！！」

故に、最早《もはや》過程など考慮に値しないと口にするテオドールの瞳には確固たる決意が。

瞳に帯びる煌《きら》めきは危うく、正気を失っているようにも見える。

既にテオドールに俺達の言葉を聞く意思はなく、視界の隅にすら入っていないのだろう。

ぼくの邪魔をする人間は、すべて死ね。

そう言わんばかりの、荒々しく、暴力的な圧が巻き起こる。

そして、見慣れない魔法陣のようで魔法陣ではない何かが、ニヒルに口元を引き裂いたテオドールの周囲を包み込むように浮かび上がった。

言い知れぬ悪寒に包み込まれて尚《なお》、身体《からだ》が動いてくれた理由は、ここでテオドールを放置すれば、取り返しのつかない事態になるという確信めいた予感があったからだ。

だからこそ、あまりに隔絶した実力差と理解して尚、手が、足が、頭が動いてくれた。

それは、俺だけではなく、オーネストも同様であった。

しかし、俺が手にした刃はテオドールには届かなかった。

遮ったのは、見覚えのある『獄』のものとは異なる鎖だった。

確かな抵抗感が剣を伝って手に届き、続いて耳を劈《つんざ》くほどの金属の衝突音が響き渡った。

「……てめえは」

周囲を見渡すと、腕を引き絞り、投擲《とうてき》の構えを取っていたオーネストまでもが鎖に搦《から》め取《と》られていた。

俺達の邪魔をした存在。

突如として何処《どこ》からともなく現れたその人物を、俺達は知っていた。

顔を突き合わせたどころか、言葉を交わし、殺し合いすらした事がある間柄。

「邪魔をしないで貰《もら》えますかねえ!? お二方ぁ!?」

「やっぱり、生きてやがったか————ゾンビ男!!」

男の名を、ノイズ。

かつて、レッドローグにて出会った〝闇ギルド〟所属の人間であり、首を落とされて尚、絶命するどころかケタケタと嗤《わら》っていた不死の男であった。

今更、どうやってこの場に現れた？ なんて疑問は抱かない。

その疑問が仮に解消されたとしても、現状が好転する事はないと分かりきっているから。

だが、この展開に引っ掛かりを覚えずにはいられなかった。

恐らく、ユースティティアやアヨンが言っていたように、テオドールと俺達の実力差は比べる事が烏滸《おこ》がましくなる程に隔たりがある。

これまで一度として刃を交える機会がなかったから確信はなかったが、つい先程、理解した。少なくとも、たった一撃で終わる可能性がある程に大きな差がある。

ならば、ノイズも彼我《ひが》の差は予《あらかじ》め理解していただろう。

なのに何故、俺達の前にこうして立ち塞がった？

殺したくなかったからテオドールが実力伯仲の相手を見繕った？　それとも、ノイズが俺達を庇《かば》った？

……そんな訳はない。

『神』を殺す為の犠牲ならば、テオドールは何であろうと許容する人間だ。

ノイズも、躊躇《ためら》いなく人を殺せる側の人間である。彼らに今更、そんな温情があるとは思えない。

だったら理由がある筈《はず》だ。

ここでノイズが介入してきた確固たる理由が。

「グラン――――いえ、リクの事については、残念でした。あの件の私怨で邪魔をするというのならば、気が済むまでおれが相手になりましょう？　ですがぁ、『神』を殺そうとするテオドールの行動を倫理観から邪魔をしているというだけならば、それは疾《と》くやめるべきでしょう。一応言いますが、これは、善意からの忠告で、あなた方の為でもあるのですよぉ？」

苛立ちを覚える口調は相変わらず。

だがそれ以上に、彼が口にする言葉があまりに予想外すぎて全く気にすらならなかった。

「……知らないな。それは俺が決める事であって、あんたに諭されて決める事ではないだろ」

誰かの為に。

そんな言葉があまりに似合わない人間からの発言に戸惑いを覚える。

現実感のなさに、眉間に皺《しわ》が寄る。

けれど、俺達は明確な敵同士。

敵の言葉に耳を貸してやるほど、今は余裕に溢《あふ》れた状況ではない。

そのまま俺は纏《まと》わりつく鎖を振り払い、眼前の敵となったノイズへと斬り掛かる。

アヨンを含む罪人達を拘束する鎖と異なり、ノイズの鎖は剣で斬り裂けるもの。

故に、脅威ではなく、躊躇いなく俺は肉薄して剣を振り抜いた。

「人の忠告は、聞くものだと教えられなかったんですかねえ⁉」

ただ、ノイズはそれでも口を開く事をやめなかった。薄皮を斬り裂かれて尚、言葉を止めない。

冗談か何かかと思ったが、どうやらノイズは冗談を口にした気はなかったらしい。

「あなた方は何も知らない。何も、知らされていない。如何《いか》に『神』が度し難い存在であるのか。真実を知れば、それを排除する為ならば、過去の亡霊の一人や二人。人の百人や二百人。国の一つや、二つ程度、あまりに安い代償と思う事でしょう。それで、このふざけた世界から『神』を排除出来るのならばねえ⁉」

過去の亡霊とは、ワイズマンやメアを指しているのだろう。

そして、舞台となったこのメイヤードの全てが消《き》え失《う》せるとしても、それは安い代償であると口にするノイズは、やはり相容《あいい》れない破綻者だ。

どんな事情があったとしても、罪なき者が誰かの一方的な都合で命を弄ばれて良い筈がない。不幸に見舞われて良い訳がない。

どれほど重い事情があっても、それが是と認められて良い訳がない。

故に、聞くに値しない。

だから、目の前の障害を排除する為に俺はまた一歩を踏み出す。

「戯言《たわごと》に耳を貸す気はないって、言ってんだろ……ッ」

邪念を振り払うように得物を振るう。

仮にここでノイズを倒したとして、次に立ち塞がるのは間違いなく、テオドールだ。

力量の差は歴然。

だが、どうしようもない訳ではない。

レッドローグで出会った時に、俺達へ魔法を使ってこなかった点。

テオドールが同類と称したユースティティアと、カルラ。

よくよく考えてみれば、その二人も殆《ほとん》ど魔法を使おうとしない人間だ。

恐らく、使いたくない。若しくは、使いたくても使えない事情があるのだろう。

ならば、ノイズの行動にも説明がつく。

そしてそれが、唯一の活路だ。

「————何故、この世界の『神』は〝願いを叶える〟などという甘やかな誘惑を用いて、人をダンジョンへ誘《いざな》うと思いますかぁ？」

直前に容赦なく斬りつけたにもかかわらず、それでもノイズは喋《しゃべ》る事を止めない。

動揺を誘うだけの言葉。

そもそも、敵の言葉を聞く理由などない。

故に度外視。今は、前だけを見てればいい。

鍔《つば》競り合う得物。

散らばる火花は、俺の状態が万全である事をこれ以上なく表している。

やはり、アヨンの力を借りて正解であった。

「ある意味で、争いを誘発するような言葉を、何故『神』は口にしているのか。何故、〝迷宮病〟という救いようのない病を発症させるダンジョンに、あえて人に挑ませているのか。そもそも、何故、全ての願いを叶える万能の果実なんてものを持ち得ている存在が、それ以上の何かを求めているのか。矛盾極まりないとは思わなかったんですかねえ⁉」

雑音、雑念をかき消すように苛烈さを増す剣撃。

しかし、未だ決定打とはならない。

打ち崩せない故に、これ幸いとノイズは好き勝手に喋り続ける。

「『神』が害悪でないならば、何故、その疑問が解消されないのでしょうねえ⁉　何故、その誤解を解かないのでしょうねえ⁉　それとも、あいつらは『何も知らなかった』が通用するとでも思っているのですかねえ⁉　ひ、ひひひ、ひひひひひひひ‼」

俺の攻撃をいなしながら、ノイズは表情を歪《ゆが》ませ狂笑を響かせる。

どこまでも愉楽に染まった哄笑《こうしょう》を轟《とどろ》かせる。

「答えは、簡単ですよぉ。奴らは、答えたくないのです。やましいから、隠しているのです。やましいから、口を封じたんです。『大陸十強』と呼ばれる人間達の口を、呪いという強制力で否応《いやおう》なしに塞いだようにねえ⁉」

ノイズの言葉を受けて、視線を一瞬だけテオドールと相対するユースティティアに移す。

すると彼女は、眉間に皺を刻み、その通りだと肯定するような反応を見せた。

「ハ、あはははははは！！！！！　かつてのエルダス・ミヘイラも、あなたと全く同じ反応をしていましたよぉ⁉　そんなバカな話があるものかと言いたげにねえ⁉」

「……なんで、ここでエルダスが」

「――――そこ。ガラ空きですねえ⁉」

「……ッ、ぐ、ぁっ」

直後、痛みの知覚より先に骨の悲鳴が脳内に響き渡った。

俺の身体の中の何かが纏めて圧《へ》し折《お》れる音。

そう自覚出来たのは、ノイズの攻撃により勢いよく後方に吹き飛ばされてからだった。

追撃するように俺の視界を無数の鎖が覆う。

だが、その鎖は突如として走った鎌風によって、ズタズタに引き裂かれた。

引き起こした張本人は、すぐに判明する。

「……嗚呼《ああ》。そっちのあなたは『紫霞神功《それ》』が使えるんでしたねえ」

「〝竜戦《シグルズ》〟――――」

纏うは紫霞《しか》。

視覚化された紫の霞が靄《もや》となってオーネストの槍《やり》から噴き出し纏わりつき、そして颶風《ぐふう》が吹き荒れる。

全てを消し飛ばさんと轟威《ごうい》を以《もっ》て襲い来る攻撃。竜の咆哮《ほうこう》を想起させるソレの名を。

「──────〝『竜閃華《ドラゴロア》』〟──────ッ!! 油断してんじゃねえよッ!! アレク！！！」

「悪、い」

先程からちっとも動揺が隠し切れていない。

少なくとも、先の攻撃は普段ならば避けられた。そう、責め立てるように苛立った様子で声を上げたオーネストの言葉は尤《もっと》もだった。

「謝罪する暇があンなら、あいつをどうにかしやがれ！！！」

吹き飛ばされた先は、比較的テオドールとユースティティアに近い場所だった。

俺達がノイズに気を取られている間に、二人の間でもやり取りが行われていた。

そして、その雌雄は既に決している。

頽《くずお》れるように血反吐《ちへど》を吐きながら倒れるユースティティアの姿がその証左だ。

「……ッ、ユースティティア……!!」

だから助けに入ろうと、俺は痛みを堪えて駆け出す。

「おれがそれを許すとでも」

「てめえの意見は聞いてねえ。オレさま達の邪魔すンな、三下」

視界を覆う鎖。

その一つ一つがまるで命を吹き込まれた生命体のように動いていたが、そんなものは知らんと言わんばかりにオーネストは一蹴。

迫り来る鎖をひたすらに斬り裂き、穿《うが》ち、振り払い、程なくオーネストの槍はノイズを捉え、黒槍が容赦なく身体を貫いた。

「────〝加速術式《スペルブースト》〟────」

生半可な速度ではノイズに邪魔をされる。

だから俺は魔法を紡いだ。

身体を覆う馴染《なじ》みある補助魔法。

続け様に銀の魔法陣が俺の身体を包み込み、身体能力の向上を齎す。

邪魔をしてきたノイズはオーネストが対処した。だから、阻むものはもう何もない。

そう思ってそして、テオドールへと肉薄しようとした俺の目の前にまたしても、鎖が出現した。

今度は、無数という言葉すら生温《なまぬる》く感じてしまう程の物量。一本の線である鎖が面となり壁になって俺の前に立ち塞がった事により、俺は足を止めざるを得なかった。

「……不死身とはいえ、痛みがねえ訳じゃねえンだろ」

相手の神経を疑うような、オーネストの声音。

思わず肩越しに振り向くと、明らかに常人であれば致命傷を負ったノイズが、軽薄な笑みを浮かべながらこちらを見据えていた。

ノイズは強い。

不死という反則級の特性を用いて、戦い方を選ばなければそれこそ無敵だろう。

ただしそれは、何がなんでも勝つという前提のもとで成り立つ無敵であり、足止めをする為にその能力を用いれば本来の力は殆ど発揮されない。

故に、そんなノイズが、強引に俺の足止めをしながら片手間にオーネストの相手をすれば、待ち受ける結末は間違いなく、敗北に他ならなかった。

「ええ、まあ」

掠《かす》れる声ながら、返事が聞こえる。

胸から生える黒槍をノイズは手で摑《つか》み、引き抜かせまいとしていた。

その過程で、オーネストは槍を捻《ひね》るなりしたのだろう。ノイズはそれによって生まれた痛みに脂汗を浮かべ顔を歪めていた。

剣で刺される痛みと、槍で身体を貫かれる痛みは文字通り訳が違う。

比較的薄い刃と異なり、槍は骨肉や神経をごっそりと持っていく。

穿たれた状態で拗《ねじ》れば、神経は容易《たやす》く悲鳴を上げる。

その状態で、痛みを無視しての魔法の行使など普通ならば出来ない。

だが、ノイズは当たり前のようにやってみせた。他でもない俺にテオドールを追わせない為に。

「……あんたも、『神』を恨んでるのか」

その執念のような意地を前にして、俺はそう言わずにはいられなかった。

間断なく襲い来る鎖の猛襲。

血反吐を吐きながら、攻める手を休めないノイズであったが、程なく彼の口から零れた言葉にはあまりに信念がなく、驚く程あっけらかんとしたものだった。

「いいいえ？」

「は」

「おれは、そんなものに興味はありませんよ。どうでもいい。あえて答えるなら、それがおれの答えですかねえ？」

　じゃあどうして、ここまで意地を張るのか。

　執念を見せるのか。

　一体、ノイズを突き動かしているものは何であるのか。

「ただまあ、それでも義理のようなものがありましてねえ。だから付き合ってるとでも言いましょうか。そこにいる、〝逆天《ぎゃくてん》〟ならよく分かるんじゃないですか。この気持ちが」

　囚《とら》われたままのアヨンに、ノイズは言葉を向けた。圧倒的に足りない言葉の中で、その真意を理解したのか、アヨンはどこか悩むような気配を見せる。

　そしてその間に、ノイズは力任せに胸を貫く槍を薙《な》ぐように動かした。

「────な」

　オーネストが、驚愕《きょうがく》に染まった、らしくもない声を上げた。

　それもその筈。

〝古代遺物《アーティファクト》〟であるのをいい事に、ノイズは自分の手で己の骨ごと、身体を斬り裂く事で無理矢理に槍から逃れてみせたのだから。

　程なく起こる再生。

　飛び散った鮮血はそのままに、ノイズの身体は斬り裂かれた断面が癒着してゆく。

　それは正しく、再生能力に長《た》けた魔物のソレであった。

「おれ達からすれば極論、助けてくれるなら『神』だろうが、〝英雄〟だろうが、それこそ〝悪人〟だろうが、何でも構わなかったんですよ。そして、最善の形ではなかったとはいえ。限りなく、最悪に近い結果だったとはいえ、おれはテオドールに救われてしまったから。利用する為に差し伸ばされた手であっても、それでもおれは救われたから」

先の光景に驚きこそしたものの、オーネストは再びノイズに対して槍を突き出す。

空気が爆発したと錯覚させるような連撃。

近接戦の軍配は間違いなくオーネストに上がるだろうが、それでも、不死身であるのをいい事にノイズは身体の傷をかえりみずに言葉を続ける。

刻々と息が上がり、血の気が失せてゆくノイズの様子からして全く意味がない事はないのだろうが、それでも、キリがないと言わざるを得なかった。

「だからおれは、この哀れで醜く、救われない叛逆者《はんぎゃくしゃ》の手となり足となり、そして、理解者になってやろうと思ったのです。それが、おれに出来る唯一の恩返しでしょうから。ゆえに、こうしておれは手を貸しているのです。たとえ間違った道であったとしても、おれは、おれの手を摑んでくれたその手を振《ふ》り解《ほど》かないと決めていたから」

眦《まなじり》を決し、紡がれるノイズの言葉。

〝闇ギルド〟の人間らしからぬ真摯な発言に、説得は土台不可能であると芯まで思い知らされる。

言葉を重ねるたび、ノイズの言葉に感情がこもる。語気と共に声量さえも強まってゆく。

紡がれるその言い分は、全く理解出来ないものではなかった。

彼らなりの理屈と筋があって起こされた行動なのだと告げられる。

納得すべきでないと知りながらも、納得出来てしまう部分もあった。

でも、だけれど————。

「だからこそ、貴方《あなた》も知るあのエルダスに言ってやったのですよ。真実に限りなく近いところにまで辿り着いておきながら、それでも尚、綺麗事《きれいごと》を口にするあのクソ野郎《クソ野郎》に、おれ達はもうどれだけ言葉を尽くされてもどんな過程を辿ろうとも、最早この生き方だけは曲げられないとねえ！！！『神』を殺す!!　それが唯一の生きる縁《よすが》で、それだけが、テオドールと名乗る男が醜くも生にしがみついている理由だというのに、どうして今更曲げられると思うのです⁉　打ちのめされて、打ちのめされて、何もかも全部奪われて、失って、それで、怪物にならざるを得なかった人間こそが、テオドールという男であるというのに、何故、他の人間をおれ達が気遣わなければならないのですかねえ⁉　他でもない、誰かの都合によって、理不尽な不幸に晒《さら》され続けてきたおれ達が!!　なぜッ――――」

「――――だから、メアは利用されて当然だったとでも言いたいのか。ロンが娘の命を餌に利用された事も。〝賢者の石〟を作るという目的の為だけに、多くの魔法師が死んだ事も。『神』を殺すという結果を得る為に、理不尽に死んでいった人間達の死さえも」

「ええ。おれ達に言わせれば、誰が何人、どこで誰の手によって死のうと関係がありませんねえ。当然でしょう？」

「…………っ」

ここで力を使い果たすとばかりに展開される鎖を魔法で全て振り払いながら告げた言葉に対する返事は、逡巡《しゅんじゅん》のない肯定だった。

僅かの罪悪感すら感じていない物言いに、苛立ちめいた感情が募る。

彼らの言う通り、『神』と呼ばれる存在が害悪でしかない可能性もあるだろう。

口を封じられたとも言っていた。

けれど、それでも、他に道はあった筈だ。

多くの人間が犠牲にならないで済む道が。

そう思ってしまうからこそ、俺は彼らの理解者にはなれなかった。

「……あんた達の言い分は分かった。俺は、何も知らない。何も聞かされてない。何も、見てない。でもそれでも一つ言える事がある。俺は、あんた達の考えには共感出来ない」

だから、立ちはだかる。

それが俺の出した結論だった。

疑心暗鬼にならなかったと言えば嘘になる。

それ程にノイズの言葉が尤もであったから。

言葉を交わした回数も、たった数回。

そんな存在を理由もなく信じる程、俺もお花畑な頭をしていない。

ただ、である。

俺としては、『神』と呼ばれていたアダム以上に彼らの事が信用出来ない。

「だから────あんたを通す訳にはいかないな、テオドール」

「……よく、見てるね」

視線の動き。

攻撃の間隔。筋肉の収縮。

極め付けに、手の甲にあった〝賢者の石〟の、損傷。

そこから予測をして、俺はテオドールが一番嫌がるであろう行動をとった。

俺達がノイズとやり取りをしている間に何かをしていたようだが、ユースティティアの協力を得られなかった上、失敗に終わったのだろう。

ただし、先程までテオドールの相手をしていたであろうユースティティアの様子は、更に血の気が失せており、死に掛けそのもの。

口の端には血がべっとりと付着しており、立ち続ける事すらままならないように見えた。

「……ぼくは彼女には何もしてないよ。ぼくはただ、時間を稼いでいただけ。これは彼女の自滅さ。この『獄』に『大陸十強《タソガレ》』が訪れた事からして、きっとユースティティアに残されてた時間は僅かだ。これまで空間ごと、時間という概念から切り離されていたから無事だっただけなんだろう。あいつは研究者だが、医者でもある。だったら、真面《まとも》に戦う必要はない。勝手に急いで勝手に自滅するのを待てばいい」

続くように、ユースティティアから恨みがましい舌打ちが聞こえる。

顔色の悪さが元からのものとは思っていなかったが、相当に限界が近いらしい。

「一度だけ、忠告をしよう。そこを退け、アレク・ユグレット。大人しく退けば、ユグレットである君には何もしない」

そこで、クラシアの姉であるヴァネッサが立てた仮説が脳裏を過《よ》ぎった。

それは、メアの身体の主導権を一時的に得たワイズマンが、「スペア」であるというもの。

「……でも、俺があんたを通せば、あんたはワイズマンを捕まえに行くんだろ」

「当然だね。この時の為に、ぼくはロンくんを利用した上でワイズマンを蘇生《そせい》させたのだから」

テオドールは最早、目的を隠しもしなかった。

隠さずとも、いざとなれば実力一つでねじ伏せられるという自信があるのだろう。

そして一歩、また一歩と俺達の距離が縮まってゆく。

会話による時間稼ぎは――――無理だろう。

理屈などで丸め込めるような相手じゃない。

「……だったら、答えは決まってる」

「あの時とは違うよ。戦えば間違いなく、きみは死ぬ」

感情の籠っていない淡々とした冷徹な声がやってくる。それは、俺の答えを理解した上での発言だった。

あの時とは、〝古代魔法《ロストマジック》〟で閉じ込められた際の事だろう。

今回は、僅かな時間すら惜しんで殺す気でくる筈だ。

アヨン曰《いわ》く、恐らく絶対に勝てない相手。

それもあってだろう。

口にする言葉を決めた時、激しく胸が鳴った。

でも、口にするしかない。

ここで立ち止まったら、間違いなくテオドールはワイズマン《メア》の下に向かうだろう。

そして利用されて、彼女は命を落とす事になるのだから。

「……あんたは、予言者か何かか。結果なんて、やってみなきゃ分からないだろ」

「…………」

「俺の答えは、ノーだ。あんたをメアの下には向かわせない」

「そっか。なら、死ね」

次の瞬間、テオドールは俺に向かって手を振《ふ》り翳《かざ》した。

たったそれだけの行為。

なのに俺は、その行為が〝剣聖〟メレア・ディアルの剣撃よりも、〝伝承遺物保持者《ゴッズホルダー》〟と呼ばれていたシュガムの攻撃よりも、余程恐ろしいものに思えた。

だからこれは、警笛を鳴らす本能による反射的な行動のようなものであった。

「────〝俺の世界は加速する《クロノクロック》〟────！！」

魔法に加え、同系統の〝古代魔法《ロストマジック》〟の重ね掛け。

ヨルハのような補助魔法のセンスを持ち合わせていない俺が追《お》い縋《すが》るには、他から持って来て補う他なかった。

「…………」

テオドールからの言葉はない。

彼は冷めた目で、無駄な足掻《あが》きをとばかりに哀れんだ視線を向けるだけ。

嗚呼、分かっている。

俺如《ごと》きの抵抗は無駄って言いたいんだろ。

でも、やってみなくちゃ分から────。

「聞きわけが悪いね、アレク・ユグレット」

テオドールの攻撃に危機を抱き、身体能力を向上させて逃れた俺の背後から声が聞こえた。

残像すら追えない影。

振り向きざまに攻撃を撃ち放とうとした俺の左腕が、刹那、あらぬ方向を向いた。

骨の、悲鳴。

程なく、腕を折られた事による痛みを知覚するより先に頭上より魔法が降って来た。

魔法陣もなく、本当にそれはただ、篠《しの》突く雨のように降り注ぐ。

「きみではぼくに勝てない。足止めすら出来ない。それは決定していた未来だ」

「……づ、ぁがッ」


対処しようとした瞬間、腹部に強烈な痛みが走る。ミシリ、メキリ、とテオドールによって繰り出された脚撃によって、身体が悲鳴をあげていた。

込み上がる吐き気。

堪え切れず、逆流する鮮血を口の端から溢《こぼ》しながら、あまりに呆気《あっけ》なく俺は後方へと蹴りによって吹き飛ばされた。

転瞬、オーネストが俺の名前を叫んでいたが、それに対する返事は勿論《もちろん》叶わない。

壁との衝突によって背中を襲う衝撃。

たった一瞬で、満身創痍《そうい》に陥ってしまった。

その事実に、泣き言を漏らしたくなる気持ちもあったが、それでもと俺は言葉を紡ぐ。

幸いにして、痛みのお陰で気を失う心配はなかった。

「────〝四方、封陣〟────」

瓦礫《がれき》の中に生き埋めのようになっていた俺は、痛む身体に鞭《むち》を打ち、どうにか立ち上がりながらノイズとの戦闘の最中に構築していた魔法陣を用いる。浮かび上がるは、灼熱色《しゃくねついろ》の魔法陣。ソレが、四つ。

本来は大型の魔物用の魔法であったが、今はそんな事を言っている場合ではない。

「…………分からないね、気を失ったフリでもしてれば見逃されたかもしれないのに」

あえて立ち向かおうとする理由が分からないとテオドールは言う。

俺如きが時間稼ぎに徹しようとしたところで、結果は既に見えてしまった。

正直に言って、実力に差がありすぎる。

「痛いのは嫌だろうに。苦しいのも嫌だろうに。なのにどうして、自分の得にもならない事の為に苦しみながらも足掻く。結果は何も変わらないのに」

心底分からないという瞳でテオドールは言う。けれど俺の頭の中は、何を当たり前の事をという呆《あき》れの感情で埋め尽くされていた。

「決まってる。その結果ってやつが、俺は受け入れられないからだ」

テオドールの思い描く未来を否定したいから、こうして足掻いている。

答えは単純にして明快だ。

諦めてしまったが最後。何もかも全てが崩れ落ちてしまうだろう。

「勝ち目もないのにか」

「勝ち目はなくても、なんとかなるかもしれないだろ。だったら俺はそれに賭ける。なにもせずに終わるよりはそっちの方がずっとマシだ」

テオドールからの返事を待たず、俺は魔法を行使した。

後先考えない魔力の消費。

程なく、耳を劈く程の轟音《ごうおん》と共に砂煙が視界を埋め尽くした。

けれども、その一撃は『獄』の壁すら壊せず、テオドールには擦り傷すら負わせられずに終わる。

搔《か》き分《わ》けるように煙の中から何事もなかったように現れたテオドールの姿がその証左。

でも、そうなる事は分かりきっていた。

だから、俺は叫んでいた。

「手を貸せ！！　ユースティティア！！！」

死人同然の女の名前を叫ぶ。

このままテオドールと正面から戦っても、勝ち目はゼロだ。

攻撃らしい攻撃を放っても、傷すら負わせられていない。それも、避けた様子もないのにだ。恐らく、アヨンの〝逆天《ぎゃくてん》〟がユースティティアに効かなかった事がテオドールにも関係しているのだろう。

彼女曰く、魔力とは異なる力。

だったら、簡単な話だ。

俺もその力を使えばいい。

だが、俺はその力を持ち得ていない。

だから、受け入れられる状態を作った上で、持っている人間から譲り受ければいい。

あるだけの魔力を消費し、弾幕を作りあげる。そして俺は、テオドールから距離を取り、ユースティティアの側へと移動をして告げる。

「〝リミット、ブレイク〟」

同時、俺の視界が真っ赤に染まった。

それが、目からこぼれ落ちた赤い涙のせいだと気が付いたのは間もなくであった。

俺の身体と魔力は、〝逆天《ぎゃくてん》〟によって完全に回復していた筈だった。

だが恐らく、違ったのだろう。

回復したのは失われた魔力と、傷だけで、その他は回復していなかったとしたら。

蓄積した疲労などはそのままだとしたら。

嗚呼、成る程。この吐き気にも、納得がいく。

「────俺があいつの、足止めをする」

喉元までせり上がった吐き気を飲み込んでユースティティアに言う。

「だから、あんたの力《ソレ》を寄越せ」

俺は器が空の状態に限り、適性のない魔力さえも受け入れる事が出来た。

そして、俺の予想が正しければ、ユースティティアとテオドールは魔法を使えない。

その理由が、魔力を失ったからと考えれば、今の俺ならば彼女らの力を受け入れる事も可能である筈だ。

「…………それは、テメエが死ぬぞ。『神力』は、人間が受け入れられるように出来てない」

「テオドールをここで止めなかったら、どうせメイヤードは消える。ここまで来たら先に死ぬか後に死ぬかの違いだろ」

だったら、足掻く。

最後の最後まで、文字通り。

「時間が、ない。早くしてくれ、ユースティティア」

〝リミットブレイク〟も、いつまでも器を空の状態にはとどめておけない。

魔力にものを言わせて魔法を撃ち放ったが、テオドールには煩わしい羽虫程度の時間稼ぎにしかなっていない筈だ。

なのにユースティティアは渋る。

だから、俺は大声を上げる他なかった。

「あんたもテオドールを止めたいんだろッ！！！　だったら早くしろ‼　ユースティティア・ネヴィリム！！！」

「……死んでも知らんぞ」

その言葉を最後に、ユースティティアは魔力とは異なる、歪《いびつ》で、得体の知れない何かを垂れ流した。

「————、ぁ」

それを空の器に取り込んだ瞬間、俺の顔が歪んだ。ユースティティアが『神力』と呼んだ吐き気がする程悍《おぞ》ましいそれは、容赦なく俺を蝕《むしば》み、侵食を始めた。

「ッぁ…………ぁぁあああああああああ‼」

ぐちゃぐちゃに魂が犯されるような感覚。

自分という存在が何かに置き換わっていくかのような。そして俺の知らない心象が俺自身を埋め尽くしてゆく。

その全てが、吐き気を催す憎悪に染まっており、様々な負の感情が俺をかき乱してゆく。震える呼気を押し殺すのが精一杯だった。

過程で、正気を手放しかける自分を、爪を突き立てる事でどうにか繋《つな》ぎ止《と》める。

脳を直接かき混ぜられるかのような不快感と激痛に身が悶《もだ》えながらも、それでも意識の途絶を拒み続け、そしてテオドールとの距離が殆ど失われたその瞬間に、魔法を使う要領で俺はユースティティアから受け入れたソレを撃ち放った。

「……黒い、雷だと」

それは、ノイズの声だった。

大気を駆けた雷は、まるでテオドールがオーネストに差し向けた鉤爪《かぎづめ》の攻撃のように、黒く染まっていた。

そしてあまりに悍ましいその黒雷は、テオドールの頬に一筋の赤を刻んでいた。

「……これで、同等だな。あんたの土俵に、上がってきてやったぞ。テオドール」

『神力』を取り込んだ影響か。

腰に届く長さにまで伸びた己の髪を払いのけながら、身体に浮かぶ奇妙な紋様を一瞥し俺は言葉を吐き捨てた。

十二話　タソガレ

「……やっぱり、いやがったか」

アレク達《たち》がテオドールと戦闘を始めた頃。

見失わないよう、駆けて、駆けて、駆け続けて。漸《ようや》く辿《たど》り着《つ》いた先で見つけた黒髪長髪の女性にも見える華奢《きゃしゃ》な男を前に、赤髪隻腕の男————グランが喘鳴《ぜんめい》を漏らしながらそう口にした。

彼がアレク達の下を離れた理由は、彼らの側が危ないからではなく、役目を果たしたと判断した故の離脱でもなく、よく知った気配を感じ取ったからであった。

元より、彼の場合、自身の恩人への義理を果たす為《ため》にメイヤードへとやって来ていたのだ。

あえてグランを向かわせた筈《はず》の張本人がこの場にいるともなれば、どういう事だと問《と》い質《ただ》す為に会いに向かう彼の行動は何ら可笑《おか》しなものではなかった。

だから尋ねる。

「此処《ここ》には、来られないんじゃなかったのかよ」

故に、グランがメイヤードに向かった。

『大陸十強』などという大層な名で呼ばれていた目の前の男————タソガレが動けないから、仕方がなく。

本来そういう話であった筈なのだ。

「ああ。来る気はなかったとも。吾輩《わがはい》は本来、メイヤードに来る予定はなかった」

「オイ、おれはあんたが来られないって言うから、助けて貰《もら》った義理からわざわざ仕方がなくメイヤードに向かってやったんだぞ」

不機嫌そうにグランは唸《うな》る。

タソガレの話のニュアンスから察するに、彼は実は行けたけれど、あえて行かなかった。どころか、嘘《うそ》を吐《つ》いてグランを向かわせた張本人である。

「であろうな。他でもない吾輩がそう仕向けたのだ。あえて言わずとも分かってるぞ」

「……て、てめえ……」

せめて取り繕うか、もしくは嘘を吐いた事に対する謝罪くらいあってもいいだろ。

何開き直ってんだこのクソ野郎、という感情をどうにか抑え込み、グランは最低限の言葉に留《とど》めた。

「とりあえず一発ぶん殴ってやりたい気持ちで一杯だが、その前に、理由くらい言いやがれ。なんであんたは、あえておれを向かわせた」

戦闘能力。知識。技術。

グランは目の前のタソガレという男に何一つ優《まさ》っているものがない。

物事の根本的解決を望むならば、間違いなくタソガレが向かうべきであった。

なのにどうして、あえてグランを向かわせたのか。当事者としてその理由くらい聞く資格はあるのではという尤《もっと》もな指摘を前に、タソガレは口を閉ざす。

言い詰まる内容だったのだろう。

だが、ややあった後、彼は言葉を口にした。

「そんなもの決まってるだろう。吾輩が向かえば、間違いなく殺し合いになるからだ」

「は」

グランは二重で驚いた。

内容と、加えてあまりにあっさりと口にしたタソガレに。

本来秘密主義に近い彼が、こうしてちゃんと答えた事にグランは驚きを隠せなかった。

その理由が、誠意から来るものであるのか。

はたまた、もう隠していても仕方がないという諦念から来るものなのか。

グランに判別はつかないが、少なくとも今だけは正直に答えてくれるようであった。

「『大陸十強』と呼ばれている人間は漏れなく、吾輩を殺しにくるだろうよ。吾輩はあいつら全員から、少なくない恨みを買っているゆえ」

だから、〝賢者の石〟をどうこうする以前の問題になるから行けなかった。

タソガレから齎《もたら》された言葉を前に、グランは思わず顔を歪《ゆが》めた。

先程から驚きの連続である。

一体、何をやらかせば『大陸十強』全員から恨まれる事になるのだろうか。

そもそも、『大陸十強』とは仲間ではなかったのか。

「良く言えば、恨まれ役を買って出た。悪く言えば、『大陸十強』の一人を吾輩が殺した、と言ったところかね。勿論《もちろん》、直接的に殺した訳ではないが……彼女の死の一因が吾輩にある事は間違いないだろう」

グランは、タソガレの事を殆《ほとん》ど知らない。

恩人であるが、それだけだ。

ただ、十年近い時を共に過ごす中で、グランはタソガレが救いようのない悪人でない事は理解していた。だから、腑《ふ》に落ちなかった。

なんの理由もなしに、タソガレが人を殺すとは思えなかったから。

「だが、ああする他なかった。ダンジョンの性質上、吾輩達が呪い《アレ》を引き受けていなければ、どの道、あの場にいた者は例外なく物言わぬ骸《むくろ》と化していたであろうから」

「ダンジョンの、性質上……？」

真っ先に導き出される可能性は、ダンジョン特有の病——〝迷宮病〟。

グランに記憶障害がなければ、二つ目の可能性として、〝望む者〟と呼ばれる特異な人間の存在を挙げていた事だろう。

だが、記憶の如何《いかん》を問わず、グランが「答え」に辿り着く事はあり得なかった。

何故《なぜ》ならば、その答えこそが『大陸十強』と呼ばれる者達が強制的に口を閉ざされた最たる理由であったから。

故に、本来ならばタソガレがその答えを口にする事は出来なかった。

それこそ、彼が人間という枠組みから外れた『ホムンクルス』という存在になっていなければ。

「簡単な話なのだよ。この世界に存在するダンジョンとは、生贄を選定する目的を有したものであった。ダンジョンに押し込めた〝呪い〟を押し付けられる生贄《いけにえ》を探す為の、な。『大陸十強』とは、その生贄に選ばれ、〝呪い〟を強制的に押し付けられた者達だ」

「……ちょっ、と、待て。タソガレ。生贄って、一体どういう事だ。それにお前、それ」

グランは、タソガレの身体《からだ》の変化に目敏《めざと》くも気付いた。生贄の選定と口にした直後から、見るも悍《おぞ》ましい黒々とした斑《まだら》がタソガレの身体に広がっているではないか。

錬金術の心得のある研究者の端くれだからこそ、グランはそれが身体を蝕《むしば》む強力な『呪詛《カース》』の類だと一目で看破する。

発動したが最後、恐らく命尽きるまでその『呪詛《カース》』は身体を蝕むだろう。

『ホムンクルス』であるタソガレを除けば、どれ程の強者であっても誰一人として耐えられない筈だ。

「何もおかしな事はあるまい。不都合な事実を知る吾輩達は、口を封じられている。身体のこれは、それだけの話なのだよ。ダンジョンの本来の目的が知れ渡ってしまえば、〝生贄の選定〟は叶《かな》わなくなる。なにせあいつらは、ダンジョンの〝呪い〟を押し付ける為にも〝楽園《エデン》〟などという夢を魅せているのだから。だから、ダンジョンに潜る生贄候補を減らしたくないのだ。あいつらが必要としているのは、〝ダンジョン《呪い》〟との親和性が高い〝望む者〟と呼ばれる人間かつ、〝呪い〟を多く引き受けられる強者なのだから」

「……だから、『大陸十強《あんたら》』は呪われたとでも言うのか」

「そうなのだよ。それゆえ、既に用済みとなった〝生贄〟である吾輩達はあいつらにとって邪魔でしかなく、ダンジョンの秘密を口にすれば、漏れなく死ぬように口を封じられた。これが、全てなのだよ」

「…………なんだよ、それ。そもそも、あいつらって、誰だよ」

脳裏に渦巻く様々な疑問を一旦飲み込んで、グランは立て続けに問い掛ける。

「決まっている。この世界において、『神』と呼ばれている存在だ」

「…………。納得はまだ出来ねえが、あんたが嘘を吐いてねえ事は理解した。恐らく、本当なんだろう。何よりあんたが、この状況下で意味もねえ嘘を吐くとも思えない。だが一つ、腑に落ちねえ事がある」

「何かね」

「それだけの仕打ちを受けといて、なんであんたは、今の今まで動かなかった。そもそもどうして、今になってこの話を打ち明けた」

グランも無知な人間ではない。

ロンとの会話。

〝魔神教〟と呼ばれる〝闇ギルド〟の動向。

テオドールと呼ばれる男のこれまでの行動。

そして、メイヤードという一つの国を舞台とした今回の騒動。

極め付けに、タソガレによる先程の言葉。

それらを踏まえれば、グランもある程度の予想はつく。

きっとテオドールは、『神』を殺したいのだろう。動機はそれこそ腐るほどある筈だ。

しかしだから、グランは分からない。

『ホムンクルス』である筈のタソガレは、〝呪い〟に縛られていない唯一の存在だろう。

幾ら口を封じられていようと、既に知ってしまっている人間同士なら関係がない。

ならば、これまでにどれだけの因縁があろうと、『大陸十強』が手を取り合う選択肢はあっただろう。

なのにどうして、タソガレはテオドールのように動こうとしなかったのだろうか。

どうして声を上げなかったのだろうか。

ダンジョンが危険な存在であると、たった一言すらどうして言わなかったのだろうか。

「こんな状況であるというのに、隠し続けていても今更仕方がないのだよ」

明滅する周囲の景色。

天に浮かぶ旋回する魔法陣。

彼方此方《かなたこなた》で聞こえる轟音《ごうおん》。

揺れる大地。

それらが既に手遅れであるとこれ以上なく示している。だから、タソガレはこうして話していると白状した。

「それと、吾輩が動かなかった訳か。そんな理由は一つしかない。吾輩は、『神』と呼ばれる存在の死を望んでいない。吾輩は、『神』を恨んでいない。ゆえに、今現在テオドールと名乗るあの男に手を貸さなかった」

「…………」

グランは真っ先に、タソガレが嘘を吐いていると思った。

これまでの話を聞かされて、仮に己がタソガレの立場であったならば相手を恨まずにはいられない。そう思ったからだ。

「貴様も知るように、吾輩は聖人ではない。真実がその一つだけならば、手を取り合っていたやもしれない。だが、吾輩は一度たりとも真実が一つだけとは言っていないのだよ、グラン」

グランの眉根が寄った。

つまり彼は、真実が二つあるとでも言いたいのだろうか。

グランが問い質すより先にタソガレは何故だか、どこか自嘲染みた態度で語り出す。

過去を懐かしむような、悲しむような様子であった。

「その昔。それはもう、馬鹿が極まった人間がいたのだ。数百年の時を生きる吾輩ですら、未《いま》だに自己犠牲が酷過ぎるとしか言いようがない人間がいたのだよ。それはもう、救えぬ程に。多くの人間を助けたいと願いながら、自分の痛みや犠牲には気付こうともしない、最初の一歩目から間違っている馬鹿がいたのだ。だが、そんな馬鹿だったから、『神』の意志すら捻《ね》じ曲《ま》げられたのだろう。そいつは名前を、ルシア・ユグレットといった。見た目や性格は似ても似つかないが、本質的な部分はよく似ていたよ。丁度、貴様らのようにな――――ノステレジアの人間?」

タソガレの言葉を受けて、勢いよくグランは肩越しに振り返った。

そこには誰の姿も、気配も存在しなかったが、程なく、タソガレが当てずっぽうで口にしたのではないと認識してか、何処《どこ》からともなく三つの人影がそこに現れた。

そのうちの一人に、心当たりがあったグランは「てめえは」と声をあげるも、被《かぶ》せるように包帯を巻かれた男が言葉を口にする。

「……おれを知ってるのカ?」

隠形《おんぎょう》は完璧であった。

魔法は勿論、魔道具の力を以《もっ》てしても気付けないであろう完成度。

〝賢者の石〟の力を利用したソレは、本来誰も気付けない筈のものだった。

それこそ、関わりの深い『ホムンクルス』であるタソガレのような存在を除いて。

あえて言うならば、相手が悪かった。

「貴様の事は知らないのだよ。だが、ノステレジアは知っている。そして、正しくノステレジアの人間ならば、この場にやって来るであろう事も」

「……どうやら、貴方《あなた》は〝賢者の石〟について、随分と詳しいらしイ」

メイヤードには元々、〝賢者の石〟は二つ存在していた。

一つは、国の維持に使われていたもの。

そしてもう一つが、かつてワイズマンが作り上げた〝賢者の石〟の力をその身に引き込んだ事で、物理的に内包され、代々受け継がれる事になったノステレジアの身体の中のもの。

本来は〝賢者の石〟とノステレジアの人間、その両方が必要になるのだが、無理を強いれば国の維持だけならばノステレジアの人間一人で事足りるのだ。

故にローゼンクロイツは向かった。

メイヤードにおける本当の中心部へ。

その場所が一番都合がいいと踏んで向かい、そしてタソガレに出会った。

しかも、待ち受けていたかのような言葉付きで。

「〝賢者の石〟の力を使って、国を造り上げてしまった天才。あれは、吾輩をして化物という他ない人間だった。尤も、当人は欠陥が付属したシステムを創り上げて息絶えてしまったようだが」

存続の為にはノステレジアの人間がいなければならない欠陥だらけの国。

恐らくは、ノステレジアは他者を信じられなかったのだろう。だから、国の存続の為に己の血族を必要とする欠陥システムを組み込んだ。

それが、ノステレジアであった天才の唯一の落ち度。しかし、仕方がないとも言えた。

そうすれば、その国の中心に必ずノステレジアが存在するようになるから。

差別のない国という信念を何代経ても存続させる為にも、仕方がない措置ではあった。

しかしその結果、ノステレジアの人間は利用され続け、最後は国を存続させる為の動力として考えられるのみになってしまった。

その最たる犠牲者こそが、今まさに姿を現した最後のノステレジア。

水晶の中に閉じ込められていた筈の男。ローゼンクロイツ・ノステレジアだった。

「……〝賢者の石〟に詳しい人間なら、一つ聞かせろ。どうしてロゼは、〝贄〟に捧《ささ》げられていたにもかかわらず、こんなどうしようもない国や人を助けようとしてる」

睨《ね》め付《つ》けながら、新たな声――ローゼンクロイツと共に隠れていたうちの一人であるチェスターが、責め立てるようなローゼンクロイツの視線を無視し、満身創痍《そうい》の状態で問い掛ける。

その傷は、アレクの父であるヨハネスによって刻まれたものであり、追い込んだ張本人は側で監視するように佇《たたず》んでいた。

ヨハネスが止《とど》めを刺さなかった理由は、この不可解極まりない現状に対して心当たりがあるであろう二人を殺すわけにはいかないと判断したから。

何より、ローゼンクロイツの話を聞いてしまったが為《ため》に殺す気が萎えてしまったと言うべきか。

「俺チャンには、全く分からねー。どれだけ言葉を尽くされても、微塵《みじん》も共感が出来ねーんだ。どうして、〝贄〟なんて役割を押し付けてきた人間の為に尽くそうと思える。その先に、自分の幸せなんてもんはねーのに、どうして自分の身を犠牲にしようと思える。そういうものだと説明を受けても、俺チャンには全く分かんねー。だから、教えてくれ」

ローゼンクロイツと再会したあの時、チェスターが真っ先に取ろうとした行動は、「ローゼンクロイツを逃がす」事であった。

どうして生きているのかは分からない。

それでも、テオドールがしようとしている事を理解していたから真っ先にローゼンクロイツを逃がそうとした。

元より彼の目的はメイヤードの破壊だ。

チェスターは、ノステレジアが「自由」になる為にもこんな国は無くなってしまうべきだと考えていた。

だから、巻き込まないように逃げて貰う他なかったのに、よりにもよってローゼンクロイツはそれを拒絶した。

やらねばならない事があるからとチェスターの説得に一切応じず、「この国の人間を助けたイ。死んで欲しくはなイ。だから、手を貸してくレ」と言ってヨハネスに助けすら求めた。

それは、散々な仕打ちを受け続けたローゼンクロイツの口から出てくるものとは到底思えず、チェスターはどうしても納得出来なかった。

「あくまでも予想になるが……理由があるとすれば一つなのだよ。そんなもの、彼がノステレジアであるからだ」

「……だから、それが分かんねーっつってんだろ」

チェスターの言葉を受けて、タソガレは沈黙を挟む。そしてやがて、隠す理由もないかと割り切ったのか、話し出した。

「この国は元々、〝皆が幸せを祈れる王国〟を造りたい――そう願った一人の少女の想《おも》いを汲《く》んで、かつてのノステレジアの手で造られた国なのだよ。そしてあの男は、〝祈りの国〟を絶やさない為に、その血脈に軌跡を刻み込んだ。ノステレジアの人間によって、維持されるように。まあ、一言で言うなら悪人だろう。仕方がなかったとはいえ、これは善人の所業ではないのだよ」

なにせ、己の子孫を犠牲とする前提のもと、軌跡という名の己の散々な人生を晒《さら》す事で得られる「同情」を盾に「犠牲」を強いてきた張本人。

それがかつてのノステレジアである。

一人の少女《恩人》の為にその身を犠牲にした天才の業を受け継ぎ、国の維持の為に手を貸し続けてきたノステレジアはとんだお人好《ひとよ》しという他ないだろう。

そう言葉を続けたタソガレを前に、どうしてそれを知っている。と言わんばかりにローゼンクロイツが瞠目《どうもく》し、彼を見詰めていた。

「決まっている。その想いの成就に、吾輩も手を貸したからだ。尤も、手を貸したというより、テオドールの暴走に巻き込んでしまった贖罪《しょくざい》の意味が強かったが」

数百年の時を生きる『ホムンクルス』。

〝賢者の石〟という存在を忌み嫌う彼が、唯一、許容した〝賢者の石〟の使い方。

自己犠牲が酷すぎる一人の少女の想いと彼らの行動を重ねてしまったが故に、タソガレは許容し手すら貸した。

「ともあれ、故に吾輩はある程度の事情を知っているのだよ。そしてだからこそ、吾輩は――――」

そこで、タソガレの言葉が止まった。

理由は、遠く離れた場所で会話をするタソガレの声すら遮る程の轟音が響き渡ったから。

バチリ、と轟《とどろ》くそれは、気付いた時には存在していた鈍色《にびいろ》の雷雲から齎されており、そこからは見慣れない黒い雷が大気に複数奔《はし》っていた。

一見すると変わった雷としか思えない。

しかし、タソガレだけは違う感想を抱いていた。タソガレだけは、その光景に心底から瞠目していた。

「……カルラでもなければ、テオドールでもない。ユースティティアは、あり得ない。ならばあれは、誰のだ」

『獄』の維持すら最早《もはや》ままならないユースティティアを除外しながらタソガレは考える。

しかしどれだけ考えても「『神力』を含んだ攻撃を撃ち放つ存在」に対しての答えは出ず、タソガレは顔を顰《しか》める事しか出来なかった。

それでも、どうにか答えを導き出そうと黙考する。まさか、ローザ・アルハティアのように半端に呪われた人間の仕業なのだろうか。

タソガレがそんな結論を出そうとした刹那、過剰に反応する人間が一人。

「……アレク、か？」

そう口にしたのはヨハネスだった。

ヨハネスに魔法の才は殆どない。

だが、それでも区別はつく。

天性の戦闘勘が助けになっているのか、それが誰の魔法であるのかの区別だけはついた。

ゆえに、先の黒い雷がアレクのものであると気付き、そしてカルラと関わり合いのある彼だからこそ、驚かずにはいられなかった。

そこに内包されたものが、カルラ程の人間が心の底より忌避するものであったから。

関わるべきものではないと、カルラが常日頃より自虐気味に口にしていたから。

だから、ヨハネスは鋭く舌打ちを漏らした。

「…………っ、くそっ、たれが」

――――間違いだった。

今のアレクには、頼もしい仲間達がついている。ヨハネスが一々、首を突っ込んで過保護になる必要はないだろう。

陰から助ける程度で十分な筈だ。

そう思い、目を離した途端にコレだ。

だからヨハネスは駆け出そうとして、しかし。

「今は、問題なイ」

そこに、待ったをかける声が一つ。

ローゼンクロイツだ。

「問題ない、だ？」

しかし、彼の言葉はヨハネスからすれば身勝手な責任のない言葉でしかない。

故に語気が荒くなる。

「ああ、問題なイ。それに、あの力を持った連中が相手なら、貴方のような普通の人間では助力どころか足手纏《あしでまと》いにしかならなイ」

「……だとしても、黙って見とくなんて選択肢はおれにはねえんだよ」

カルラ・アンナベルを始めとした『大陸十強』が普通じゃない事はヨハネスもよく知っている。

それは、天賦の才によるものではなく、もっと根本的でどうしようもなく、致命的な問題。

曰《いわ》く──押し付けられた呪いの力。

あのローザ・アルハティアが、勝てないにせよ負けない戦い方はあると、弱腰にならざるを得なかった力。

散々、カルラがヨハネスに「戦うな」と忠告してきた力。

何故、それについての知識がローゼンクロイツにあるのかは判然としないが、今は問い詰める時間すら惜しく、ヨハネスは訊《たず》ねる事をしなかった。

「黙って見とけとは言っていなイ。だから言っただろウ。今は、ト。まだお前の出番じゃなイ」

早合点《はやがてん》をするなとローゼンクロイツは責め立てる。

「〝賢者の石〟を奪い取ったテオドールと呼ばれていた男。アレは、狡猾《こうかつ》な男ダ。多くの人間を駒とみなし、且《か》つ自分という存在すら望んだ結果を得る為の駒としてしか見ていなイ。その為に、徹底的に使い潰していル。要するに、一欠片《かけら》の信用すら置いていなイ。故に、企みは失敗に終わらないだろウ。だが、そういう輩は決まって確実な結果を求めすぎて石橋を叩き過ぎル」

揺らめく周囲の景色。

その変化を齎す事になった行動は、決して失敗には終わらない。

このメイヤードと〝楽園《エデン》〟を入れ替えるという所業は、まず間違いなく成功しているだろう。

アレクが失敗したと踏んだソレを、ローゼンクロイツは成功していると捉えた。

ユースティティアの協力を得られない可能性も。〝賢者の石〟の力が弱まっている可能性も。邪魔が入る可能性も。

全てを考慮した上で、テオドールは実行した筈だ。

ノステレジアの血脈に刻まれた、かつてのテオドールの姿を知っ、て、い、るからこそ、ローゼンクロイツはそう予想した。

「だから、どうにか策を講じなければならなイ。あの黒い雷のような何かが消える前に。おれがここへ真っ先に向かった理由は、それゆえダ」

タソガレがここに居る理由は、これに繋《つな》がってくる。

テオドールの好きにさせてしまえば、『神』と呼ばれる存在は殺されるだろう。

だから、既に口にしたようにそれを嫌っていた。

だから、ローゼンクロイツ同様、策を講じようとした。

ただ、そんなローゼンクロイツの内心を聞いて、

「────逃げればいいじゃねーか」

ボロボロの身体でそう口にしたのは、チェスターだった。

この男は、己の親友でもあったロキに対し、敵対するや否や逃走を促していた。

それは、背後を狙う為ではなく、本心からの言葉であった。

だから、この期に及んでそんな発言が当たり前かのように口からこぼれ落ちたのだろう。

何故ならば、それがチェスターという男の本質だから。

もう何かを失いたくはないという恐怖こそが、彼の行動理由であったから。

「どうして、あえて苦しい道を行こうとする。なんで、傷つこうとする。犠牲になろうとする。そういう事は、逃げ道を失ってからでも遅くはねーだろ。それにそもそも、こんな世界に何の意味があるってんだ。守って、何になる。俺チャンには、それが全くわからねー」

かつてはそこに意味があると思っていた。

肉親を失った先で、唯一無二の親友《ロキ》と出会った。

だが、親友との約束を果たそうとして、国の腐敗という自分の力では変え難《にく》い挫折を味わった。

その先で、ローゼンクロイツと出会い、耐え難い離別の果てに、世界そのものが腐り切っていると答えを出した。

それは、再会出来た今も変わらない。

だから思うのだ。

命を賭けてもいいと思える相手を除き、誰かの為に行動する意味が分からないと。

「テオドールは間違ってても善人じゃねー。あの思想には共感こそ覚えたが、その手段は悪人そのものだ。犠牲を是とするその考えは、きっと多くの人間と相容《あいい》れねー」

それこそ、何かを失った人間でもない限り。

テオドールはその弱みにつけ込む人間だ。

そんな存在が善人な訳がない。

けれど、チェスターはそんな人間に救われた。故に手を取った。

「代償の付き纏《まと》う力を貸し与えて、駒として動かすような人間だからな、アイツは」

ヨハネスがチェスターに勝てた理由は、相性の問題もあった。

だがそれ以上に、チェスターの限界が訪れていた事も大きかった。

〝呪術刻印〟。

本来、適性に恵まれていない筈の魔法を使えるようにしてくれる奇跡のような刻印。

テオドールが貸し与えるものはその中でも特異で、大きな力と引き換えに少なくない代償が要求される。

けれど、後がない人間はチェスターのように喜んでそれを受け取るだろう。

文字通り、後がなく、憚《はばか》るものもないから。

「でも、それでも俺チャンは、あいつがまるきり間違ってるとはどうしても思えねー。『この世界は間違ってる』、そう口にするあいつが、どうしても全て間違ってるとは思えねーんだ。おれは、こんな世界なんぞ消えてしまえば良いと思っていたから」

だから、ローゼンクロイツが再び自身を犠牲にしようとしている予感があった事もあるが、テオドールの行為を止める気にはなれないとチェスターは言う。

「……世界そのものがなくなってしまえば、誰も幸せになる事はなくなるが、誰かが不幸になる事もなくなル。確かに、それはある意味で幸せなのやもしれなイ」

ただ――――と、ローゼンクロイツは言葉を続ける。

しゃがみ込みながら口にする彼が、何かをしようとしている事は間違いなかったにもかかわらず、続けられた言葉のせいでチェスターは止められなかった。

「チェス坊の言うこんな世界がなかったら、おれはチェス坊に会えなかっタ。それは、悲しい事だし、だからおれは守りたいとも思うんダ。紡がれてゆく何気ない親交が、どうしようもなく尊いものだと思っているからラ。ゆえに、おれの考えは変わらんよ、チェス坊。サ、時間もない事ダ。その男────手を貸してくレ」

「ロゼ！！！」

やめろとばかりに怒号を飛ばすチェスターを無視して、ローゼンクロイツは地面についた手のひらから何かを流し込む。

視線の先には、タソガレが。

この場所に居合わせた時点でやろうとしていた事は露見している前提のもと、言葉を交わす。

「……分かったのだよ。元より、そのつもりだったのだよ。にしてもアレだな。似ているとは思ったが、似過ぎだろう、貴様ら」

「似過ギ？　誰にダ」

「吾輩の友に、だ。あいつもよく似た事を言っていたよ。しかも、死にたがっていた『神』を相手に命知らずにも、胸を張って堂々とな。そんな事よりもだ、グラン。何をぼさっとしている。貴様も少し手伝え。人手が欲しい」

「人手って、あんた一人でも事足りるだろ。それに、今はもう一人もいるんだ。おれなんざいなくとも」

タソガレは、武人ではなく研究者である。

その能力は世界全土を見渡しても三本の指に入ると言い切れるほどの物。

人手の一人や二人いなくとも。

そう思って答えたグランだったが、その意見はすぐに覆される事になった。

「――時間遡行の、〝禁術〟を使う」

「……時間、遡行だと？」

グランはその一言で、嗚呼《ああ》と納得した。

それならば、タソガレであっても一人の手には負えないと理解したからだ。

驚きの声をあげたのは、チェスターだった。

時間遡行の〝禁術〟など、今や掠《かす》れてとても読めた物ではない古びた文献にどうにか記載があるレベルのもの。

彼の反応は、当然とも言えるものだった。

「今更、メイヤードの維持に注力しても最早間に合わない。核たる〝賢者の石〟が奪われた以上、崩壊は止められない。代わりの物を用意しても、馴染《なじ》むのに時間がかかり過ぎる。そして、今回の一件による犠牲者が多過ぎる。〝賢者の石〟を使ってどうにか食い止めても、メイヤードという国はもうどう足掻《あが》いても機能しまい。それこそ、〝禁術〟でも使わない限り。不幸中の幸いにして、ここは小さな都市国家。メイヤードという限定された場所に限った時間遡行ならば、ギリギリ〝賢者の石〟でどうにかならない事もない」

だから、この場所が選ばれたのだ。

メイヤードのど真ん中。

全体に魔力を巡らせる上で、一番効率の良《い》いこの場所に。

「……ただ、問題があるとすれば、読み間違えれば終わりの賭けである事くらいか」

「読み間違い？」

チェスターが首を傾《かし》げる。

表情に僅かの皺《しわ》を刻みながら、タソガレはその疑問に答える。

「〝禁術〟もそうだが、あのテオドール《操り人形》の行動について、なのだよ。アレを押さえ込んでいる人間がくたばり、テオドールがこちらに気付けば終わり。この〝禁術〟は跡形もなく破壊されるだろう」

時間を遡行する行為は、テオドールからしてみれば邪魔としか言いようがないから。

「尤も、向こうには死に掛けのユースティティアと、ある程度動けるカルラがいる筈。どうにか時間は稼げるだろうが、万が一もあるのだよ。それゆえ、伝えて来てくれるか。そこの小さな人形使い？」

びく、と物陰に隠れていた西洋人形が震える。

それは、レッドローグに在籍するAランクパーティの冒険者、ライナー・アスヴェルドのものと酷似していた。

人形は、そのまま音を立てずに消えたが、タソガレはそれを肯定と捉える。

これで恐らく、最低限の時間稼ぎはしてくれるだろう。そう信じ、タソガレはそのまま〝禁術〟を唱えた。

「さて、時間もないので始めるぞ――――〝暗夜遡行路《レイライン》〟――――」

十三話　救済なんだよ

『神《かみ》』とは一体何だろうか。

ある者は崇《あが》め奉る対象と呼び。

ある者は絶対の象徴であると信仰心をあらわにした。

ある者は形而上《けいじじょう》の存在にすぎないと唾棄し、呪いを吐き。

ある者は「天国」と「地獄」という行き先を決める番人であり、天上の存在なのだと言い切った。

纏《まと》まりのない雑多極まりない答えの数々。

しかし、そのどの答えも間違いではなく、どれも『神』という言葉を正しく表していると口にした上で明確な憐憫《れんびん》をあらわにし、あろうことか、全知全能とも認識される『神』に対して「救いたい」と宣《のたま》った少女がいた。


その少女は、特別だった。


〝魔眼《レジエレ》〟と呼ばれる特異な目を持っていた彼女は、多くを見通す事が出来た。それこそ、瞳に映る現象に限らず、心の中にある感情、形のない幸せ、不幸。

あるいは、未来や過去さえも。

特別と呼ばれる枠組みにあった〝魔眼《レジエレ》〟の一族の中にあっても特別な人間だった。

視《み》える事は、悪い事ではない。

だが、視え過ぎるのが良くなかった。

視たくないもの、視えるべきでないものすら視えてしまうソレは、少女をどこまでも苦しめた。

苦しめて、苦しめて、苦しめ続けた結果、少女は一つの結論に辿《たど》り着《つ》いた。

————この能力を持って生まれた己は、多くを救える可能性を持っている。故に、多くを救う義務があるんだ。だから、救わなければならない。それが、ぼくに課された使命だろうから。

頑迷に、愚直にそれを信じ続け、そして最期の最期まで貫き通してしまったお人好《ひとよ》し。

己の事など全て後回しに、文字通り皆を「救う」為《ため》に己の身を犠牲に奔走した人間。

イヴを救う為にと呪いを全て引き受けた上で、本気で死にたがっていた『神』であるアダム。

人々の悪意を一身に引き受ける事で、人々が幸せになれるのだと[redacted]に唆《そそのか》され、悪神と化したイヴ。

彼らの事情を視てしまったが為に救うべき対象に『神』すらも含め、手を差し伸べ、彼らの為に笑って命を投げ捨てた、あまりに救えない自己犠牲の塊。

それが、ルシア・ユグレットであった。

だが彼女は、偶然にも耳にしてしまったタソガレとユースティティアを除いて、終《つい》ぞ誰にもその話だけはしなかった。

何故《なぜ》ならば、そう願われたから。

この世界における〝望む者〟が本来、「『神』が望みし者」という意味を持ち、イヴを救う為に、全ての呪いをアダムが引き受けたその瞬間に殺してくれる人間を意味しており。

選ばれた人物こそが、他でもないテオドールであったからこそ、それを他の人間に打ち明ける事は同情を誘う事に他ならないとアダムが最後まで拒み続けた。

アダムもまた、[redacted]に唆され、そんな手段を選んだとはいえ、決めたのは自分自身。その報いは甘んじて受け入れる。

そう決めていたからこそ、どうか話さないでくれと頼み、ルシアはそれを守った。

タソガレとユースティティアもまた、その選択に同調した。

巻き込んでしまったテオドールには己を殺す権利があるというアダムの意思を尊重すると決めたから。

だからこそ、テオドールからは救いようのない『神』の為であっても、お人好しにも自己を犠牲にした人間としか認識されていない。

そして、己を救ってくれた唯一を、殺した存在。それが、テオドールから見た『神』であった。

挙句、呪いを振《ふ》り撒《ま》き、誰にも知られないようにと口を塞いだ。

救われた筈《はず》の民は、ルシア・ユグレットの犠牲と覚悟も知らず、今ものうのうと生きていた。

仕方がない部分もあるとはいえ、その全てが[redacted]《テオドール》は許せなかった。

故に、彼は何一つとして考慮をしない。憚《はばか》らない。犠牲を強いる事に躊躇《ためら》いを抱かない。

こうして、国ごと巻き込む事に欠片《かけら》の自責の念にすら駆られない。

ユグレットの名を持つ俺であっても、例外ではないのだろう。

尤《もっと》も、期待はしていなかったが。

「――――ソレを奇跡的に使えるようになった、からといって、油断するな。気を、つけろ。純粋な戦闘において、あいつを確実に抑え込めた人間は、テメエの先祖にあたるルシアしかいなかった」

消え入りそうな声で呟《つぶや》かれたユースティティアの言葉。

齎《もたら》されたその言葉がなくとも、侮る気など微塵《みじん》もなかった。なかったのに、それでも俺の表情は反射的に歪《ゆが》んだ。

目の前で起こった変化が、それ程までに圧倒的であったから。

力量の違いは分かっていた筈なのに、それでも、乾いた笑いが込み上げてくる程だった。

「……その覚悟は、認めてあげるよ。でも、同等じゃない。断じて違う。ぼくときみとじゃ、そもそも懸ける覚悟の重さや経験が違いすぎる」

足下が、闇に支配される。

テオドールを中心として広がったそれは、見通せぬ闇の洞のように得体が知れず、どこまでも不安を煽《あお》ってくる。

底なし沼のように引《ひ》き摺《ず》り込《こ》んでくるのかと警戒をしたが、そんな事はなかった。

ただ、闇から数える事が億劫《おっくう》になる程の剣群が這《は》い上《あ》がるように姿を現しただけで。

視界を埋め尽くす程の物量であるそれは、『獄』という限られた場所でなければ地平線の彼方《かなた》まで広がっていたやもしれない。

「反吐《へど》が出るほど、クソな人生だったよ」

剣群が、飛来する。

その速度は認識出来るギリギリのもので、真面《まとも》に食らったその瞬間、俺は容赦なく抉《えぐ》られ肉片と化すだろう。

その標的にはオーネストやアヨンどころか、ノイズすら含まれており、文字通り誰彼構わずであった。

「きみに分かるか？　使命などという軛《くびき》を刺し穿《うが》たれ、〝試練〟などという『神』の都合に振り回され続けた者の気持ちが。ただ言われるがまま、望まれるがままに剣を振り続け、亡者を積み上げ続けた者の気持ちが。そこに拒否権などなく、傀儡《かいらい》である事を強制され続けた者の気持ちが！！きみに分かるか⁉」

まるで血を吐くような叫びだった。

苛立《いらだ》つ己の意思を叩《たた》きつけるように、飛来する剣群の勢いは際限なく増してゆく。

魔法の行使でどうにか撃ち落とせはしていたが、それでもテオドールに近づく事は不可能だった。

「……だから、かつてのぼくは殺される事を望んでいた。殺されてしまえば、解放されると思ったから。この使命から、この〝試練〟から、解放されると思っていたから。なのにあろう事か、ぼくを救おうとした馬鹿がいた。散々傷付けられて、殺されかけて、身体中《からだじゅう》が傷んでいただろうに、それでも血塗《ちまみ》れの中、自分自身を殺そうとした相手に対して『きみは、ぼくが助けてみせる』と本気で口にする馬鹿がいたんだよ」

その人物を馬鹿だと嘲るテオドールであったが、声音には隠しようのない親愛の情が込められていた。

関係の浅い俺ですら、たった数瞬で理解してしまう程の感情がそこにはあった。

「……彼女は、全てを救おうとしていた。救い難《がた》い悪人でさえも、救いようのない『神』さえも、こんな、ぼくも、世界も、何もかもを」

決して、大言壮語ではなかったのだろう。

文字通り、己の全てを犠牲にして救おうとしていたのだろう。そして、本当に突き進んでしまった自己犠牲の塊のような人だったに違いない。

痛ましい程に歪むテオドールの表情が、全てを物語っていた。

「だから、彼女に恩のあるぼくは彼女のようになろうと思った。けれど、彼女のようにはなれなかった。なろうと思っても、どうしてもなれなかった。そもそも、ぼくに彼女のような力はなかったから。ぼくにあるのはただ、誰かを殺し、壊す力だけ。彼女のような救う力は備わっていなかった」

攻撃の苛烈さは未《いま》だ尚《なお》、増してゆく。

黒い靄《もや》を纏うそれは、不壊であった筈の『獄』の檻《おり》や鎖さえも傷付ける。

ひしゃげる程度の損傷にとどまっていたが、傷を付けられた理由は恐らく、本質が同じ力だったからなのだろう。

ただ、刃を撃ち放っているだけ。

底なんてものはまるで見せていない。

力を温存するようなその戦い方は、侮られていると言って間違いないだろうが、その戦い方であっても俺は苦戦を強いられている。

間隙を縫うように魔法を繰り出しても、刃に防がれるか、足下に広がった闇に吸収されたかのように消《き》え失《う》せる。

その繰り返しで、苛立ちを抱かずにはいられなかった。

「だからぼくは、ぼくのやり方で救う《正す》と決めたんだ。もう二度と、ぼくのような人間が生まれないで済むように。彼女のような、犠牲者が生まれないように。そして、この間違いだらけの世界を彼女の代わりに正すのだと。だから、嗚呼《ああ》、安心しなよ。心配しないでいい。ぼくが『神《救》』を殺《っ》してやるから。もう二度と、あんな悲劇は起こさせないから――ぼくが、責任を持って救済してやる」

言葉には慈愛があった。

己の同類に向けるような憐憫の情があり、テオドールは本気で案じた上で口にしている。

彼はそれが、正しいのだと信じて疑っていない。……否、疑う余地を自ら完全に捨て去っているが正しいか。

「……成る、程」

漸《ようや》く分かった。

テオドールの動機の多くを理解した。

彼が多くの人間を路傍の石以下としか見ない理由も分かった。

『神』を殺さなくてはならないと叫ぶ理由も、よく分かった。

とどのつまり、テオドールの根幹には全てルシア・ユグレットがいるのだ。

多くの無関係の人間を見捨て、巻き込む事に躊躇いがない理由は、彼女に命懸けで救われたにもかかわらず、何一つとして理解せずに忘れている恩知らず達だから。

こうして『神』を殺すと叫ぶ理由は、己への仕打ちによる憎しみ以上に、ルシアを殺された事に対する怒りがあるから。

もう二度と、己やルシアのような犠牲者を出さないで済むようにと他でもないテオドールが願っているから。

それが、ルシア亡き今、自分の使命であり、義務であり、恩返しであると決めつけたから。

故に——救済なのだろう。

呪いに苦しめられ続けた彼からすれば、間違いなくその行為は救済なのだ。

特に、呪いを次に押し付けられる可能性の高い俺達のような人間には、間違いなく救済なのだと疑っていない。

あえて俺に向けて、その言葉を使った理由は、口にされずとも理解出来た。

そして、それに共感出来ないならば剣を抜く以外に道はない。

言葉で分かり合う段階はとうの昔に過ぎ去っており、テオドールは決して譲歩しないからだ。

「——……あんたの言葉は、尤もなのかもしれない」

純粋な己の愉楽の為の行為であったならば、俺がこんな感情を抱く事はなかったのだろう。

これが、ある意味真っ当な彼なりの罪滅ぼしなのだと知らなければ、悲嘆する必要もなかったに違いない。

もっと他に、良《い》い手段があっただろうにと俺が表情を歪める事もなかった筈だ。

「で、も。でも、いつ、誰があんたに救ってくれと頼んだよ」

俺は、呪いについて全く知らない。

ただ、死による解放を望んでいたと口にしたテオドールが、未だ萎えぬ程の怒りを抱くのだ。

恐らく彼からすればその仕打ちは、死よりも尚、酷《ひど》いものなのだろう。

その救いを求めない俺に、テオドールは混濁した瞳に憐《あわ》れみの感情を湛《たた》えて射貫《いぬ》いてくる。

その眼差《まなざ》しは、幼稚で無垢《むく》な我儘《わがまま》を口にする幼子に向けるものであった。

事実、彼からすれば、たかが二十年と少し生きただけの子供の感想でしかなかったから。


「あんたの行為こそが、最善なのかもしれない。俺はあんたのように長く生きていないから、正解なんて到底分からない」

――――ならば、黙って受け入れろ。

睥睨《へいげい》するテオドールの瞳は、間違いなくそう告げていた。

しかしだ。

「だけど、正解であろうとなかろうと、俺は受け入れたくない。多くの犠牲と悲劇を『仕方のないもの』として受け入れたくない‼」

その救済の為に、母は犠牲になった。

エルダスは巻き込まれ、リクは命を捨てた。

メアとワイズマンは尊厳を踏《ふ》み躙《にじ》られ、ロンは利用された。

チェスターも、その一人かもしれない。

犠牲となった者は、俺が知らないだけで数多く存在しているだろう。

しかしテオドールは、それを必要な犠牲と捉えている筈だ。彼の救済に、多くの人間の命は含まれないから。

「…………」

テオドールからの返事はなかった。

向けられる瞳の様子は変化しており、まるでそれは、俺を見ている筈なのに、どこか遠くを見ているかのような——ひがら目のようだった。

やがて、面白くもなさそうにくつくつとテオドールは肩を揺らし笑い始める。

「……どうしてユグレットは、どいつもこいつもこんな人間ばかりなんだろうね」

声音に悪意はなかった。

意外なことに俺の発言を嘲るどころか、テオドールはきちんと受け止めているようだった。

敵意はなく、害意も感じられない、あるいは悲鳴であったかもしれない一言。

俺には、かつて聞いた言葉を思い掛けず耳にして、懐かしんでいるように見えた。

「他人なんて、どうでもいいじゃないか。呑気《のんき》に生きているだけの連中を見捨てて、何が悪い。喚《わめ》くだけしか能のない連中だよ。守られた事にすら気付けないクソ共だ。どうしてそんな連中を守る為に、我慢する必要がある？　一体それが、今後のぼくらの何になる。何にもならないだろ。なら見捨てる事の何が悪い。巻き込んで何が悪い。利用して何が悪い。殺して、何が悪い？」

どこまでも相互理解は出来ないのだと、再三にわたって思い知らされる。

にもかかわらず、テオドールがこうしてある程度言葉を尽くしてくれている理由は、驚くべき事に彼が俺に対して一定の尊重を示しているからなのだろう。

身の程知らずで邪魔をする腹立たしい存在ではあるが、それでも、こうして認められないと足掻《あが》く人種であったから。

であるならば、ほんの少しは納得が出来る。

「……いいか。アレク・ユグレット。かつてぼくですら敵《かな》わなかったひとが、同じ想《おも》いを掲げて、その果てに破滅した。全てを失い、死んだ。彼女には感謝している。でも、彼女はその部分だけは、あまりに愚かだった」

視線が外れる。

テオドールの意識が俺から────奥へ移り変わった。

どういう意図なのかは、嫌でも気づいた。

「────っ、テオドール!!!!」

篠《しの》突く雨のように降り注ぐ剣群の照準が、鎖に囚《とら》われた状態のアヨンと、死に掛けのユースティティアへと定められていた。

最早《もはや》抵抗すらままならない人間へ、あえてとどめを刺そうとするテオドールの行動に、俺は吠《ほ》えずにはいられなかった。

そして、俺は魔法を撃ち放つ。しかしどうにもならない。間に合いすらしていない。

だから残された選択は、テオドールに背を向けて彼女らの下に駆けつけ、逃がす他なかった。

それ故に、腕に。背中に。足に飛来する剣が突き刺さり、致命傷すれすれの生傷が増える。

「魔法だって、そうだ。自分の事だけ考えて展開すればまだ微《かす》かな勝機があったろうに、きみは無意識のうちに規模を狭《せば》めてる。他への被害を恐れてるからだ。覚悟の違いは、そういうところだ。そしてだから、きみは死ぬ」

俺の視界に映るアヨンが何かを必死に訴えていた。

――――ヨケロ。

周囲に絶え間なく響き渡る轟音《ごうおん》と、脳と思考の大部分を占める痛みのせいで思うように声が聞き取れず、読唇でどうにか分かるレベル。故に、反応が遅れた。

気づいた時にはもう手遅れに限りなく近い状態であった。

尻目で視認。迫る凶刃。

魔法による対処は――――間に合わない。

ならば避けるしかない。

そう思って避けようとして、しかし、退路すら剣群に埋め尽くされていた事に気づいて一瞬諦念を抱いたその時、俺に影が覆《おお》い被《かぶ》さる。

続くように、呆《あき》れの声がやって来た。

「――――その点に関しちゃ、同意しかねえ」

オーネストだ。

ならば、ノイズはどうなった。

一瞥《いちべつ》すると、そこには隆起した地面に串刺しとなり動けなくなったノイズがいた。

「こいつとヨルハは、どこまでも甘《あめ》え。オレさまならそんな選択は絶対しねえのに。そう思った回数なんざ、もう数え切れねえ」

「それなら」

どうして、庇《かば》うような真似《まね》をした。

恐らくテオドールが言いたかったであろう言葉を遮って、オーネストは言葉を続ける。

「だが、今回ばかりはアレクに全面的に同意する。そもそもどうして、てめえなンぞに、オレさま達《たち》の未来を決められなきゃならねえよ？　吐き気がするくれえ気に食わねえ」

声音は冷静だ。

でも、彼をよく知る人間ならば、その状態で既に額に血管が浮かぶ程にブチギレていると一瞬で分かった。

「オレさまは、オレさまの生きたいように生きる。そこに、誰の意思も関係ねえ。だってのに、救済だ？　笑かすな。それは救済じゃねえ。てめえの『自己満足』って言うンだ。どうしても押し付けてえならそこらの死人にでもくれてやれ」

「……何も、分かっちゃいない」

テオドールは苛立っていた。

己の救済を自己満足と吐き捨てたオーネストに、怒りの感情を募らせる。

それを知ってか知らずか、オーネストは自分の意思を容赦なく叩きつけにかかった。

相手の言葉に苛立ちを覚えていたのはオーネストも同様であったようで、その声音には憤りとしか思えない響きが滲《にじ》みはじめた。

迫る凶刃を退けるべく、薙《な》いだ槍《やり》の風切り音もこれまでとは比べ物にならない程の轟音となり、それは大気を斬り裂いたと錯覚させる程のものであった。

「ああ。何も分からねえ。でも、何も分からねえから分からねえなりに足掻こうとしてンだろ。答えはもう決まりきってるとでも言いてえか？　はっ、黙れよ。無能。てめえの限界を、勝手にオレさまの限界に当《あ》て嵌《は》めてんじゃねえ。虫唾《むしず》が走るだろうが」

どこまでも、オーネストは嘲笑《あざわら》う。

まるで見せつけるように、殊更に貶《おとし》める。

「これから先、失敗はあるだろうな。後悔もあるだろうよ。誰かを失う事もあるだろうし、とんでもねえ不幸に見舞われる事もあるだろうよ。だがそれでも、てめえの胸糞《むなくそ》な救いを押し付けられるよりよっぽどマシだ。そもそも、救われたくなりゃ、自分でどうにかする。てめえなんぞにして貰《もら》う謂《いわ》れはねえ。それとも何か？　てめえは、あろう事かてめえ自身が嫌悪して止《や》まない『神』でも気取ってンのかよ⁉　ええ⁉」

ここでテオドールをどうにか退けたところで、待ち受ける未来は悲惨なものかもしれない。

彼が救済と口にしたように、『大陸十強』のように呪われるかもしれない。

誰かの傀儡となるかもしれない。

あるいは、更に悲惨な出来事に見舞われて多くを失う事になるかもしれない。

でも、一つ言える事は、手前勝手な『救済』はオレさまの人生に必要はねえ。

そう口にするオーネストの言葉は、尤もなものだった。

ただし、そのタイミングと言葉をぶつける相手が良くなかった。

最後の一言は、テオドールの地雷だったのだろう。

テオドールの様子が、明らかに一変した。

顔から感情が削《そ》げ落《お》ちたとでも言うべきか。

次の瞬間、テオドールの始動を感覚で判断し、俺は手を振るう事で魔法を行使。

オーネストもまた、獣の如《ごと》き嗅覚で以《もっ》て、視認すら敵わない速度で迫るテオドールに対して槍を突き出した。

転瞬、確かな感触だけを残し、しかし認識した時には「かは」と強制的に肺から空気を吐かされ、喉を締め上げられながらテオドールに壁へ叩き付けられるオーネストの姿だけが残った。

オーネストも、考えなしの馬鹿じゃない。

挑発という行為で優位に進めようと考えていた筈だ。

なのに――――何も出来なかった。

その事実が、強く残る。

ぎりぎりと音が立つ程に首を締め付ける力は強く、オーネストが藻掻いてもその手が外れる様子はなかった。

「『神』、だと。よりにもよって、このぼくを、あの『神《クソ》』と同列に語るか⁉　どうやら、よほど死にたいらしい……‼」

「――――っぃ、ぎッ、ぷ、は、ぁッ。じ、じゃぁ、何が違うってンだよ。その、手前勝手な都合を押し付けやがるその姿の、どこが違うってンだよ。同じだろ。てめえも、『神』とやらも」

槍を手から離し、両手でテオドールの細腕をオーネストは摑《つか》み、どうにか気道を確保する。

その間にも軽口を止める事はなく、どこまでも自分の意思を叩き付けんと藻掻いていた。

続けられた言葉は、テオドールの神経を尚も逆撫《さかな》でするものだったのだろう。

赫怒《かくど》の形相で、テオドールは再び手に力を込める。このまま強引に息の根を止めるつもりだったに違いない。

現に、オーネストはもう一言すら言葉にする事は叶《かな》わず、空気を漏らすのが精一杯となっていた。故にテオドールは気付くのが遅れた。


――――いまだ。殺《や》れ。


どこまでも愚かしいと、呼吸困難の中、オーネストは「きひ」と嘲笑った。

「オーネストから、離れろよ」

命懸けでオーネストが作ってくれた、テオドールの一瞬の隙。

頭に血が昇っていたからこそ、彼は俺を後回しにしてオーネストを優先した。

だから思う。


いくら何でも、それは舐《な》め過ぎだろ。


「――――――」

技なんてものはない。

ただただ、オーネストを助けるべく無我夢中に魔法を行使した。

そこに、ユースティティアから奪い取った力を乗せて、殺そうと試みただけ。

内臓がぐちゃぐちゃに掻《か》き回《まわ》されるような不快感と激痛が走ったが、まるであり得ないようなものを見る目でその場から飛び退いたテオドールの行動を引き出せた達成感が勝った。

「……っ、かはっ、こほっ、けほッ。い、意識が飛びかけた……!! なんつぅ力してやがるあの野郎……!!」

解放された事で膝をつきながら咳《せ》き込《こ》むオーネストには最早興味を失ったのか。

テオドールの視線は再び俺へ。

そして失望したように、一言。

「……当然といえば当然だけど、きみはルシアとは違うんだね」

たかが擦り傷。

しかし、確かにテオドールの顔に生まれた小さな傷に彼は手を当てながらそう口にした。

その直後だった。

がしゃん、と重量感のある金属が落下する音が響き渡った。

「……一体、何をしてるのかな。〝正義の味方〟」

それは、〝逆天《ぎゃくてん》〟のアヨンの枷《かせ》をユースティティアが外した音であった。

「……たく、本当に今日は厄日だ」

ゆらりと幽鬼のような様子で立ち上がったユースティティアが悪態をつく。

顔色は未だ蒼白《そうはく》で、秒単位で命が削られているであろう事は俺の目にも明らかだった。

それでも立ち上がる彼女は、懐に手を突っ込み、何かを取り出す。

そしてそのまま、口に運んでガリ、と音を立てた。

「それ、は」

その何かの正体に俺がすぐに気付けた訳は、既に一度、目にしていたから。

使う瞬間を見ていたから、分かった。

「お陰で、あんな胡散臭《うさんくさ》いヤブ医者の薬にまで頼る羽目になった。間違いなく、今日はアタシの人生最悪の日だ」

グランは、それを〝過剰摂取《オーバードーズ》〟と呼んでいた。

だが、前に見たものとは少しだけその形状が異なっていた。

俺には分からないが、恐らく効果が異なっているのだろう。

「……分からないね、〝正義の味方〟。どうしてそうまでして、きみまでもぼくを止めようとする。信念を曲げてまで、ぼくを止めようとする」

少なくともぼくの知っているユースティティア・ネヴィリムという〝正義の味方〟は、そんな人間じゃなかった。

瞳に拒絶と困惑の色を乗せてテオドールは疑問を口にする。

その瞳の奥には、「悪人」である筈のアヨンを鎖の拘束から解き、彼女自身が「悪」と呼んだタソガレの薬を使う〝正義の味方〟だった女の姿が映されていた。

融通が利かない、自分の決めた秤《はかり》でのみ動く人間。ユースティティアがそういう人間である事は、事前にカルラから彼女についてほんの少しだけ聞いていた俺でもすぐに理解出来てしまう。

ならば、付き合いの長いテオドールの困惑は当然とも言えるものだっただろう。

あえてユースティティアではなく、〝正義の味方〟呼ばわりした事からもそれは明らかであった。

「業腹だが、テメエと同じだ。アタシには、信念を曲げてでも返すと決めた恩があった。これ以上の理由が、他にいるか？　テオドール」

ユースティティアが俺の隣に並び立つ。

その行動の意図に気付けない程、俺は鈍感ではなく、共闘するぞという意思表示と受け取った。

しかし、その行動はどうしようもなくテオドールの神経に障ったのだろう。

血が滲むほどに下唇を噛《か》み締《し》め、わなわなと肩を振るわせて彼は攻撃の手をやめてまで言葉を口にする。

「……理解に苦しむよ、ユースティティア。彼女に対する恩がありながら、それでもきみはぼくの邪魔をするのか」

——なら、是非もなし。

ほんの一瞬ばかりの瞑目《めいもく》を挟んだテオドールは、どうやら覚悟を決めたようであった。

そして、一言。

「——〝愚者の灰剣《ヴァルガ》〟——」

「ッ、〝天地斬り裂く《シュヴァルト》〟！！！」

突として出現する灰剣。

その光景を前に俺が〝古代遺物《アーティファクト》〟を取り出し、庇うようにユースティティアの前に出たのは最早反射的な行動であった。

テオドールの姿がゆらりと揺らめいたと認識した直後、俺の意思すら無視して轟《とどろ》き立ち上っていた黒雷を通過して、俺達の目の前へテオドールが移動していた。

手には灰剣が。

形状は異様だった。刃は蝕《むし》に食われた葉のように穴だらけで、今にも腐り落ちそうな程に頼りない代物。

柄は白骨を乱雑に繋《つな》ぎ合《あ》わせたようなもので、頭蓋骨に似たものがいくつか見え隠れしていた。

力を込めれば今にも崩れ落ちそうな得物。

だが、その頼りない代物が俺の常識を凌《りょう》駕《が》する。

「────は」

折れた右腕は使い物にならない。

だから、俺は必然、左腕一本で対応しなければならない。力で押し負けるなら分かる。弾《はじ》かれるなら分かる。衝撃に耐えられず、腕が損傷したとしても分かる。

だが、たった一度打ち合っただけで〝古代遺物《アーティファクト》〟である〝天地斬り裂く《シュヴァルト》〟が腐食したこの現象だけは、俺の理解の範疇《はんちゅう》を超えていた。

〝古代遺物《アーティファクト》〟は本来、壊れないものである筈なのだ。どれだけ硬いものを斬りつけようと、どれだけ強い衝撃を受けようと壊れない。

それは不変の事実として知られていた筈だ。

だから俺は、余計に目の前の光景が信じられなかった。現実が嘘《うそ》を吐《つ》いたと思った。

その感想を抱いてしまった数瞬こそが、致命的だった。

「それに触れるでない‼　アレク・ユグレット！！！」

「ッ、もう、手遅れだっ、つぅの!!」

飛んでくるアヨンの声。

その忠告は手遅れで、漂う腐食臭が若干軽くなった得物の感覚と共に、もう既に〝天地斬り裂く《シュヴァルト》〟は使い物にならないと告げていたが、その叫び声は気付きとしては手遅れではなかった。

寧《むし》ろ、俺を助けてくれたと言っていい。

身を捻《ひね》る事で迫る剣撃を躱《かわ》し、どうにか距離を取った俺はそこでも信じられないものを見た。

否、それに関しては少し考えればある意味必然であったのだろう。

テオドールが得物を振り抜いた先で、どれだけ斬りつけても傷一つ付かなかった鎖と何ら変わらない筈の『獄』の檻が床ごと、ごっそりとあまりに容易《たやす》く一条に斬り裂かれていた。

光景を生み出した原因は、漂う腐食臭。

それが答えである。

本来壊せない筈の〝古代遺物《アーティファクト》〟を使い物にならなくしたのだ。

ならば、常識を当て嵌めるべきではない。

壊せない筈だった鎖や檻の一つや二つ、壊せたとしてももう何も不思議ではなかった。

「……儂《わし》が外にいた頃、噂《うわさ》程度で聞いた事があった」

呆然《ぼうぜん》としていた俺とは異なり、心当たりがあったのか。

アヨンが表情を歪めながら語る。

先程の余波で半壊した檻には目もくれず、その視線はテオドールが手にする蟲食いの剣にのみ向いていた。

その間も間断のない攻撃が続く。

アヨンやオーネストが手を貸してくれはするが、触る事の出来ないテオドールの攻撃を無力化するなど無謀もいいところだ。

「曰《いわ》く、〝古代遺物《アーティファクト》〟を超える代物を作り出そうとした愚者がおったとな。〝伝承遺物〟などでもない、正真正銘、〝古代遺物《アーティファクト》〟を超えるものを作る為に、多くの〝古代遺物《アーティファクト》〟を犠牲に、無理矢理に組み合わせ一振りの剣を作った愚者がいたと。じゃが、それは得物とすら呼べない不出来な失敗作であったらしい。剣であるにもかかわらず、使う人間を含め、無差別に腐食する灰剣。儂はそう聞いておったが、本当に存在しておったのか。そんなものが」

「……失敗作とは酷い言い掛かりだ。これは、失敗作なんかじゃないよ。これは、成功作だ。常人には扱えない代物ではあるが、間違いなく、この〝愚者の灰剣《ヴァルガ》〟は本来の目的通りの性能を宿している。少なくともこの剣だけが、『神』さえも斬り殺せる」

それだけ呟いて、テオドールは更に距離を詰めてくる。

手には黒い靄が纏《まと》われており、その正体不明な靄で保護をしているのだろうが、見るも悍《おぞ》ましい程に柄からも腐食が始まっていた。

真面に持てない剣など、最早剣と呼ぶ事すら烏滸《おこ》がましい。

アヨンの言うように、アレは得物とすら言えない代物だった。

「…………。ここは、アタシに任せろ」

テオドールの言葉を受けて、ユースティティアは言う。

「テメエらとあいつとじゃ、相性が悪過ぎる。いても邪魔なだけだ」

「てンめえ……！　助けられといてその言い方は」

――――ねえだろうが。と青筋を浮かべるオーネストが言い終わるより先に、俺は一歩下がった。

「……分かった。なら俺達はどうすればいい」

ここまで首を突っ込んだのだ。

今更、逃げろという言葉は来ないだろう。

真っ先に逃がすくらいだ。

恐らく、他にやって欲しい事があったのだろう。

「カルラの指示を仰げ」

簡潔に、一言。

ユースティティアからの言葉はそれだけだった。

けれど、その言葉に従おうとして背を向けた俺は、どうやってこの『獄』から出ればいいのかと問おうと思った。

だが、その疑問は即座に解消される。

視線を向けた、テオドールの灰剣による攻撃痕の先に、切り裂かれた魔法の結界があったからだ。

あの灰剣は、どんな魔法であろうと腐食させるゆえに結界も切り裂けてしまうのだろう。

だったら、一番相性が悪いのはユースティティアではなかろうか。

だがそれも手遅れで、既に戦闘を始めていた彼女に俺の言葉などもう届かないだろう。

だからせめて、俺は急ぐ事にした。

「……てめえもついてくンのかよ」

「戦力は一人でも多い方がよかろう？」

少なくとも、今はアヨンの手も借りたい状況だ。敵であった人間とはいえ、それでも今は。

程なく『獄』を後にし、宙に放り出された俺達の視界に映り込んだ光景は、驚く事に入った時と然程変わらない状況にあった。

そこで合点《がてん》がいったのか、アヨンは言う。

「……ユースティティア・ネヴィリムのお陰じゃな。あやつの『獄』に閉じ込めておる間に限り、時間の進みが恐ろしく遅くなるのであろうよ」

でなければ儂らの存在に説明がつくまい、と視線で告げてくる。

「ワイズマンを捜す目的はあったじゃろうが、それ以上にテオドールは『獄』の外へ出たかったのやもしれぬな」

だからこそ、この時間を無駄にする訳にはいかないのだと締《し》め括《くく》る。

やがて、着地した俺達はすぐにカルラの姿を見つけた。

特徴的な和装故、真っ先に目についたものの、無傷とはいかず、身体中に傷を負っているようであった。

「────ユースティティア。あの馬鹿が、妾《わらわ》の弱点を教えておった。この傷はそれ故よ。弱点を教えられたからといって殺される妾ではないが、そのせいで傷を負った。それだけよ。で、あの馬鹿は何をしておった」

一瞬、馬鹿正直にユースティティアを信じてしまった己の行動に後悔を覚えた。

「……テオドールの、足止めを」

「成る程、理解した。あの馬鹿は、テオドールから一時の信用を得る為に妾を犠牲にした訳か。次に会ったらぶん殴ってやろう。あの〝正義〟中毒め」

だが、悪態をつくカルラの言動から、その後悔は間違いだったと理解した。

出来うる限界まで、テオドールの味方になるかもしれないと思わせなければ彼をこうして今、『獄』に閉じ込める事は出来なかっただろう。

それに繋がる一手が、カルラの牽制《けんせい》。

世紀の大悪党どもをその駒に使っていれば、ある程度の信用を得ることが出来る。

尤も、その過程で犠牲になるのはカルラと嗾《けしか》けられた罪人達だが、ユースティティアからすれば、己に関係ないならそれでいいという考えだったのやもしれない。

カルラの怒りは尤もだ。

「とはいえ、今は後回しよな。状況が少し……いや、かなりまずいらしい」

口にするカルラの側には、見覚えのある西洋人形が一体。

それは、俺達も知るライナー・アスヴェルドの代名詞とも言えるものであった。

「タソガレが、読み間違いおった。お陰で散々よ。故、お主らはダンジョンへ向かえ。ヨルハ・アイゼンツ達と合流しろ。妾は、少し休んでから向かう」

確かに傷は負っている。

だが、致命傷という程ではなかった。

にもかかわらず、「休む」と口にする彼女の言葉に若干の違和感を覚えたが、俺達の知らない何かがあるのだろう。

〝呪い〟とやらに関係しているのかもしれない。

「……分かった。が、読み間違いって一体どういう事だ？」

「至極単純な話よ。タソガレという男の行動全てが、テオドールの手のひらの上だっただけよ。あやつが首を突っ込んでくる事も。この状況で、〝禁術〟を選ぶ事も。何もかもが、対策されておったらしい」

十四話　意地

「―――アレク!!」

カルラの言葉を聞くや否や、背を向けて走り出した俺の名前をオーネストが叫んだ。

制止を呼び掛けた理由は、それ程までに俺の様子が深刻だったからか。はたまた、ユースティティアが『神力』と呼んだソレの力を限定的に得ている俺の加速が、オーネストすらも上回るレベルだったからか。あるいは、両方か。

「……急に顔色を変えて走り出して、どうしたっていうンだよ。それに、身体《からだ》だってボロボロのままだろ」

殆《ほとん》ど反射的な行動だった。

だから、オーネストに説明をするという段階をすっ飛ばし、最悪の可能性を考えて一刻でも早く駆け付けるという結論に至っていた。

投げ掛けられた言葉に、俺は申し訳程度の冷静さを取り戻し、足を動かしながら口を開く。

俺の声は、震えていた。

「……学院長が言った、タソガレという名前。俺はそれに心当たりがある」

「……知り合いか?」

であるならば、オーネストにとってはこれ程単純な話もなかった事だろう。

けれど、実際は違う。

知り合いどころか、会った事すらない。

俺がただ、一方的に相手を知っている。

それだけの関係でしかないから、俺は即座にその言葉を否定した。

「いいや、会った事もない。でも、あんたも分かるだろ、アヨン。タソガレが一体誰なのか」

オーネストと並走するようについてきていたアヨンが、小さく溜息《ためいき》を吐《つ》く。

〝英雄願望者〟。

己の生涯を、〝英雄〟を誕生させる為《ため》に犠牲とした埒外《らちがい》の悪人が、〝禁術〟という誰でも即座に辿《たど》り着けるものに辿り着かなかった訳がない。ならば必然、ある程度の知識を得られる程度には足を踏み入れているだろう。

「……〝毒王〟。〝禁術〟使いか」

ぽつり、と呟《つぶや》かれたそれは、まごう事なき答えであった。

「あぁ。多分、そのタソガレだ」

稀代《きたい》の毒使い。

かの人物は、それこそ歴史書にすら名を残す程の人物であり、付けられた異名が〝毒王〟。毒を用いる事で、本来ならば人の手に余る幾つもの〝禁術〟をたった一人で行使した逸話を残す人外の如《ごと》き研究者。

それが、タソガレだ。

一瞬だけ人違いで、俺の考えすぎだと思った。

けれど、グランが毒を使う人間であった事。

筋金入りの出不精であるカルラが、旧知の仲のように話していた事。

極め付けに、本来の人間の寿命など知らんとばかりに生きているテオドールの存在。

それらの事実を踏まえた時、カルラが口にしたタソガレが〝毒王〟と呼ばれる毒使いでない可能性の方が低く思えた。

だから、急いだ。

魔法の知識を只管《ひたすら》求めていた俺だからこそ、〝禁術〟と呼ばれる魔法が何故《なぜ》、〝禁術〟に指定されたのか。それを、よく知っているから。

そんなものを、幾つも一人で行使してみせた人間が、どれほど規格外な手法を用いて無理矢理に使っていたのかも知っているから。

「〝禁術〟っていやあ——アレか」

オーネストの脳裏に浮かんだであろう光景は恐らく、レッドローグでリクの手によって発動された〝禁術〟——〝死告蛍〟だろう。

魔法学院であっても、〝人の手に負えない〟とされる〝禁術〟は決して教えては貰《もら》えない。

そこらの書庫では、〝禁術〟の存在こそ記された書物はあるだろうが、発動の手掛かり、本質について記されたものは全て焚書《ふんしょ》されているので手に入りようがない。

だから、オーネストの反応は「鈍い」のではなく、ある意味当然であった。

「だが、あの時はどうにかなったじゃねえか。それに、〝禁術〟をどうにかしたヨルハもいる」

誰の手を借りる事もなく、以前ヨルハは己のセンス一つで〝禁術〟を無効化した。

ならば今度も、と考えるのは決して的外れではない。

だが、しかしである。

「……そうじゃない」

「ぁン？」

「そうじゃないんだよ、オーネスト」

〝禁術〟を止めるだけならば、ヨルハ達《たち》を信じるという選択肢もあっただろう。

なにせ、あそこにはクラシアとガネーシャもいるのだから。

ただ、今俺が何よりも深刻視している事柄は決して〝禁術〟などではなかった。

「……〝禁術〟ってのは、単に人の手に負えないから〝禁術〟なんて大仰な呼ばれ方をしてるんじゃない。〝禁術〟は、〝代償〟を必要とするから、〝禁術〟なんだ」

〝代償〟は、己が身であり、命であり、あるいは周囲へ被害を齎《もたら》す何か。

故に癒えない傷跡として、国そのものに〝代償〟が刻み込まれている事も少なくはない。

タソガレという男は、様々な毒を使う事で強引に〝代償〟を用意し、己が身を始めとして様々な犠牲を許容してどうにか〝禁術〟を用いていた人間だ。

そんな人間が、〝禁術〟の効果の大小が、捧《ささ》げた〝代償〟の質によって左右される不変の真理を知らない訳がない。

「……学院長の言葉を信じるなら、致命的な何かをタソガレは〝代償〟に捧げてる。間違いなく」

カルラの口振りから察するに、タソガレもテオドールと面識があるのだろう。

ならば、侮る理由がない。

ここまでの大立ち回りをしてしまえるテオドールを相手に、手を抜くなど死んでもしないだろう。

だというのに、〝禁術〟の〝代償〟らしき痕跡がどこにも見受けられない。文字通り何もない。

なまじ知識がある人間だからこそ、この事実が不気味さとなって己に襲い掛かってくる。

そして、それらの事実を頭の中で整理すると、嫌な可能性が浮上するのだ。

それこそが、今一番俺が恐れている事であって。

「成る程。理解した。だからお主は、焦っておるのか。〝賢者の石〟が使われたと疑っておるから」

この場において一番、〝禁術〟の代償に適した物。百人近い魔法師を犠牲にする事で完成した〝賢者の石〟は、周囲に致命的な被害を齎さずに済むという前提を考慮すれば、現状すぐに用意出来る代償としては最上に近い。

これ以上、余分に存在しているかどうかはさておき、疑うなという方が無理な話だろう。

「……〝賢者の石〟が尋常なもンじゃねえ事はオレさまも分かるが……そもそも使われてたとして何が問題だ？」

倫理的な観点を無視すれば、オーネストの言うように一見すると問題ないように思える。

ただし、それはカルラからのあの一言がなかった場合に限り、の話だった。

「〝禁術〟は、文字通り禁じられた術よ。故、あれはその多くが人の手に余る。そんな御業《みわざ》だからこそ、正面から防ぐ事は本来土台無理な話である。それは、『大陸十強』などと呼ばれる埒外の化物共にも言える絶対の真理よ」

間近でユースティティア・ネヴィリムという化物を目にしてきたアヨンが、躊躇《ためら》いなく言い切った。

策を弄せばその限りではないだろうが、無策で正面から防ぐ事はどんな人外であっても無理。それがアヨンの出した答えであり、俺の胸中にあった答えとも一致していた。

「ならば、確実に〝禁術〟を防ぐ為にはどうすれば良いか。そんなもの、答えは一つしかない。〝代償〟に選ばれる何かに対して予《あらかじ》め、何らかの対策を講じる。これのみよ。そしてこのメイヤードにはお誂《あつら》え向《む》きとばかりに、犠牲に適した物があった。ここまで言えば、お主でも理解出来よう？」

――あえて〝賢者の石〟を使用させる状況をテオドールが作り上げ、その罠《わな》にタソガレが嵌《は》まった。

これが、答えである。

とはいえ、タソガレも馬鹿ではない筈《はず》だ。

にもかかわらず、出し抜かれたという事は、気付かれないように何か細工されていたか。

はたまた、気付かれた上で尚《なお》、どうにか出来るだけの何かを周到に用意していたか。

そしてだから、カルラはああ言ったのだろう。何もかもが、対策されていたと。

「……今、メイヤードで〝賢者の石〟だけは使うべきじゃない」

ただ無効化されるだけなら問題はない。

しかし、あのテオドールだ。

己の邪魔をする人間に――それも、『大陸十強』を相手にそんな生易しい対応をする訳がない。彼ならば、使った瞬間に手痛い一撃を見舞える用意をしていた筈だ。

「にしても用意周到、過ぎるだろ」

テオドールがワイズマンの回収を急いでいた理由が、タソガレに先に〝賢者の石〟を使わせる為だったのではとすら今なら思える。

様々な展開に備えて二重、三重に策を用意し続けていたテオドールには、敵ながら天晴《あっぱ》れと言う他ない。

誰がここまで綿密に、先の展開を予想出来るというのだろうか。

恐怖が首を擡《もた》げ、這《は》い上《あ》がってくるような感覚を前に、俺は苦笑いを浮かべるのが精一杯であった。

「だからこそ、急がなきゃいけない」

ワイズマンは間違いなく、この状況を打破する為に己の命と引き換えにでも〝賢者の石〟を使うだろう。

そうする事で、本来の身体の持ち主であるメアが絶命を強いられる事になろうとも、彼女ならば――強行するに違いない。

「……話は分かった。だがよ、その後はどうなる」

眉根を寄せながら、オーネストは言う。

「ヨルハ達は、この状況を打開する為にダンジョンに戻った。そこで〝賢者の石〟が必要だった場合、使わねえならそもそも解決にならねえ。結局、そこで躓《つまず》くぞ。それとも、代わりの手段があンのかよ」

〝賢者の石〟を用いた事で終わりを迎えるか。使わずにテオドールの思い通りに事が進んで終わるか。

言ってしまえばそれだけの違いでしかない。

結果的に、何も変わらない。

オーネストの言葉は反論のしようがない正論だった。

「……なくはない。でも何にせよ、何も知らないまま〝賢者の石〟を使う事だけは避けなきゃいけない。だから、まずは止める」

「そこは嘘《うそ》でもあると言っとけよ。弱気じゃ、出来るもンも出来なくなンぞ」

気から負けてどうするよと責められて苦笑いを浮かべる俺をよそに、オーネストは視線を側にいたアヨンへ向ける。

「……ところで、アレクの傷。アレどうにかなんねえのかよ。さっきは魔法でぱっぱと治してただろ」

折れたままの俺の腕と、今も尚、開いたままの身体の傷についてだろう。

治して貰えるならば、治して貰いたい。

そんな気持ちでいたが、そう都合の良《い》い話はないようで、アヨンからの返事は色好いものではなかった。

「勘違いをしておるようだが、儂《わし》の〝逆天《ぎゃくてん》〟は回復の魔法ではない。これは、事象の〝逆天《ぎゃくてん》〟を強制的に引き起こす魔法よ。使用者たる儂には効果がない以上、そう何度も本来使えるものではない」

複雑な魔法であればあるほど、消費される魔力の量も跳ね上がる。

俺にしてくれたように、アヨンが自分自身に魔力残量の〝逆天《ぎゃくてん》〟を用いれば——と思ったが、使用者には効果がないという事はつまり、そういう事なのだろう。

「正直、今日はあと一度使えれば御の字よ。テオドール《アレ》の相手が残っている状態で、儂が魔法を使えなくなるのはまずかろう？」

声の調子。顔色。

何一つ変化を見せていなかったから気付けなかった。

だが、言われてみればその通りだ。

事象を〝逆天《ぎゃくてん》〟する魔法が、乱発出来る訳がなかった。

そんなことが出来るならば、彼女自身が〝英雄〟になるという結論に至っていた事だろう。

「それ故――――」

だから、アヨンの決定に従うという旨の返事をしようとした瞬間、彼女の言葉が不自然に止まると同時に俺の足も止まった。

金縛りのような術に嵌《はま》ったからではない。

視線の先に、俺の知る人間がいたからだ。

俺とよく似た様子で全身傷だらけの包帯まみれで、いつものお調子者めいた様子など投げ捨てていた――――ロキがそこにいた。

「やあ」

明らかにいつもと様子が異なっているのに、発言だけは普段通りを取り繕っているように思えて、そのチグハグさが異様に目立っていた。

「ロ、キ」

チェスターがロキに化けていたから、最悪、命を落としている可能性まで考えていたから、真っ先に安堵《あんど》した。

けれど何故、ここにいるのか。

それが分からなくて、すぐさま俺の表情は困惑に染まった。

……いや、そもそも目の前のロキは本当に、ロキなのだろうか。

「……その様子だと、もうチェスターには会ったみたいだね」

その様子と指摘を受けて気付く。

反射的に俺は、一歩距離を取って警戒心を露骨にあらわにしていた。

「ああ、それが正常な反応だ。〝人面皮具〟の区別なんて、本来出来ようがないから。それに、こんな場所で待ち構えてる奴《やつ》を、疑うなと言う方が無理な話だ」

俺達の行動が何処《どこ》で漏れたのか、それは分からない。だが、目の前のロキがロキに化けたチェスターである可能性がある以上、一刻も早くヨルハ達の下に向かわなくてはならない俺達は、多少手荒になろうとも――――。

「だから先に、証明をしようと思う。僕が、僕である証明を」

すぅ、と息を吸い込み、やがてロキは俺――――ではなくオーネストを睨《ね》め付《つ》け、これ以上なく殺気を昂《たかぶ》らせる。

これは、まずいと思った俺は慌てて臨戦態勢を取ろうと試みるが、どうにもそれは勘違いだったようで。

「てんめえ⁉　あろう事か僕の携帯してたポーションにあのハバネロくん《ゲテモノ》混ぜやがったな⁉　くそが⁉　死ねよ‼　まじで死にかけただろうが⁉　このボケ‼」

ぱりーん。と、恐らく万が一の為に残しておいたであろう真っ赤に染まった液体を容器ごと地面に叩《たた》き付《つ》けながらロキは憤る。

「アレク。あれ、本物だわ」

「……だろうな」

飯屋でオーネストの幸運に嵌められ、ヨルハの好物であるハバネロくんを食べさせられていた隙に仕込んだのだろう。

面白半分でロキが携帯していたポーションに混ぜて、あひゃひゃと笑うオーネストの姿があまりに容易に幻視された。

「……まぁ、この恨みはいつか十倍にして返すとして。君ら、ヨルハちゃん達を追ってるんだろ。チェスターを止められなかった罪滅ぼしって訳じゃないけど、僕が案内する」

ロキが背を向ける。

ついてこい、という事なのだろう。

「案内するだあ？　別に、傷だらけのてめえに案内されずとも」

――――自力でどうにかなる。

目の前のすぐそこに、ダンジョンへの入り口は見えている。

道に多少は迷うだろうが、俺以上に満身創痍《そうい》な状態のロキは回復に専念しとけと言わんばかりに

オーネストが言葉を吐き捨てた瞬間だった。

「…………チ」

ぐにゃり、と空間が歪《ゆが》む。

空の光景だけを巻き込んでいた筈のテオドールによるソレが、遂《つい》にここまで辿《たど》り着《つ》いてきたらしい。

ダンジョンの入り口も、堰《せき》を切ったように揺れる水面のようにぐにゃぐにゃと曲がり始める。

「僕は、ガネーシャの居場所が分かる。あいつ、逃亡ばっかりするからそういう時の為に印をつけてあったからさ。だから、ヨルハちゃん達の居場所も分かるって訳。それと、僕はこの先を通って、やって来た。道案内としては、それなりに役に立てると思うよ」

「…………分かった」

ロキの言葉を突っぱねられるだけの何かを俺は持ち合わせていなかった。

だから、棚に上げるようではあるが、今にも倒れそうなロキに頼る事を許容する。

今は、悩む時間も、先の行動に対して言葉を尽くす時間すらも惜しかった。

躊躇いなく歪みの先へ足を踏み入れたロキの後を追うように俺達も続いた。

「これは」

奇妙な光景だった。

人の手が加えられていない大自然の緑溢《あふ》れた光景と、ダンジョン本来の景色。

それらを、無理矢理に接合したかのような景色だった。

何処もかしこも継《つ》ぎ接《は》ぎで、組み合わないパズルのピースを強引に押し込んでどうにか形として保たせているとしか思えない。

ただ、俺達の驚愕《きょうがく》の理由はそこじゃなかった。

この緑の景色。本来ならば全く以《もっ》て見覚えのなかった筈の木々、花々。それらを俺は一度だけ見た事がある。

——〝楽園《エデン》〟。

そう呼ばれていた場所で、一度だけ俺は目にしていた。

場所ごとの空間転移。

その事は分かっていた筈なのに、いざ目にすると絶句する他なかった。

そんな時だった。

「……出来れば、チェスターの事は恨まないでやって欲しい」

絞り出すように、ロキが言う。

どれだけそれが難しい事か、分かった上での言葉なのだと彼の表情で一目瞭然だった。

「あいつはどうしようもなく、救いたかっただけの人間だから」

「……ハ、そんな人間は、そもそも誰かを傷付けようとはしねえよ」

一言にとどめられたオーネストの言葉。

しかし、言葉にこそされなかったがこの期に及んで何を言うんだか、と呆《あき》れの感情を主張するように遅れて溜息が聞こえてきた。

オーネスト自身、言葉を尽くしてロキの考えの間違いを正してやる気はないのだろう。

己の身体の状態。この窮状。

全てにチェスターが関与していると理解した上でそう口にする人間など、つける薬がないと一瞬で諦めてしまったから。

「それを言われては、返す言葉もないんだけどさ」

「――ところでお主、随分と面白い〝古代遺物《もの》〟を持っておるな？」

漂い始める剣呑《けんのん》な空気。

こんな時にまで喧嘩《けんか》をされる訳にはいかなかったので、俺は半ば強引に会話に割って入ろうとして――しかし、まるで狙ったかのようにアヨンまでもが口を開いた。

視線の先には、ロキの手に抱えられていた古びた本が一つ。

慌てていたから気にしていなかったが、確かにロキにしては変な物を持ち歩いていた。

「……僕も気になってたんだけど、アレク君。その子は？」

どう説明したものか。

馬鹿正直に〝逆天《ぎゃくてん》〟のアヨンと言うべきか。

しかしそんな事を今言えば、ロキが混乱する事は間違いないだろう。

けれど、嘘を吐けばロキは即座に見抜くだろうし……どうすればいいのか。

「儂の名前は、アヨン。今は偶然、目的が一致しておる故にこうして協力関係を結んでおる」

「アヨンちゃんか。オーケー。まあ、普通の子じゃない事は一目瞭然だけど、今はその物騒な名前については触れないでおくよ」

俺の苦悩とは裏腹に、呆気《あっけ》なくアヨンは己の名を明かしていた。

アヨンなんて珍しい名前の人間は、それこそ悪名高い〝逆天《ぎゃくてん》〟のアヨンを除いていないだろう。

だが、ロキはあまり気にしていないようだった。否、今は気にしても仕方がないと割り切っているだけか。

「お察しの通り、これは普通の本じゃない。これは、記録の〝古代遺物《アーティファクト》〟であり、チェスター・アルベルトの『保険』だよ」

足を動かし、駆けながら会話は続く。

出てきた言葉に、俺は思わず眉を顰《ひそ》めた。

「『保険』だと？」

「あいつは元来、何も信じてない。恋人だろうと、聖人と呼ばれる人間だろうと、己が吐いた言葉を除いて一切の例外なく、心の底からは信用しない。だからあいつは、何をするにせよ『保険』を作る。いつ、誰に裏切られてもいいように」

「……それを取りに戻ってたって訳か」

「いや。本当はチェスターを捜してたんだ。あいつの事だから、『保険』を取りに戻ると思っていたから。でも、あいつはいなかった。恐らくは、チェスターでさえも予期しない出来事に見舞われたか……もしくは、怪我《けが》を負って動けなかったか」

どうして『保険』の場所を知っていたのだ。

そんな疑問が浮かんだが、ロキとチェスターは知らない仲ではない。

だから分かったのだろうと思う事にした。

それからは無駄口を惜しんで走って。走って。走り続けて。

ロキが、「あと少しだよ」と告げると同時、俺の額から一筋の汗が滴り落ちた。

そして、決してそれは疲れからくるものではないと告げるように、遅れてアヨンの足も止まる。

「まあ、そう上手《うま》くはいかぬよな」

観念したような口調だった。

この場においてロキだけが、俺達の行動に困惑する。

彼女の言葉で、己の勘違いでない事を確信した俺は溜息を吐いた。

続け様、時間はないのに何を立ち止まっているのだと責める間すらロキに与えず、俺も口を開く。

「先に行っててくれ、ロキ。それと、オーネストも」

「……あいよ。行くぞ、〝クソ野郎〟」

「……は？　え、ちょ、何して」

いつになく物分かりの良い返事だった。

状況をいまだ把握出来ていないロキの首根っこを摑《つか》み、オーネストは先を急いでくれた。

「なあ、アヨン」

「なんじゃ」

「どうして、ここまで協力してくれるんだ」

まだ、ほんの少しだけ時間が残されている。だから、聞いてみる事にした。

「それは、愚問でないか？」

その為の対価を差し出したろうにとばかりにアヨンは嘲るような笑みを張り付けて返事した。

「ああ。相手があんたじゃなかったら、こんな馬鹿らしい質問はしなかったと思う」

こうして、善意とも言える協力に引っ掛かりを覚える事もなかっただろう。

「あんたは、〝英雄願望者〟だ。あんたの求める〝英雄〟像は、どんな窮地であっても覆し、弱者の味方となってくれる存在だろ。だから本来、あんたはここまで甲斐甲斐《かいがい》しく世話を焼かない人間の筈だ」

アヨンは、〝英雄〟を欲しているのだから。

不屈の精神と、限界を超えた力で困難を乗り越えて、〝英雄〟に至ってくれと願っている人間が、誰かにここまで手を貸す事は矛盾している。

「だから、どうしてって思ったんだ」

二心あるなら納得も出来る。

でも、その素振りは見受けられなかった。

「…………。贖罪《しょくざい》、のようなものなのやもしれんな」

嫌なところに気付きおると言うように苦笑いをこぼし、アヨンは答えた。

「テオドール。あやつは、儂が殺した奴によく似ておる。儂が、〝英雄〟に仕立て上げた奴に、よく似ておる」

性格の事を言っている訳ではないだろう。

容姿についてでも、ないだろう。

テオドールのあの慟哭《どうこく》を耳にしたからこそ、その「似ている」が、『境遇』だと理解出来た。

だからこそ、テオドールにとっての『神』のように〝英雄〟になる事を強いたアヨンが罪を意識するのも分からないでもなかった。

「自分の過去を、後悔してるのかよ？」

「まさか」

「贖罪」とつい先程口にした人間の言葉とは思えない返事だった。

「過去の行為は、何一つとして後悔しておらんよ。悔いてなどおらん。泥に塗れ、血に染まった生ではあったがな、儂は、儂にやれる最善を尽くしたまで。己の力不足を呪う事はあっても、あの過去を後悔などせぬ。そんな事をしてしまえば、大義の為にと〝英雄〟を求め、その過程で死んでいった者達に申し訳が立たぬ」

死んだ人間の事など、有象無象程度に考えていると思っていた。

だから、その言葉は意外だった。

「……じゃあなんで、贖罪が出てくるんだよ」

「それは」

悲しげに目を細めて言葉を紡ごうとするアヨンであったが、最後まで言い終わる事はなかった。

「────一人、足りないね。見たところ、君らが足止め要員のようだけど、一体、いつになったら理解するのかな。それが、無駄でしかないと。頼みの綱のユースティティアも、タソガレも。全員、ぼくには敵《かな》わない。だというのに、君ら程度がぼくの足を止められる訳がないだろう？」

諦めを促すその言葉は、ひたひたと歩いて近づいてくるテオドールのものだった。

目に見える傷がある。

返り血か分からない血に塗れている。

だが、瀕死《ひんし》の重傷を負っているにしては、声があまりに朗々と響き渡っている。

恐らく、その期待はすべきでないだろう――――と、思考した瞬間だった。

「――――、っ」

目の前に、テオドールの姿が映り込む。

動作の予兆は、何もなかった。

ふざけているにも程がある。

「いいかい、アレク・ユグレット。『神力』ってのは、こう使うんだ」

善意からくるレクチャーではない。

これは単純な、見下しであり嘲り。

お前はぼくの足下にすら及ばないと突き放す為の行為で心すらも折りに来ているのだと、すぐに理解した。

否、まともな抵抗らしい抵抗すら取れなかった俺は、頭で悠長に紡がれた言葉の意味を理解する事しか出来なかった。

「――――」

アヨンの叫び声すら聞き取れず、何が起こったのかすら分からないまま、勢いよく吹き飛ばされ、ダンジョンの面影を残した壁に衝突。

一瞬の意識の途絶。

痛いだとか、そんな次元の攻撃ではなかった。

先程まで『獄』という特別な空間にいたから、テオドールの力は制限されていたのだろうか。そんな考えが浮かぶが、仮にそうだとして、打開する作戦は今は何もない。

ただ、これ以上先に進ませない為には、立ち上がる以外に選択肢など残されていないのだ。

たとえ、絶対に敵わないと悟ったとしても、時間さえ稼ぎ切ればヨルハ達が何とかしてくれると信じているから。

だから、痛む身体に鞭《むち》を打ち、口元にまでせり上がった血を吐き出して立ち上がる。

テオドールを待っていたあの刹那に編み上げていた魔法陣を起動させながら、俺は不敵に笑ってやった。

「成る、程。で、も、『神力』なんて大層な名前の力の割に、案外ショボいんだな。ほら、俺はまだ生きてるぞ、テオドール」

＊　＊　＊

「────やめろ」

声が響く。

それは、制止を求めるワイズマンの言葉。

既に幾度と繰り返されている発言だ。

しかし、応じる言葉は何も返ってこない。

「やめろと言っている。続ければ、死ぬ羽目になるぞ、クラ、シア、・アン、ネ、ロ、ーゼ」

「……五月蠅《うるさ》いわね。手伝う気がないならせめて、黙っててくれる？」

誰の目から見ても一目瞭然な酷《ひど》い顔で、クラシアはその忠告を一蹴した。

〝転移魔法〟で移動を果たした先は、アレクが神与天賦と唸《うな》る他なかった、壁画のような魔法陣擬《もど》きが刻まれていた場所。

現状を覆すだけの手掛かりがあるとすれば、恐らくはここであった。

そして、その考えは当たっていた。

ただし、常人の理解の範疇《はんちゅう》を優に超えた術式の細部まで全て理解しなければ、どうにもならないという絶望を突き付けられる結果に見舞われてしまったが。

真っ先に諦めたのは、ヴァネッサだ。

それにワイズマンも続き、ガネーシャも同意してしまった。

時間さえあれば、まだ何とかなる余地はあったかもしれない。しかし、時間すらないこの現状では土台不可能。

だから、可能な限りの人をこのメイヤードから逃がそうという至極合理的な方法にワイズマン達はシフトしようとした。

出来うる限りの時間稼ぎを己らが行い、その間にクラシア達が他を逃がす。

〝賢者の石〟も加われば、ある程度の時間も間違いなく確保出来る予定だった。

どこまでも正論で、反論の余地のない合理的な判断である。

けれど、その合理的な判断が実行に移される事はなかった。

他でもないクラシアが、拒んだからだ。

「……言われずとも、バカだと思うわよ。自分の事ながら、ええ。バカだと思うわ。きっと、アレクやヨルハ、オーネストに毒され過ぎたんでしょうね」

地面に只管、術式を描く。

理解を深め、先をゆく為に何度も描いては消して、描いては消して。その繰り返し。

同時進行で進め続ける演算。

魔法のように既に確立された魔法陣ではない錬成陣は、一から編み上げる必要がある。

だから演算を繰り返し、構築しなければならなかった。

故に、使えるものは何でも使おうとした。

〝大地の記憶《リメンバランス》〟と呼ばれる記憶を読み取る魔法を始め、それこそ外法《げほう》と呼ばれるスレスレの手段まで。

その結果が、クラシアの今にも倒れそうな程に酷い表情に繋《つな》がっていた。

「……でも、仕方がないじゃない。それを受け入れたが最後、ワイズマン《貴女》は勿論《もちろん》。本来の身体の持ち主だったメアって子も、姉さんも、あたし達を逃がす為に犠牲になるんでしょう？　なら、お断りよ。それに、あいつらから任された事に背を向ける気は更々ないの」

任されたというより、自分から任せろとクラシアが言い捨てただけに近い。

けれど、言ったからには責任を持って成し遂げるつもりでいた。

クラシアを除いた他の三人には、出来ない分野。今まで補助に徹していたヨルハでさえも、レッドローグではその才の片鱗《へんりん》を見せつけていた。

お世辞にも戦闘が得意とは言えないクラシアは、ここで意地を見せられないようなら本当の意味で彼らに置いて行かれるような気がしていた。

だから、意地を張る。

無茶と分かっているけれど、不可能を可能に変えてきたバカ共をよく知っているから。

だから次は、自分の番と信じ込んでガラにもなくバカな事を宣《のたま》うのだ。

「ワイズマン《貴女》がどれだけの天才だったか知らないけど、貴女《あなた》如きの物差しであたしを測らないで貰えるかしら」

センスはなかった。

クラシアに、錬金術のセンスはなかった。

ただしそれは、クラシア本人が心の底から錬金術を嫌悪していたからだ。

だからまともに学ぶ気などなく、その間に彼女のベースは魔法一辺倒になっていた。

結果、魔法とは異なる錬金術に対して、クラシアはセンスがないと決めつけた。

しかし、よく考えて欲しい。

魔法においては全ての適性に恵まれ、その天性を最大限に活《い》かし、魔法でアレク・ユグレットに限りなく肉薄し、補助魔法でもヨルハ・アイゼンツのすぐ後ろに。

当人は不得意と言うものの、弓を持たせればあのオーネスト・レインでさえもバカには出来ねえと言わしめたクラシア《化物》である。

そんな化物の「センスがない」という言葉が、信用出来ない事は、側にいたヨルハが一番よく知っていた。

「言い忘れてたけど、貴女がそうであったように、あたしも一応天才《同類》なの」

普段ならば決して口が裂けても言う事はないであろう、オーネストを想起させるクラシアの傲岸不遜な言葉だった。

直後、クラシアが強く干渉した事で、刻まれた文字列。陣が反応し、眩《まばゆ》く輝いた。

その反応こそが、クラシアの言葉が嘘でない事のこれ以上ない証明であった。

故に、ワイズマンの口から言葉が溢《こぼ》れた。

「お前は、化物か」

なんの事前知識もなく。

どころか、錬金術師でもない人間が、この錬金術の到達点とも言えるモノに、干渉出来てしまった事実に唸らずにはいられなかった。

「――――……ある程度は、理解したわ。構築陣も、規則と法則も。綻びを直すくらいなら、多分、何とかなるわ」

「さっ、すがクラシア……!!」

彼女ならば必ず出来ると信じていたヨルハも称賛する。

「だからあと少し、時間が欲しいんだけど、ヨルハ。あと、何分保つ？」

ヨルハに錬金術の知識はない。

技術もなく、その才能は補助魔法一辺倒。

唯一の例外で、〝古代魔法《ロストマジック》〟擬きの結界を作り出せるようになったが、ヨルハに出来る事はそれだけだった。

だからヨルハは、そのそれだけに誰に言われるまでもなく徹していた。

この空間全体に結界を張り巡らせ、崩壊しないようにひたすら、ずっと。

「それは、愚問だよクラシア。ボクの中には、あと何分だろうと、保たせる以外に選択肢はないから……！」

「なぁに、安心しろ。最悪、わたしがこの素晴らしい〝運命神の金輪《アーティファクト》〟の力を使って」

「うるさい黙れ」

「………は、はい」

不穏な事を口にするガネーシャに、底冷えした声音でクラシアが一言。

流石《さすが》のガネーシャも、それを前にしては最後まで言い切る事は躊躇われていた。

「……ただ、あくまである程度なのよね。やれるところまではやるつもりだけど、圧倒的に知識が足りてない」

魔法の知識で錬金術を補完する。

そんな離れ業には、やはり限界がある。

一縷《いちる》の希望をクラシアがワイズマンに向けるが、返ってきたのは左右に首を振る動作。

メイヤードを支えるこの錬金術については、全く知らず、力になれないという返事だった。

それからというもの。

刻々と時間が過ぎてゆく中、不意にガネーシャが違和感を感じ取った。

「……うん？」

耳が確かならば、それはひゅん、と何かが飛来する音。

遅れて何か悲鳴のような声と、筆舌に尽くし難《がた》い「嫌な感じ」が伴われていた。

生理的嫌悪に近いだろうか。

だからこそ、早くに気付けたのだろう。

やがて視界に映り込む男性の姿。

視界に映るソレを言葉に表すならば――――人間ミサイルだろうか。

「が、ガネーシャ！！！　ちょ、助けて!!　僕を受け止めて!!　このままじゃ壁にぶつかる！！！」

声の主はロキ・シルベリアだった。

どうしてこんな事になっているのか。

理解不能であったが、ロキが助けを求めている事だけはガネーシャにも分かった。

このままでは壁に激突する事は避けられないだろう。

そうなれば、ただでさえ不細工な顔が取り返しの付かない不細工になってしまうに違いない。

それはあまりに可哀想《かわいそう》な事である。


「しかしわたしには関係のない話だな」


だが、ガネーシャとロキの関係はあまりよろしいものではなく、躊躇いなくガネーシャはひょいと避けた。

それはもう、とても良い笑顔で、「お前マジか」と驚愕するロキをきちんと見送った上での行動で、数秒後。

強烈な衝突音と共にロキが壁に突き刺さる事となった。

十五話　それは驕《おご》りなのか

「……ふむ？」

直後、ロキの手を離れて地面に転がる一冊の本。

ガネーシャは普段より培われた金目のものに対する異様なまでの嗅覚で、それが「お宝」であると認識し手に取った。

彼女はロキの心配など微塵《みじん》もせず、躊躇《ためら》いなく本の中身を確認する。

そしてその中身が、錬成陣に纏《まつ》わるものであると理解をして、此処《ここ》へ吹っ飛んできたロキの意図を把握。

「クラシア・アンネローゼ」

「……だから、あたしの邪魔をしないでって」

名を呼び、ガネーシャはクラシアの言葉を知らんとばかりに無視し、ひょいと本を投げ渡す。

その際、乱雑に中途半端なページが開かれ、その部分でガネーシャの意図を察したのだろう。クラシアは怒る事をやめ、口を閉ざした。

「ロキが何処《どこ》でこんな物を見つけて来たのかは知らんが、コイツにしては珍しく使えそうな物を持ってきたみたいだぞ。安心しろ。お前の犠牲は無駄にしない」

わざとらしく十字を切り、壁に突き刺さっていたロキにガネーシャが哀悼の意を適当に捧《ささ》げようとした瞬間であった。

「勝手に僕を殺してんじゃねえ!!」

「お、生き返った」

誰からの助力も得られなかったロキが、自力で壁から脱出し、声を張り上げていた。

「……出来ることなら、ガネーシャを今すぐにでも叩《たた》きのめしたいところではあるんだけど、生憎《あいにく》、時間がない」

戯《おど》けた様子だったのも束《つか》の間《ま》。

ロキにしては珍しくまじめ腐った様子で言葉を続ける。

「クラシアちゃん。それを使って出来る限り早く、何とかしてくれ。曲がりなりにもチェスターが用意してた『保険』だ。多分、使い道はあると思う」

「……早くって、言われるまでもなくあたしも出来る限り早くしようとしてるわよ。でもこの錬金術はそんな簡単に」

「早くしないと、冗談抜きでアレク君達《たち》が死ぬ」

被《かぶ》せられた言葉に、緊張が走った。

「アレク君は兎《と》も角《かく》、オーネスト君とはそれなりに付き合いが長いけど……彼の口から弱音を聞いたのは初めてだった」

「……冗談でしょう?」

「僕もそう思ったさ。でも、もしもの時は君ら二人を必ず逃がしてくれって。そう言って、アレク君達の助力に向かって行ったんだよ……時間がないとはいえ、まさか僕を投げ飛ばすとは思わなかったけど」

「…………」

最低限の分は弁《わきま》えながらも、強者相手には嬉々《きき》として立ち向かうような人間が、弱音を吐いた。

それだけ聞けば、そういう事もあるだろうという結論に落ち着くだろうが、クラシアとヨルハは違う。

十年近い時を共に過ごす中で、彼女らはこと戦闘において、オーネストの弱音を一度たりとも聞いた事がなかった。

だから、にわかには信じ難《がた》かったのだろう。

「相手がテオドールならば、そう言わざるを得ないだろうな」

この場において唯一、全ての人間と面識があるワイズマンが顔を顰《しか》める。

アレクの力量は、少なからず知っている。

その上で、彼を含めた束で掛かっても勝てないかもしれないと思わされる該当者は一人しかいない。

「少なくとも私は、アレが自分と同じ人間だと思った事は一度もない。アレは、戦ってどうこう出来る相手じゃない」

一度対峙《たいじ》した人間の言葉だからこそ、その発言には重みがあった。

やはり、どうにもならないのではないか。

場に蔓延《まんえん》する淀《よど》んだ空気を破ったのは、意外にもヴァネッサの言葉であった。

「ええ。そうでしょう、ね。そもそも、数百年前から生きてるような存在が、私達と同じ人間だなんて思う筈《はず》がありません」

錬金術師として上位の存在であるワイズマンが、あからさまに諦念を抱いてしまっている。

つまりそれは、テオドールが錬金術で相手出来る手合いではないという事実が不変である事を意味している筈だ。

「ただ、ならばどうしてそんな存在が、わざわざ此方《こちら》に向かっているのでしょうか」

余興として楽しんでいる？

ジワジワと追い詰める行為に快楽でも覚えているのだろうか。

……恐らくどちらも違うだろう。

それならば、もっと違うやり方があった筈だ。

ならばどうしてか。

そんなもの、答えは決まっている。

「恐らく、そうしなきゃいけないんでしょう。理由は分かりませんが、人外染みた力を持っていようとその一点だけは乗り越えられないから。だからここに向かっているとすれば」

テオドールの持つ力だけではどうにもならない何かが、彼の向かう先――――恐らく、ここにあるのだ。

ならば、絶望に浸るにはまだ早い。

ヴァネッサは、クラシアに投げ渡された本型の〝古代遺物《アーティファクト》〟を横目に、彼女が編み上げていた錬成陣へ近づく。

「……指示、くれる？　クラシア」

頭の中にあった「逃がす」という手段を投げ捨てて、ヴァネッサは口にする。

かつてのノステレジアが創り上げた奇蹟《きせき》――造られた国メイヤード。

錬金術の一種の到達点とも言えるソレは、アンネローゼであるヴァネッサであっても、ワイズマンでさえも手に負えない代物だった。

チェスターが残した『保険』を一瞥《いちべつ》した際に映り込んだ魔法陣らしきものが、その証左。

故に、クラシアに指示を仰いだ。

「それと、ワイズマンさんも」

「……無論だ」

歴史に残る大罪人でこそあれ、ワイズマンは罪なき人の死を望んでなどいない。どころか、引き金を生み出してしまった人間としての罪悪感に苛《さいな》まれていた彼女はその願いを了承した。


――ただし、使える時間は微塵と言える程度にしかもう残っていなかったが。


「え」

瞬間、彼女らのすぐ側を何かが通り過ぎた。

小柄なソレは、人だった。

ほんの僅かの呻《うめ》き声を残して、衝突音が響き渡る。反射的に振り返ると、そこには傷だらけのアヨンが血を吐きながら壁に打ち付けられていた。

程なく広がる血溜《ちだ》まりは、致命傷を負っている事をこれ以上なく表していた。

「…………早、過ぎないかな」

その場に、ロキの乾き切った呟《つぶや》きが響き渡る。足止めを引き受けたアレクと別れたのはそこまで前の話ではない。

だが、それからかなりの距離を進んだ。

その上で、オーネストに投げ飛ばされたロキは十分過ぎる程の距離を稼いでいた筈なのだ。

なのに、アヨンはもうここまで飛ばされてきた。

備える時間もあったものではない。

飛んできた方角に目を向けると、言い知れない悪寒に襲われる。

ロキにアヨンと名乗った彼女は、決して弱い人間ではなかった。

どうしてアレク達と共に行動をする必要があるのか、気になる程度には強い人間だった。そんな彼女が、血反吐《ちへど》を吐きながら飛んできた。

事態の深刻さを漸《ようや》く認識して、ロキは呆然《ぼうぜん》とする彼女らに向けてなりふり構わず叫び散らす。

「急げ、クラシアちゃんッ!!　本当に、時間がなくなる前に……!!」

オーネストが途中で引き返し、らしくない弱音を吐いた理由は間違いなくコレだった。

「……笑えぬ。流石《さすが》に、笑えぬぞテオドール」

がらがらと崩れ落ちた瓦礫《がれき》を退《ど》かしながら、不自然に折れ曲がった己の手を力尽くで元に戻し、アヨンが立ち上がる。

全身傷だらけで、致命傷を負っていた。

なのに、痛がる様子もなく立ち上がり、闘志を未《いま》だ萎えさせない彼女は、間違いなく化物と言われる部類の人間であった。

「いくら〝逆天《ぎゃくてん》〟が使えぬとはいえ、ここまで一方的な戦いはいつ以来であろうか」

多対一の戦いにおいて、一側が取るべき行動は二つしかない。

一度に全員を相手するか。

若しくは、弱い者から倒すか。

テオドールが取ったのは後者。

そして、一番に選ばれた人間こそがアヨンであった。

即死こそ避けたものの、たった数合のやり取りで致命傷を負う羽目になっていた。

「……ぁ、あの」

ヨルハが堪《たま》らず声を上げる。

今のアヨンの状態は、思わず目を背けてしまいたくなる程に痛々しく、それ故に立ち上がる彼女の行動は目を疑うものであった。

治療をしなければ失血死は免れない彼女を、ヨルハは気遣おうとした。

けれど返ってきた言葉は棘《とげ》しか感じられないものであった。

「下がっておれ。間違っても、邪魔だけはするでないぞ」

「でも、その傷」

「身体《からだ》が動くのなら、それで十分じゃ。今は、一分一秒が惜しいのでな」

ふらふらとした足取り。

もう既にアヨンが限界であろう事は確認せずとも分かる事実であった。

なのに、意地を張る。

これ以上続ければ、死が避けられないものになると知りながら、それでもと。

そんな人間を止める術など、力尽くを除いて存在しない。

だからヨルハは諦める他なかった。

如何《いか》に後方支援役に徹していたとはいえ、己とアヨンとの間にある力量差に気付かないヨルハではなかったから。

致命傷を負って尚《なお》、その差はあまりに大きかった。

故に、ヨルハはもう一つの選択肢を摑《つか》み取《と》る。

「アレク達のところに、行くんですよね」

「……」

アヨンは予想外の言葉に足を止めた。

「ボクもそこに、連れて行ってくれませんか」

＊＊＊＊

「……時間稼ぎの為《ため》に、その身を犠牲に使いおったか。ユースティティア」

ぱら、ぱらと崩れ始める魔法陣の広がる空を見上げながら、魔法学院学院長の肩書きを持つカルラ・アンナベルは呟いた。

このメイヤードには、ある時を境に目を凝らしても分からない程、薄い膜が張られていた。

ユースティティアによる、結界である。

その効果は、時間の操作。

『獄』という、本来の時間軸とは異なる空間に居場所を創った彼女だからこそ出来た離れ業。

ユースティティアは、その身を犠牲にしてこのメイヤード自体の時間の進みを強制的に遅らせる魔法を最後の最後で使用していた。

他でもない彼女が、時間さえ稼げればどうにかなると判断を下したから。

「僅かな時間は稼げても、お主が死んでは他の問題が生まれるというのに」

愚かだと責めるような口調で、カルラは空に映るソレを睨《ね》め付《つ》ける。

彼女の判断は、カルラにとって理解に苦しむものであった。

ユースティティア・ネヴィリムは、『獄』の管理者である。

彼女が死ねば、『獄』は消滅する。

ならば、その『獄』に囚《とら》われていた者達はどうなるのだろうか。

『獄』と一緒に消滅する？

――――否。

『獄』から解放され、野に解き放たれる。

これが答えである。

故にユースティティアが死んだ今、カルラはその対処に追われており、そのせいでテオドールの足止めをするという目的を果たせなかった。

テオドールとしても、カルラとの戦闘は出来る限り避けたかったのだろう。

だから、彼女との接触がなかった。

「……そも、他の人間に託すなぞお主らしくもない」

彼女に選択肢は二つあったのだ。

玉砕覚悟でテオドールを止めるか。

それとも、後に繋《つな》げるか。

後者の場合、『獄』の後処理までもが付《つ》き纏《まと》う上、誰かがテオドールの目論見《もくろみ》を潰さなければならない。

タソガレは恐らく動けないだろう。

ヨハネスも、同様に。

カルラは『獄』の人間を相手にしなければならない以上、ここから動く訳にはいかない。

ならば必然、動ける人間はアレク達に限られる。

あの僅かな邂逅《かいこう》で、彼らにテオドールを倒し得るだけの可能性を見たのだろうか。

……分からない。

分からないが、そうとしか考えようがない。

そんな考えに苛まれている時であった。

「――――『獄《アレ》』の処理について、悩んでいるのだろう。その役目は、ワタシがやろう。カルラ・アンナベル」

名を呼ばれ、振り返るとそこにはカルラにとって面識のある男と、ない男の二人がいた。

面識のある橙《だいだい》髪の男――レガス・ノルンが肩を貸す男の発言にカルラは己の耳を疑った。

故に、聞き間違いと思い即座の返事を躊躇った。

「もう一度、言おう。『獄《アレ》』はワタシが何とかする。だからキサマは、テオドールを止めに向かうのだよ」

あの空間の維持は、ユースティティアだけのものだ。誰であっても、その不変を覆す事は出来ないだろう。

ただ一人、「夢」などという反則技を持つロンという例外を除いて。

「……寝言は寝てから言わんか」

レガスが肩を貸している。

だから信用してやる。

そんな結論を出す程、カルラはめでたい頭をしていない。どれだけ逼迫《ひっぱく》した状況であっても、ロンがテオドールの味方であったという事実は覆らないのだ。

「学院長、こいつは」

「……『獄』を開いた張本人、であろう？　説明されずとも見れば分かる。そしてだからこそ、信用ならぬよ。どういう経緯があろうと、あのテオドール《馬鹿》に手を貸した。その事実以上も以下もないわ」

カルラとロンに接点はない。

それを予《あらかじ》め聞かされていたのだろう。

恐らく、ロン自身がどういう人間かについても、全て。

レガスは殺意を剝き出《むきだ》しにするカルラに対して、慌てて説明をしようとするも、最後まで口にする前に遮られる事となった。

けれども、ロンとしてはその対応は予想通りだったのだろう。

「ああ。分かっている。分かっているとも。分かっているからこそ、ワタシはワタシにしか出来ない後始末を担うと言っている」

「…………」

問答無用で殺すべきだ。

これまでの行動を考えれば、そう結論を出すべきなのは説明するまでもない。

しかし、頭ではそう思っているのに即断出来ない理由はこうしておめおめ、カルラの前に出てきた事実にある。

どうにか誤魔化しているようだが、瀕死《ひんし》の重傷を負っている。

治療は――――受けていないだろう。

このまま放っておけば死ぬに違いない。

そんな状態で、カルラを相手取る事は土台不可能な話である。

姿をこうして見せる事が、自殺行為に他ならないのは当人が一番理解しているだろう。

だから、カルラも即断を躊躇われた。

何より、ロンの言うようにユースティティアの『獄』をどうにか出来る人間がいるとすれば、彼女レベルに空間系の魔法を使える人間か、若しくは、それに準ずる何かを使うか。

ロンの扱う夢魔法は、幸か不幸かそれに準ずる何かに当てはまっていた。

タチが悪いのは、ロンを除いてユースティティアの代わりになれる人間が見当たらない事だ。そのせいで、答えが出せずにいる。

「脅す訳ではないが、キサマも限界が近いのだろう。カルラ・アンナベル。テオドールから、キサマの呪いについては凡《おおよ》そ聞いているのだよ」

「…………チ」

「大地の、呪い。地に足をつける事が出来ない呪いだと聞いている。だから、己の魔力で全てを覆った魔法学院に引き籠っているのだと。引き籠るしか、ないとな」

鋭い舌打ちを挟んだカルラは、ロンの発言を黙って聞き流した。

「……道理で学院長が学院の外に出ねえ訳だ」

目を凝らして漸く分かる程度に身体を浮かせていたカルラの状態を目視で確認したレガスは、そう口にした。

魔法学院とは、カルラにとって唯一の安寧の地である。

一切外に出ない理由は、地に足をつけられないから。つけたが最後、呪いはカルラを襲い、瞬く間に生命力を吸い取られて枯渇し、最後には絶命する。そういう呪いだった。

疲労を度外視すれば、己をほんの僅か宙に浮かせる魔法を常時使い続ける事は可能である。

そこに戦闘が加わろうとも、本来の〝魔女〟と畏怖されたカルラであれば問題はなかった。

『神』の〝呪い〟によって、安易に魔法を使えない身体にされていなければ。

そのせいで、カルラは滅多な事がない限り外に出る事がなかった。

テオドール程ではないにせよ、カルラも敵がいない人間ではない。

だから、万が一がないように普段は魔法学院に籠らざるを得なかった。

「ワタシを信用出来ないのは分かる。だが、『獄《アレ》』をどうにか出来るのは恐らく、ワタシだけだ。……だから、頼む。どうかワタシに、二度も娘を見殺しにしたという咎《とが》を背負わせないでくれ」

悲痛に、歪《ゆが》んだ。

「……なら、テオドールを止めるのが筋だろう」

「テオドールには手の内を全て知られている上、ワタシは娘を守ってくれようとした者達と敵対していた。瀕死のワタシが手を貸したところで、状況は悪化しかしないのだよ」

疑心暗鬼に陥る事こそ、テオドールの思《おも》う壺《つぼ》だろう。

ならば、ロンはロンにしか出来ない事をするべき。そう思ったからこそ、瀕死の重傷をどうにか夢魔法で誤魔化し、レガスの肩を借りてここまでやって来たのだ。

「それに、キサマが懸念している事は起こらない。ユースティティア・ネヴィリムは化物だ。ワタシ如《ごと》きが介入したところで、行えるのは精々が一時的な『獄』の維持なのだよ。彼女が作ったこの猶予は、誰であっても邪魔は出来ない」

「限界まで維持して、死ぬ気か」

カルラの言葉に対して、痛々しくもありながら口角を吊《つ》り上《あ》げたその行為こそがロンの返答だった。

ロンが天才とはいえ、天才止まりではユースティティアの代わりは務まらない。

誰もが口を揃《そろ》えて化物と呼ぶ人間が命を削って維持していた『獄』である。

彼が命を賭したとして、どれだけ保つか。

「物事には何事も得手不得手があるというだろう。偶々《たまたま》、ワタシはこれが得手であったというだけの話。元より、これはワタシが蒔《ま》いた種だ。だから、ああ。ここからは幸せな大団円の夢を描こう、、、じゃないか。安心するのだよ。この夢は、何があろうとちゃんと描き切ってやるから」

＊＊＊＊

「――――どうして戻ってきたよ、オーネスト。って、責められる状況でもないか」

片腕は折れた状態。

近接戦は真面《まとも》に行えない。

アヨンもまた、己の代名詞である〝逆天《ぎゃくてん》〟をあと一度しか使えない状況にあった。

だから、アヨンと二人で戦いながら時間稼ぎを優先して動いていた。

けれど、アヨンはテオドールの攻撃を食らい、勢いよく蹴り飛ばされ離脱。

一対一を余儀なくされる事になっていたからこそ、ここでのオーネストの登場は、助かったと言わずにはいられなかった。

「……いいか、オーネスト。間違っても、倒そうと思うな」

たかが数十合。たかが数分。

ただ、その時間を稼ぐ為に神経を削り、相応の数、生傷を作った俺はそんな結論を出さざるを得なかった。

小柄な見た目に似合わない膂力《りょりょく》。

無尽蔵とも思える魔力量。

疲れを一切感じさせない様子。

倒せないと理解したからこそ、俺は足止めに徹する事にした。

俺達の勝利は、テオドールを倒す事じゃない。テオドールの目論見を潰す事だ。

それだけならば、まだどうにかなる。

「だから、俺が先にぶっ倒れた時は……後の事、頼むな」

『神力』という得体の知れない力に、〝古代遺物《アーティファクト》〟でさえも灰に帰す〝愚者の灰剣《ヴァルガ》〟。

普通に戦えば、まず勝てない。

頼みの魔法でさえも、彼の前ではむず痒《がゆ》い攻撃にしかならなかった。

故に本来、テオドールの足止めをする事は土台不可能な話であった。

俺のこの、〝魔眼《目》〟がなければ。

「────相変わらず鬱陶しいね、その目は」

本質を、読む。

脳内に流れ込んでくる記憶などの奔流。

それらを用いる事で、テオドールの行動を予測し限りなく未来視に近い事を実現させる。

発動条件は未だ不明ながら、今はなんとか使えるようであった。

テオドールに効果があるのは、この目とユースティティアから奪ったとも言える『神力』を込めた攻撃だけであった。

「でもそれももう限界だろうけど」

眼窩《がんか》の奥が、焼けるように痛い。

そして目の能力で得た膨大な情報を受け取るたびに、頭の奥が破裂に似た痛みを覚える。

ひたすらにその繰り返しで、身体の生傷と相まって何が何の痛みなのかが最早《もはや》判然としない。打たれていないのに、麻酔でも打たれたのかと錯覚してしまう程に身体の感覚が曖昧な状況にあった。

人はそれを限界と呼ぶのだろう。

身体が発する生命の危機という危険信号に違いない。

「うるせえよ」

全てを理解しながら、俺は笑って攻撃を続ける。そんな事は、言われずとも分かってる。

分かった上で戦っているのだ。

一々再認識させてくるテオドールが鬱陶しくて、彼の行動を先読みして斬りつける。

手には『神力』を纏った〝魔力剣《ソード》〟が一つ。

それを、テオドールは紙一重で避けた。

「背後が留守だぜ——〝竜牙《ドラグラ》〟ア！！！」

一瞬で背後に回り込んでいたオーネストによる一撃。

紫の靄《もや》が密集し、まるで竜の牙を想起させるそれがオーネストの刺突と共に繰り出された。

けれど、周囲を巻き込んだ余波こそ大きかったが、彼の口から漏れ出たのは苦々しい一言であった。

「…………てめえの肌は、鉄か何かで出来てンのか？」

テオドールは、避けなかった。

鬱陶しい小蝿《こばえ》でも見るように、オーネストの渾身《こんしん》の一撃をただ認識するだけにとどめた。

「どれだけの絶技であっても、〝魔力〟を纏った時点でぼくにとってそれは攻撃ですらなくなる。『神』からの恩寵《おんちょう》である〝魔力《ソレ》〟は、『神』から力を押し付けられた呪い《ぼくら》にとっては何の意味も持たない攻撃だ」

心底つまらないと言うように、凍《い》てつく太陽のような冷えた視線を向けられてオーネストは激昂《げきこう》
――――するかと思われた。

だが意外にも理性が勝り、彼は飛《と》び退《の》いた。

「……倒そうと思うなってのは、こういう事だからかよ」

頑張ればどうにかなる。そういう次元の話ではなかった。

致命傷を与えられるのは恐らくこの中では俺一人。しかし俺の身体は既に悲鳴をあげ限界を超えている。

倒せるビジョンが全く浮かばない。

故にこれは、勝てない戦いなのだ。

だから大事なのは、どう負けるかにある。

あまりに弱気な考えではあるが、それでも。

「全てがあんたの思い通りに事が運ぶ、ってのは気に食わない。だから、まあ。もう少しだけ付き合えよ」

テオドール《あんた》は、そういう戦い方をする奴《やつ》の方が多分、苦手だろ――――？

弱々しい笑みに感情を乗せて、俺はテオドールを射貫《いぬ》いた。

その時だった。

何の予兆もなく、吐き気がせり上がり、かふ、と俺の口から鮮血が溢《あふ》れ出《で》る。

誤魔化しようのない限界は、唐突にやってきた。

考え得る限り最悪の、自分の意思ではどうにもならない身体の限界という形で。

「ッ、アレク⁉」

絶叫とも言えるオーネストの叫び声。

聞こえたその声は何処か遠くて、聴覚がおかしい事を自覚する。


何をされた訳でもない。

毒が蔓延している訳でも、遅効性の攻撃を受けた訳でもない。

だが、心当たりらしい心当たりはテオドールしかなかった。

「……なんの代償もなく、その力を使い続けられる訳がないだろう」

言われて、気付く。

身体の疲労。崩壊。

それらは、普段の〝リミットブレイク〟使用時にすら付き纏う当然とも言える代償だ。

『神力』は、また別の話。

『神力』は、『大陸十強』と呼ばれる人間達が、呪われた代償に手に入れた力である。

呪いという明確な代償を未だ払っていない俺が、分不相応の力を使った代償を違う形で払わされる事になるのはある意味当然であった。

急に身体が鉛のように重く感じる。

どうにか堰《せ》き止《と》めていた致命的な何かが、襲い掛かる。それは俺にとっての限界で。疲労で。痛みで。

意地で目を逸《そ》らしていたものが直視しろと言わんばかりにやってくる。

このタイミングでそれは、あんまりだった。

「ち、ぃッ、てめえは一旦下がってろ！！！」

注意を己に引きつけるべく、わざと目立つように大振りでオーネストが攻撃を繰り出す。

「涙ぐましい友情だね」

「て、めえ――――」

しかし、その攻撃は当然のように防がれてしまう。返ってきたのは嘲笑《あざわら》う言葉。

舐《な》めんじゃねえ！　と激昂し、追撃を行うより先に路傍の石でも蹴るかのようにオーネストの腹に脚撃が叩き込まれる。

まるでボールのように大地を跳ねながら、蹴り飛ばされたオーネストは壁に衝突した。

「でも、良かったじゃないか」

「なに、が」

蹴り飛ばしたオーネストには目もくれず、テオドールは言う。

全く以《もっ》て意味の分からない言葉であった。

胸ぐらを掴んで怒鳴ってやりたい気持ちで一杯だった。

腹が立つ事この上ないのに、捩《ね》じ切《き》れるような内臓の痛みが襲い掛かって来ているせいで、たった三文字を発するだけで限界だった。

「ぼくらのような身体でないにもかかわらず、ここまで『神力』に耐えられるんだ。きみはまず間違いなく、このままいけばぼくらと同じ道を辿《たど》る事になっていた」

つまりは、〝呪われ人〟。

〝贄《にえ》〟だろう。

「万が一にもぼくを止められたとしても、きみを待ち受けるのはより一層酷な地獄だった」

ひどく淀んだ目でテオドールは告げる。

底冷えするソレは、言葉の通り、地獄を見てきた人間の目つきであった。

黒々とした憎悪に染まった瞳は、誰であっても見透かせない程に渦巻いて煮立っている。

「呪いを押し付ける体の良い《い》贄として、これからの生を歩む事になっていた筈だ。あのクソ共は常に、呪いの押し付け先を探しているから。これは、ぼくなりの優しさだ。故に、喜べよアレク・ユグレット。ここできみは、死ぬ事で救われる」

俺は、知らない。

記憶として、テオドールの核となっている本質を覗《のぞ》き見《み》はしたが、それはあくまで覗き見。

追体験をした訳ではなく、それ故に感情の理解まではしていない。

どれだけ地獄なのか。

その救いに、どれだけの価値があるのか。

俺はそれを、己の価値観の中でしか未だ判断出来ない。

だから、間違っているのかもしれない。

でも、それでも俺は認められないから。

「……そんな救いは、願い下げだな」

決死の覚悟で剣を振るう。

狙うは頸椎《けいつい》。

どれだけ化物であっても、首を落として生きていられる人間はいない。

だが、俺の剣が届くより先に根元から刃が砕け折れた。

「そっか。でも、きっといつか、きみにもぼくの気持ちが分かる日がくるさ」

テオドールは悲しげに瞳を伏せながら、〝愚者の灰剣《ヴァルガ》〟で俺の首を捉えた——その時だった。

「駄目ええええええええええええ!!!!」

割れんばかりの声量で、テオドールに制止を促す言葉が響き渡る。

俺もよく知る人の声だった。

だから、驚かずにはいられなかった。

けれど、テオドールはそんなものに構わず、手にした得物で俺にトドメを刺そうとした。した筈だったのだ。

「……なに」

〝古代遺物《アーティファクト》〟であっても容易《たやす》く灰と化した〝愚者の灰剣《ヴァルガ》〟の一撃が、一瞬で展開された結界によって防がれた。

その事実に、テオドールは目を剝いた。

そして続けて、一言。

「────〝逆天《ぎゃくてん》〟────ッ‼‼」

アヨンの叫び声までもが響き渡った。

身体の回復。

何故《なぜ》か全快とまではいかなかった。

それでも、動くならばどうにでもなる。

この勝機を逃すまいと、畳み掛けようと試みた瞬間だった。

大規模の魔法のようなものを瞬時にテオドールが展開。その照準には、俺とヨルハ、アヨンが定められていた。

だから、慌てて俺は行使しようとしていた魔法を取り止《とや》め、変更。

彼の魔法を打ち消せるものを撃ち放とうとして。

「────ああ。やっぱりきみは、そうする人種だよね」

やって来た言葉は、侮蔑だった。

蔑みだった。憐《あわ》れみだった。

嘲笑で、それは明確な落胆だった。

「誰かの死を、どうしようもなく許容出来ない。その為なら僅かな勝機ですら当たり前のように捨てる。愚かだよ、きみは」

見捨てれば良かったのだ。

もしかするとどうにかなるかもしれない。

その可能性に賭けて、大規模な魔法を展開したテオドールの隙をこれ幸いと突くべきであった。

テオドールが俺の立場であったならば、間違いなくそうしていたのだろう。

だが、俺はそうしなかった。

防ぐ為に彼と同様に隙だらけの魔法を展開した。それが、致命傷だった。

「────避けろアレクッッ!!!!　そいつの目的はてめえだ！！！！」

オーネストの叫び声。

血反吐を吐きながらも告げてくれたその忠告が正しいと理解したその時には、テオドールが持つ剣が俺の背を突き破っていた。

「か」

「だから、言っていただろ。覚悟が違うと」

単なる剣に刺されただけならまだ、どうにかなった。

俺の胸を貫いたのは、〝愚者の灰剣《ヴァルガ》〟。故にその一撃は、致命傷だった。

「きみは、自分の傷や死は許容出来ても、仲間の死を絶対に許容出来ない人間だ」

どれだけ優位で、勝機に恵まれていようと、仲間を助ける為ならば当たり前のようにそれを投げ捨てる。

見捨てて得られる勝利には何の価値もないと言うように。

それは素晴らしい事だろう。

称賛されて然《しか》るべき人格者である。

だがそれ故に、全てを取りこぼすのだとテオドールは再三に渡って俺を憐れんだ。

「そんな生温《なまぬる》い覚悟でぼくを止められると本気で思っていたのなら、それはただの驕りだよ」

そうして、剣が引き抜かれた。

「――――ッ、〝加速術式《スペルブースト》〟！！！」

真っ先に駆け付けてきたのは、ヨルハだった。それを見て、ボロボロの身体でオーネストが再びテオドールへ肉薄。

しかし、テオドールの興味は己の一撃を防いだヨルハにのみ注がれていた。

『神力』もない人間がどうやってアレを防いだのかは知らないけど……不安要素はここで消しておこうか」

「ク、クラシア。クラシアに診せれば、大丈夫だから。ちゃんと、助かるから……!! だからアレク」

剣が振り上げられる。

けれど、ヨルハは俺をどうにかこの場から逃がそうと必死で、それに全く気付いていない。

声を出して伝えようと思うのに、何故か声が出ない。

ただ刺されただけだというのに、まるで身体に大きな穴が空いたような感覚があった。

ヨルハの動揺具合からして、傷は深いのだろう。

「無駄口を叩く前に、早くそいつを連れていかんか！！！！」

振り下ろされた刃は、割り込んだアヨンによってどうにか防がれる。

「そ、そうだ。貴女《あなた》の、魔法で」

〝逆天《ぎゃくてん》〟の効果を見ていたのだろう。

だが、返ってきたのは無情なまでの一言だ。

「儂《わし》の〝逆天《ぎゃくてん》〟は治癒魔法ではない。それに、〝逆天《ぎゃくてん》〟は今のこやつには効かぬ。恐らく、テオドールに付けられた傷は、事象を逆にしたところで元には戻らぬ」

そもそも、最後の〝逆天《ぎゃくてん》〟も既に使ってしまっている。

本当に、どうしようもない。

けれどそれでも可能性があるとすれば、〝賢者の石〟くらいか。

「早く行かんか、小娘!!!!」

テオドールに対して時間を稼ぐという行為がどれだけ命知らずであるのか。

知っているからこそ、アヨンは怒鳴り散らした。

「まだ邪魔をするか。〝逆天《ぎゃくてん》〟のアヨン」

「どうにも儂は、諦めが悪くてなあ!?」

「もう手遅れだよ。それに、ユースティティアが稼いだ時間も、もう尽きる。ほら、見なよ」

〝楽園《エデン》〟と呼ばれていたあの光景が、どこまでも広がってゆく。

足下にはいつの間にか、特大の魔法陣が展開されており、それがメイヤードと〝楽園《エデン》〟を入れ替える役割を担っているのだと、ある程度の魔法の知識を持つ者は皆、理解した。

「さ、て。そろそろお待ちかね、『神』殺しの時間だ。はは。ははははは、あはははははははは！！！！！　出てこいよ、クソガミ！！！　今度こそぼくが、ちゃんと殺してやるから。散々に痛めつけて、痛めつけて痛めつけて痛めつけて痛めつけて!!!!　そして殺してやるからさア！！！！」

心に澱《よど》んだ積年の分、出来る限り惨《むご》たらしく死ね。

憎悪に染まった目を見開いて、テオドールは哄笑《こうしょう》を響かせながら口にする。

その様子を見るだけしか出来なかった俺は、されるがまま、ヨルハに運ばれながら意識を手放した。

＊＊＊＊

『――――やあ』


見覚えのある景色の中で俺は目を覚ました。

声にも覚えがある。

顔にも覚えがある。

どうして今、俺がこの場所にいるのかは判然としないが、それでも一つだけ先に尋ねておきたいことがあった。

「その身体は、どうしたんだよ、アダム。いや、その姿が本来のあんたなのか？」

かつて俺達の前に現れた時とは異なる姿。

黒い斑《まだら》に食い荒らされ、まるで死期を悟った老人のような枯れ木に似た身体をしたアダムがそこにはいた。

呪いに冒された萎《しな》びた身体で、彼は俺の問いに小さく頷《うなず》いた。

十六話　呪いあれ

明らかに手遅れで、末期の病人を思わせる弱々しい身体《からだ》。

以前出会った時、服に隠れていた白磁のような身体が容赦なく黒い斑《まだら》によって食い荒らされている。

テオドールの言葉が正しければ、彼は呪いを『大陸十強』に押し付けた張本人。

ならば、彼の身体にあるアレが呪いなのだろうか。定かではないが、心なしか険しくなっているアダムの表情を見る限り、碌《ろく》でもない物である事は間違いない筈《はず》だ。

『本来の姿というより、本来あるべき姿と言う方が適当か。これはいわば、僕の罪、とでも言うべきもの。だから、そう憐《あわ》れまなくても、同情しなくてもいい。テオドールから話は聞いただろう。あれは、概《おおむ》ね真実だ。彼の言う通り、元凶は全て僕にある。これは、その報いなのだから』

アダムの瞳は、異様なまでに澄んでいた。

どれだけ見つめ返しても、そこからは感情一つ見透かせない。

だから、彼がどうしてテオドールの話は真実だとあえて言わなくてもいい事を口にしたのか、俺には理解不能だった。

「言い訳、しないんだな」

『すれば、信じてくれたかな』

「いいや。多分、信じなかったと思う」

レッドローグにて一度邂逅《かいこう》したという事実を踏まえても、俺は信じなかっただろう。

ならば仕方がなかったと賛同するにしても、あまりに被害が大きく、巻き込まれた人間も多過ぎた。

とどのつまり、どんな選択を彼が取っていたとしても、俺がアダムに歩み寄る事はなかっただろう。

そもそも俺は、彼の事を何一つとして知らないのだから。

「でも、助けたかったんだろ。家族を助けたい。そう言ってたじゃないか」

家族を助ける為《ため》なら、泥だろうが汚名だろうがなんだって被《かぶ》るし、どんな犠牲や代償も受け入れる。俺はアダムという男をそういう存在だと認識していた。

だから遠回しに、俺を利用したら良かったじゃないかと告げた。

今の俺に何が出来るのかは分からないが、それでもテオドールの事を認めたのなら尚更《なおさら》だ。

『……』

なのに、否定をする言葉は勿論《もちろん》、肯定の言葉すらやってこなかった。

小さく溜息《ためいき》を吐《つ》くだけで、視線を逸《そ》らす。

痛いところを突いてしまったのだろうか。

だが、答える気はないのだろう。

アダムの口は閉じたまま動かない。

周囲で明滅する景色。

まやかしのような場所であるここ――〝楽園《エデン》〟もまた、ダンジョンに侵食されつつあった。

時間は有限だ。

相手の返事を辛抱強く待つわけにはいかない。俺は話を変えることにした。

「俺をここに呼んだ理由は、一体なんだ？」

テオドールの話についての認識があるならば、現実世界の俺の身体の状態も分かっているだろう。

虫の息。死にかけの重傷。

そんな人間に、テオドールを止めるのは無理だという事は子供でも分かる覆しようのない事実だ。

『頼みがあるんだ』

「頼み？　あんたが、俺に？　……冗談だろう」

だから、堪《たま》らず笑ってしまった。

今のアダムに出来て、今の俺に出来ない事は無数に浮かぶ。けれど、その逆はたった一つも思い浮かばなかったから。

刹那、テオドールの慟哭《どうこく》のような叫びが、頭の中で巻き戻されたかのように過《よ》ぎる。

そして最後に、『神』を信用するなとテオドールの声で幻聴が聞こえて、声は消えた。

『冗談じゃないさ。冗談じゃないから、こうして君をここに呼んだ。この頼みは、君か、テオドールにしか出来ない事だ』

「……」

俺の瞳に映り込むアダムの目は、真剣味を帯びていた。

全くの出鱈目《でたらめ》という訳ではないのだろう。

『でも、テオドールは僕の頼みに聞く耳を持たないだろう。だから君にどうか、僕だけを殺して欲しい』

己の耳を、疑った。

喉の奥が引《ひ》き攣《つ》りを起こして、上手《うま》く言葉が出てこない。

でも、アダムは冗談を口にした様子もなく、じっとただ只管《ひたすら》、俺を見つめている。

「……なんで、俺かテオドールなんだよ」

どうにか出てきた言葉が、それだった。

間違っても俺はテオドールと対等ではない。

剣士として、冒険者として、魔法師としての技量など、俺の上に位置する者などそれこそ腐る程に存在する。

メイヤードにいた人間に限っても、瀕死《ひんし》の状態の者も含めてしまえば、ロンにアヨン。それと学院長。オーネスト。親父《おやじ》。

あげ始めたらキリがない。

『君はユグレットで。テオドールは、一番初めの〝望む者〟だから』

「……意味が分からない」

『彼から話は聞いたと思う。〝望む者〟とはそもそも、『神』が〝望んだ者〟という意味を持つと。

ああ、そうだ。その通りだ。そして僕の望みとは、全ての元凶となった〝呪い〟を僕自身が引き受けたその瞬間に、殺される事だった。だけど、普通の人間にそれは無理なんだ。君も体験しただろう。ただの攻撃。ただの魔法。それでは、テオドールに擦り傷すら負わせられない。僕の身体も、同様だ』

テオドールの身体の事情を身を以《もっ》て理解していたからこそ、その話はすんなりと受け入れる事が出来た。

でも、引っ掛かる部分もあった。

「……俺はユースティティアから、力を取り込んだ。だから確かに、テオドールに傷をつけられる。でもなんであんた、あえてユグレットって言った？」

思わず表情が険しくなる。

限定的とはいえ、『神力』を使える人間だから、でいいのに、彼はあえてユグレットだからと口にした。

その理由が分からなくて問《と》い質《ただ》すと、アダムは笑みを深めて口を開く。

俺はそこで漸《よう》く、あえてアダムが話を誘導したのだと理解した。

『〝望む者〟が例外であるように、ユグレットもまた、例外だからだ。『神力』を使えるだけの人間に、僕は殺せない。そもそも可笑《おか》しいと思わなかったかな。どうして、ルシア・ユグレットはテオドールを止められたのか』

ユースティティアは言った。

かつてテオドールを抑え込めた人間は、俺の先祖にあたるルシアしかいなかったと。

だが、テオドールと戦ったからこそ、違和感が生まれる。『神』に呪われ『神力』を手にする以前に相対していただろうに、何故《なぜ》、彼女はテオドールを止める事が出来た？

既にその時、テオドールの背後には『神』とやらの関与があり、〝操り人形〟の立場であったにもかかわらず、だ。

『何故、ルシアは僕らに協力出来たのか』

それらの問いは、たった一つの事実を認めてしまえばストンと腑《ふ》に落ちる。

――ユグレットもまた、特別だったと認めてさえしまえば。

「……仮に、俺があんたを殺せば、その後はどうなるんだ」

『テオドールの力の源は、『神《僕》』にある。僕が死ねば、幾ら押し付けてしまった物とはいえ、力の大半は失われる。君達《たち》はその状態のテオドールを止めてくれればいい。その後は、息を潜めている『ホムンクルス』の彼が、〝禁術〟を使って時間を巻き戻す。全て、何もかもが元通りになる筈だ』

「なるほど。それでめでたくハッピーエンドって訳か」

『ああ。その通りだ』

俺の近くの人間は、誰もいなくならない。

テオドールやアダム、アヨン達については分からないが、それでも俺からすれば断る理由のない提案だろう。

今に至るまでに、多くの被害を受けた。

メイヤードの住民だって巻き込まれた。

だから、受け入れるべき提案なのだ。

けれど、誰かを殺せなどという頼みを安易に受け入れる事は出来なくて口籠る。

「……あんたの言いたい事は、分かった」

間違いなくアダムは、本気で己の死を望んでいる。瞳の奥には生に対する諦念と、信念が強く湛《たた》えられていた。

「でも、死にたいならテオドールに頼めばいいだろ。わざわざこうして俺を呼んで、殺してくれと言う理由が分からない。あいつなら、頼まずともあんたを殺してくれる筈だ」

『……。そう、だろうね。でも、彼は僕を素直に殺す事はないだろう』

その通りだった。

テオドールを上手く使って己の死を誘導するにしても、彼はアダムを安易に殺さないだろう。出来る限り惨《むご》たらしく、苦しんだ果てに死ねと思っているから。

アダムが死なない限り彼の力がそのままであるならば、確かに俺が殺す他ない。

『何より、そうしてしまえば彼女までも殺されてしまう』

そして、ここで漸く繋《つな》がった。

アダムに家族を助けたいと言っていたじゃないかと言葉を投げかけた時、返事をくれなかった理由に。

『僕が死ぬのはいい。でも、彼女は――――イヴには、何の罪もない。だから、彼女だけは何があっても守りたい』

「あんたはここで、死ぬのにか」

『ああ』

「……、なんで、それを隠そうとした」

彼の中ではそれが最善だったのだろう。

でもだったら、そう言えば良かった話だ。

なのに一度誤魔化した理由は何であろうか。

隠し事をすることで、己を殺してくれなくなると危惧してか、アダムはあっさりと答えてくれた。

自嘲気味に、悲痛な面持ちでゆっくりと。

『だって、狡《ずる》いだろう。彼女を助けたいから、僕を殺して欲しい、なんて言葉は』

……人質を取っているみたいじゃないか。

目を伏せて、ぎりぎり聞こえる程度の声量で言葉が続けられた。

俺の性格を少なからず理解しているからこそ、その台詞《せりふ》を安易に切り捨てられないと分かった上での発言だった。

『テオドールは、止まらないだろう。本意であれ、そうでなかれ、彼はルシアの死に関わった存在を赦《ゆる》しはしない。僕の後は、イヴも殺される。彼は殺すだろう。それこそ、地を這《は》ってでもね』

アダムは、その未来を消したいのだろう。故に彼は、俺を頼った。

「……テオドールは、悪だ。とびきりの悪で、クソ野郎だ。あいつのせいで、多くが死んだ。死ななくていい人間が、多く死んだ。だから、俺はやっぱりあいつが正しいとは思えない。でも、あいつの気持ちが分からないでもない自分もいる」

たった一人の人間の復讐《ふくしゅう》の為に、関係のない多くの人間を殺すなどあまりに馬鹿げている。

正当化される事はない。

だけど、テオドールにとってはルシア・ユグレットの存在が全てだったのだろう。

唯一手を差し伸べてくれた彼女が、世界の全てだったのだろう。

それ以外は、何もかも無価値と断じられる程に。

「話を聞いた。あいつの慟哭を、この耳で聞いた。取り繕った叫びじゃなかった。あいつはただ、恩人への恩返しと、義理立てと、もう二度と自分のような人間が生まれないで済むように。それを只管願ってた」

手段は最悪だったが、それでもその願いだけは共感出来るものだった。

喚《わめ》く姿は、唯一の拠《よ》り所《どころ》を失った子供のようで、痛ましさだけがそこにあった。

「だから……答えてくれよ、アダム。テオドールを、操ってたのは一体誰だ。その明言だけは、頑《かたく》なに避けてただろ」

『……答えなかったら？』

「あんたとの会話は、ここまでだ。無謀にはなるが、俺なりに違う道を探す事になる」

冗談で口にしている訳ではないと理解をしてか、アダムの表情が目に見えて歪《ゆが》んだ。

「テオドールに同情してる訳じゃない。ただ、それを聞かない事には俺はあんたを信用出来ない。仮にもし、その人物があんたが守ろうとしてるイヴだった場合、俺はテオドールの手を取ってでもイヴを殺すつもりだから」

相手が『神』であろうと、そこは変わらない。

たとえ、贖《あがな》えない罪を背負う事になろうともだ。

葛藤があったのだろう。

ややあった後、漸くアダムは口を開いた。

『僕じゃ、ない。イヴでもない。答えられるのは、それだけだ。そこまでしか、言葉では答えられない。答えたくない』

この期に及んでまだ口を閉じ続けるのかという呆《あき》れの感情がやってくる。

けれど、あえて口にされた「答えたくない」という言葉に、引っ掛かって。

「言葉では」とあえて発したアダムは何を思ってか、俺との距離を詰め始める。

一体、何をするつもりなのだろうか。

一瞬、そう考えたところで腑に落ちた。

はなから彼は、こうするつもりだったのだ。

『だから、君が視《み》て理解してくれ』

〝魔眼《レジェレ》〟を使えという事なのだろう。

俺が惚《ほう》けている間に、アダムの顔はすぐ目の前にまで迫っていた。

程なく、おでこ同士がこつんと軽く接触。

身体中に広がっていた黒の斑は、何故か顔にだけはなかった。

『それと、ひとつだけ約束をしてくれ』

不意に脈を打った己の心音が、頭の中で殊更に大きく木霊《こだま》した。

『この事は、何があっても他言はしないと。そうしたが最後、間違いなく君は殺される事になる。嗚《あ》呼《あ》、口が裂けても許してくれなんて言わない。出来ればどうか、僕を恨んでくれ。君達を巻き込んだこの僕に、どうか呪いあれと願ってくれ――――』


アダムのその言葉を最後に、まるでどこかに強制転移でもされたのかと錯覚してしまうような突如のホワイトアウト。

視界からアダムが消えた代わりに、目の前には真っ黒の男がいた。

側には、小さな少年がいる。

誰かに、似ていた。

俺の知る、誰か。

「――この世界は、間違っている」

真っ黒の男が告げたその言葉のお陰で、俺はその少年の正体を理解した。

彼は、テオドールによく似ているのだ。

「自分如《ごと》きの都合で人を殺し、自分如きの都合で快楽を貪り、自分如きの都合で他者を虐げる。そんな人間に何の価値があるのだろうか」

滔々《とうとう》と言い聞かせるように男は語る。

「博愛など、最早何処《もはやどこ》にも感じられない。そんな醜い世界に、醜い人間に、一体何の価値があるのだろうか」

男の顔が歪む。

「イヴは、愚かだった。何故、腐り切った人間などを助けようとするのか。わたしには理解が出来なかった。同調したアダムも、愚か極まりなかった。だからわたしが、代わりに〝浄化〟をせねばならない。汚物を、この世界から一度、取り除かなければならない。その為に、君の力が必要なのだ」

テオドールに似た少年に、男は囁《ささや》く。

「これから先、アダムの愚行によって〝望む者〟に選ばれた君は多くの苦難に見舞われるだろう。

多くの試練に挑む事になるだろう。果てに、多くを失う事になるだろう。他でもないイヴを助けるというアダムの自己都合によって」

――――嗚呼、だから。

そう続けて、顔を醜く歪めながら脳髄に深く刻み込むように男は呪詛《じゅそ》を吐き捨てた。

「……呪われろ」

皮切りに、どこまでも浸透させるように。

「呪われろ呪われろ呪われろ呪われろ呪われろ呪われろ呪われろ呪われろ呪われろ呪われろ呪われろ呪われろ呪われろ呪われろ呪われろ呪われろ呪われろ呪われろ呪われろ」

不自然に、テオドールの胸が跳ねる。

その言葉が、ただの言葉でない事は一目瞭然で、何かをされたのだと理解した。

「忘れるな。[redacted]。君の悲劇は全て、彼らのせいであるという事を」

「……ベリ、アル」

そして最後、微《かす》かにテオドールが男の名を呼んで――――そこで、男と目が合った。

まるで、俺に向けて何かを告げるように男は口を動かす。

けれど、俺はその言葉が何一つ理解出来なくて。何を言っているのか、上手く認識が出来ないと言った方が適当か。

なのにどうしてか、最後の一言だけは理解が出来た。

――――愚かな人間に、呪いあれ。

それを最後に、目の前の光景が切り替わる。

「────あ」

認識し切れない情報の奔流。

それが、一瞬にして俺の頭に流れ込んでくる。誰かの記憶だ。

知らない世界。知らない感情。知らない声。知らない願い。知らない、誰か。

一瞬後には欠片《かけら》すら残らないイメージの渦。

それらは全てが色褪《いろあ》せて鈍色《にびいろ》に染まり、最後は血と悲鳴で埋め尽くされて、知らない笑みと、笑い声で締《し》め括《くく》られる。

数時間にも感じられる一瞬を味わって────唐突に、終わりはやって来た。

外からの介入があったのか。

アダムの限界が訪れたのか。

判然としないがそれでも、あるべき痛みが胸にじんわりと広がって、あるべき景色が視界に映り込む。

そして、覚えのある声が聞こえて来た。

「────アリアに続いて、アレクの命まで取るってのは、やり過ぎだろ。クソ野郎」

それは、親父の声だった。

どうやって此処《ここ》に辿《たど》り着《つ》いたのか。

いつからいたのか。

謎だらけであったが、そんな事よりも先に危機感が脳裏を埋め尽くした。

……だめだ。

幾ら化物染みた親父だろうと、テオドールを相手にしちゃいけない。

そう、言いたいのに声は出てくれなくて。

一瞬先の親父の敗北は、俺だけが予期した未来ではなかっただろう。

けれど、その予感はあり得ない光景によって上書きをされた。

「まさかてめえ、このおれが十七年間何も準備をしてなかったとでも思ったのかよ?」

〝古代遺物《アーティファクト》〟ですら灰と化した〝愚者の灰剣《ヴァルガ》〟の一撃を、あろう事か親父は当たり前のように剣で受け止めていた。

「何を驚いてんだ?」

剣同士の衝突音。

場に驚愕《きょうがく》が広がる中、誰よりも驚いていたのはテオドールであった。

「剣を、剣で防いだ。子供でも分かる当たり前の事だろうが?」

それが、ことこの場面では当たり前でないから、親父があえて口にした事に気付けない人間は誰もいなかった。

テオドールの不意をつける唯一のタイミングであるこの瞬間に、親父は声を張り上げる。

「アレクにそれを飲ませろ!! 嬢ちゃん!!」

「え、わ、ぇと、う、わわ」


親父からヨルハへ、乱暴に小瓶が投げ渡される。その行為を遮る事が不可能と悟ってか。

はたまた、親父をどうにかする事が先決と判断を下したのか、見向きもせずにテオドールは剣を振るう。


「……どうしてきみがここに」

「おれの行動も把握してたって訳か。まあ、そうだろうなとは思ってたが」


テオドールの言葉に、親父は顔を歪める。

しかしそれも一瞬の出来事で。


「ただ、てめえがタソガレ《あいつ》の行動を読んでたように、タソガレ《あいつ》もてめえの行動を読んでた。これは、ただそれだけの話だろ」


分かりきった事を聞いてんじゃねえよ、と親父は攻撃に対処する。

一撃、二撃、三撃————。

響き渡る重低音を撒《ま》き散《ち》らす剣撃は紛れもなく本物で、剣同士で切り結ぶその光景が決して偽物でない事を思い知らされる。

その間に、ヨルハが親父から投げ渡された小瓶を俺の口元に近づけ傾ける。

独特な形状の小瓶には見覚えがあった。

これは、グランが携帯していた小瓶と、全く同じもの。

なら、グランが寄越したものなのだろうか。

いや、彼はあの時点でもう何も持っていなかったはず――――。

俺がそんな考察をする間に、まるで時間が遡りでもしたかのように身体の傷が塞がってゆく。あまりにふざけた効力だった。

その様子を一瞥《いちべつ》しながら親父は言った。

「『大陸十強』と呼ばれる化物が、一筋縄でいかない事はてめえが一番分かってるだろ?」

一筋縄でどうにかなる相手であれば、『大陸十強』などという異名をつけられる事は決してなかっただろう。

例外極まりない化物だからこそ、彼らは『大陸十強』なのだ。

……これは恐らく、グランのものではない。

『大陸十強』と呼ばれる化物が生み出したものなのだろう。

「……知ってる。知ってるさ。ぼくを救ってくれた人間もまた、『大陸十強』と呼ばれる事になるひとだったから。でも理解してるのかな。ぼくもまた」

――――『大陸十強』だって事を。

あまり好ましい呼び名ではないのだろう。

そこには、憎しみに似た感情が込められていたが、今この瞬間だけは、テオドールはいやに強調をした。

程なく、『神力』が込められた大魔法が展開される。

剣では決して防ぐ事の出来ない物量だった。

けれど親父は、問題ないと言わんばかりに叫ぶ。

「知ってる。知ってるとも。そのイカレ具合は、おれもよぉく知ってる！！　だから、私情を殺した！！！」

そうだ。

親父は、出来る限り何事にも俺を巻き込もうとはしないひとだった。

俺の性格をよく知る親父だからこそ、遠ざけようと考えた場合、ある程度なら怪我《けが》を負っていた方が都合が良《い》いと思った事だろう。

だから本来、全快する薬など渡さない。

なのに渡したという事はつまり。

「――――隙だらけだぞ、テオドール」

俺に、手伝えと言っているのだろう。

座り込んだまま、どうにか上体を起こしていつもの要領で魔力とは異なる力を込める。

このタイミング。この距離。

全てが完璧だった。

これなら、使える。

きっとテオドールが、微塵《みじん》も警戒していなかったこの技が、綺麗《きれい》に嵌《はま》る。

「――――〝反転魔法《リフレクト》〟――――」

「────テオドールの事だ。吾輩《わがはい》が介入する可能性もちゃんと考えていただろうよ。あいつの執着心の酷さは吾輩がよく知っている。望んだ結果を得る為《ため》ならば、どれ程の努力だろうが犠牲だろうが惜しむまい。だから、あえて吾輩はテオドールの罠《わな》に掛かる事にした。そうでもしなければ、骨なのでな」

それはタソガレが〝禁術〟を行使した直後の事。

誰にも己の考えを共有する事なく、ものの見事に罠に掛かったタソガレは、悲惨な現状には目もくれず、無機質な声音で淡々と言葉を口にする。

現状を言葉で表現するとすれば────爆心地といったところか。

巻き込まれた人間からすれば、てめえふざけんなと言いたいところであったが、それでも腐っても『大陸十強』。

己らの人的被害が見受けられないが故に、不満を顔に出しながらもそれを口にする事はなかった。

「……成る程。と、言いたいところだが、その考えも見越して対策を立てるのがテオドールって男な気もするんだが」

タソガレを除いて唯一、テオドールと対峙《たいじ》した経験のあるヨハネスが口を挟む。

しかし、その問いに対して返ってきた言葉は、あまりに突飛なものだった。

「うむ。故に、吾輩を含め貴様らには一度死んで貰った」

「――――は？」

場にいたタソガレを除く全ての人間――――グランとヨハネスの二人の声が綺麗《きれい》に重なった。

「尤《もっと》も、見せ掛けの死だが、吾輩の本気の偽装は、早々バレんよ。テオドールも流石《さすが》に、寸分違わない死体まで用意されては警戒心を緩める他あるまい。見事なものだろう？　丁度、良《い》い被験体――――もとい、助手がいてな。完成度には自信がある」

一瞬だったが、グランに向けられた視線。

加えて隠そうともしない失言らしきものを聞いて、全てを察した彼は喚《わめ》き散《ち》らす。

「はぁ!?　て、んめ、聞いてねえぞ!?　おれの身体《からだ》に何しやがった!?」

「まさか、吾輩が貴様を無償で助けたとでも思っていたのか？　知っているだろう？　この世において、タダより高い物はないと」

正論過ぎる言葉を前に、目を血走らせて叫んでいたグランは「それを分かっていたからこうしてさっさと恩返ししてやろうとしたんだろうが」という言葉をどうにかのみ込んで表情を歪《ゆが》めた。感情任せに殴りかからない理由は単純明快で、勝てないと分かっているから。

痛い反撃を食らうと知って尚《なお》、怒りを叩《たた》き付《つ》ける程グランも馬鹿ではなかった。

そんな側で、精巧に作られた己の死体を見詰めながらヨハネスは口を開いた。

「……『大陸十強《おまえら》』の規格外さはこれでも分かってるつもりだったが――――どうやら、まだ分かってなかったらしい」

「その事実を否定する気はないが、貴様には羨ましく映るやもしれん規格外《カ》さも、存外碌《ろく》でもないものだぞ?」

「碌でもない?」

「どうやらカルラから何も聞いていないらしい」

聞き返すヨハネスに対し、タソガレは顔に悲壮をほんの一瞬だけ滲《にじ》ませて――――無表情に戻しながら紡ぐ。

「ならば、吾輩が代わりに忠告をしておいてやろう」

淡々と、出来うる限り感情を殺して、力を持つ事が必ずしも幸福に繋《つな》がる訳でないとタソガレが語る理由は、ヨハネスが何処《どこ》となく己と似ていると感じたからなのやもしれない。

「半端に力があると、良い線までは行く。けれど助けるまでは辿《たど》り着《つ》けない。半端に力があるせいで多くを知れる。けれど知れるだけで変えるまでは出来ない。半端に力があったから凡《およ》その解決策までは辿り着ける。けれど肝心の力は足りなくて絶望と罪悪感だけが残る。痼《しこり》のように、いつまでも、いつまでもな。まあ全能の力であれば、話は違ったのだろうがな」

いやに感情が込められた発言であった。

聞いた人間は、それがタソガレが実際に経験した事だとあまりに容易《たやす》く見抜くだろう。

「力がある事は……きっと良い事だ。ただ吾輩は、そのせいでもっと大事な事に気付けなくなったから、少しだけ憎いのだろうな」

断言を避けた理由は、規格外と呼べるだけの力を持ちながら、彼自身が何も守れず、何もかもを取りこぼした人間だったからだろう。

己自身が碌でもないと思っているが故に、そんな感想が出てしてしまう。

「吾輩一人でどうにかする。どうにか、なる。そう思った結果がこのザマだ。こうして後悔だらけのクソ野郎の出来上がりよ。だから、吾輩を羨むもんじゃない」

「……どうして、そんな話をおれに？」

無口な人間ではないだろう。

だが、ヨハネスの予想が正しければタソガレという男は間違っても饒舌《じょうぜつ》な人間ではないはずだ。

だから、気になった。

「何というか、貴様からは吾輩とよく似た匂いがする。だからこれは、そう。言ってやっただろう。善意の忠告という奴《やつ》だ。選択を誤って欲しくないと願う先達からのな」

そう告げて、タソガレはヨハネスに一風変わったポーションを押し付けた。

「────頃合いだ」

「それはどう、いう」

「今から貴様を、テオドールがいるであろう場所に送る。息子が重傷を負っていたらこれを使ってやれ。その後の選択は────貴様が決めるんだな」

「ちょ、待て────おいッ」

逃がすもよし。

背中を任せるもよし。

出来れば後悔しない選択をしてくれよ。

一方的にその言葉を押し付けて、タソガレはヨハネスを転移魔法を用いて送った。

「……あんたらしくないな」

「吾輩がここにいるのは、罪滅ぼしが理由だ。『ホムンクルス』の件も含めてな」

「なるほど」

タソガレの言葉に、グランは納得する。

ヨハネスもテオドールに恨みを抱くうちの一人。だからああしていらぬ世話を焼いて手を貸したのだろう。

「なら、あの二人がこの場にいないのも、罪滅ぼしが理由なのか？　――――いや、二人じゃなくて、一人か」

「ああ、そうだな」

この場にいた筈《はず》の二人――――ローゼンクロイツとチェスターの姿は何処にもなかった。

ただグランが言い直したように、そのうちの一人であるチェスターの姿は漸《ようや》く視界に映り込んだ。

瞳に憤怒《ふんぬ》を湛《たた》え、光の如《ごと》き速さで以《もっ》て一直線にタソガレへと向かい、そして瀑布《ばくふ》を想《おも》わせる音を伴ってチェスターはタソガレの胸ぐらを摑《つか》み上《あ》げ地面へ叩きつけた。

「て、めえ――――ッ！！！　ロゼを何処へやった⁉　答えろ！！！　今すぐに！！！」

人を射殺さんばかりの眼光を浴びせながら、詰問が始まる。

見せ掛けの死体の存在に気付いたのだろう。

激昂《げきこう》するその姿は、タソガレによる殺害の線も考慮の内にあるように思えるものだった。

「あの男が望んだ場所に、吾輩は送っただけだ。吾輩は貴様がロゼと呼ぶあの男にも負い目があるのでな。心配するな。死んではいない」

嘘《うそ》ではない。

その負い目を清算するにあたって、チェスターの存在は邪魔だったのだ。

だから、罠に掛かるタイミングでタソガレは二人を引き離した。

「なら今すぐに俺チャンもそこに送れ」

「それは出来ない」

タソガレの即答を前に、無言でチェスターは手をあげる。しかし、研究者離れした反射神経で、タソガレはその一撃をいとも容易く防いでみせる。

痛めつけるという方法で自分の意見を強引に通そうとするチェスターに、タソガレはただ只管《ひたすら》、言葉を向ける。

「それをしてしまえば、あの男の望みが叶《かな》わなくなってしまうからな」

「……あの自己犠牲を、てめえは肯定するってか」

チェスターには、最早《もはや》タソガレは敵にしか見えていなかった。

ローゼンクロイツが語った自己犠牲を許容するという事は、彼の死を受け入れ望んでいるとも取れるから。

「結果的にではあるが、そうなるな」

取り繕いすらしなかった。

本来ならば誠実と取れるその発言も、事この場に限っては煽《あお》りとしか捉えられない。

「ふざ、ッ、けんなぁぁぁああああああ!!!!」

貴様程度が立ち塞がろうと、障害にすらならないと告げられた錯覚に陥って、チェスターは更に激昂した。

「てめえは、てめえはッ！！！　苦しみ続けた人間に、最期まで苦しんで死ねと、そう言うのかよ⁉」

「それが、あの男の望みだ。贖罪《しょくざい》である以上、であるならば吾輩に是非はない」

そもそもの優先順位が違う。

だからどうしようもなく話が噛《か》み合《あ》わない。

善悪の判断などタソガレからすればどうでも良いのだ。

たとえそれが理解に苦しむものであろうと、相手への罪滅ぼしになるならそれで。

ただタソガレ自身、ローゼンクロイツの行動に理解を示せる立場であった。

故に思ってしまう。

このままではあまりに彼が報われないと。

その感情が、小さな節介を焼いた。

「ただ聞くが、貴様は本気であの男が自分の血脈に刻み込まれた義務感の為だけに命を捨てるとでも思っているのか。苦しむ道を選ぶとでも思っているのか。そもそも、あの男の末路が苦難に満ちたものであると。それを理解した上で、義務を果たす為に犠牲の道を歩まされているとでも、あの男が言っていたのか」

防がれ続けていたものの、せめてもの反抗として力を込め続け、震えていたチェスターの右拳の動きが鈍化する。

「そんなもの――――」

決まっていた。

己を犠牲に、命を消耗させて国を存続させる行為が苦痛でない訳がない。

ロゼの本心である訳がない。

頭ではそう思っている筈なのに、何故《なぜ》かチェスターの口は言葉を紡ぐ事をやめていた。

「そんな、もの」

言いたい言葉は決まっているのに、どうしてか発せられない。

タソガレが小細工でも弄したのかと一瞬だけ思いはしたものの、それは違うとすぐにチェスターは理解する。

答えは――――彼自身が一番分かっていた。

頭では否定している。

けれど脳裏に焼きついた、何処か嬉《うれ》しそうにこの世界を守りたいと口にするローゼンクロイツの表情が、どうしようもなく邪魔をしていた。

やがて考えて、考えて。考えて考えて考えて考えて考えて考えて考えて考えて考えて考えて考えて考えて。

「……そうじゃなきゃ、おかしいだろーが」

漸く出てきた言葉は、懇願にも似たそんな言葉だった。攻撃の手も、力なく止《や》んだ。

彼は、誰よりも救われたい人間の筈なのだ。

なのに、あえて苦しむ道を選ぶ理由など、誰かしらから強要されている他に思いつかない。

「そうであってくれなきゃ、おかしいんだよ」

まさか。

まさかまさか、己の生を奪った筈のチェスター《男》の為であるなど到底受け入れられる話ではないから。

何度も言い聞かせる。

でも、彼の言葉はどうやっても消えてはくれなくて。

「だから、俺チャンがもう一度確かめる」

ローゼンクロイツと言葉を交わして、もう一度だけ。

「場所を吐け、タソガレ。それと、ロゼが何をしようとしているのかもだ」

「…………」

言葉を受けて、悩みあぐねていたのだろう。

ややあった後、タソガレは観念するように口を開く。

応じた理由はチェスターの瞳の奥に、これまでとは違う感情を見たからか。

「答えられるのは、後者だけだ。前者はどうせ、貴様なら独力でもどうにかなるだろう」

タソガレの言葉を、チェスターは否定しなかった。彼の言うように若干の負担さえ許容してしまえば捜す事は事実、可能であったから。

「あいつは、メイヤードの維持の為に命を使い切ろうとしている」

「維持は不可能と言っていただろーが」

「不可能だ。不可能だがそれはあくまで、吾輩が行うなら、という話だ」

言葉遊びの一種。

真実を口にしながら、意図的に相手に誤認させるそのやり方はチェスターにとっても馴染《なじ》みのあるものだったが故に「……あぁ」という感想が真っ先にやって来ていた。

「吾輩は、今度こそ時間を巻き戻す〝禁術〟を使う。だが、その〝禁術〟はメイヤードを対象にするのが精一杯。けれど果たして、今この場所はメイヤードと呼べるのだろうか」

どういう意味だ――――と言葉を続けようとしたチェスターは、決して察しの悪い男ではなかった。

だから程なく言わんとする事を理解した。

周囲が明滅し、〝楽園《エデン》〟と入れ替わろうとしているこの状況。

まるで半分だけメイヤードというこの状況では、巻き戻しは無理だと彼は言っているのだ。

それこそ、本来のメイヤードの状態を維持してくれない限り。

「だから、メイヤードを維持した状態で使う必要があったのだよ。そしてそれが出来る人間は」

「――――ロゼだけってか」

「ああ。そしてあの男は、それを察していた。この選択がなくなったと見せかけなければ間違いなく邪魔が入っただろう。テオドールも貴様と同様、目や耳が良いからな」

「…………」

ロキに地獄耳と呼ばれていたチェスターの聴力であったが、それはロキの予想通り魔法によるものであった。

死の偽装はそれ故でもあったのだ。

「――――……だが、あんたが出来ない事を、あの包帯の男が本当に出来るのか」

タソガレの力量はグランが一番知っている。

腹立たしい男ではあるが、それでも力だけは確かなものであると理解している。

だからグランは、彼が出来ない事をローゼンクロイツならばやり遂げられるという可能性に疑問を覚えずにはいられなかった。

直後、間髪いれずに言葉がやってくる。

「出来るだろーよ」

チェスターは肯定する。

「ロゼは、メイヤードを維持させる為にだけ生まれてきた。知識だけなら頭の中に全部備わってる。そう、俺チャンは聞いてる。絶対とは言えないが、可能性なら一番あるだろーよ。この事に関しては一番、な」

クソッタレな言い方をすれば、これはロゼを除いて誰にも出来ない事でもある。


彼のあの性格だ。

義務感に駆り立てられているのだろう。

自分がどうにかしなければいけないと決めつけて、進んで身を削っているのだろう。

その先に己の幸福など欠片《かけら》もないというのに。

「俺チャンは、お前が嫌いだ」

チェスターから唐突に告げられた嫌い宣言。

「こうなると分かっていた癖に、贖罪と言いながらロゼを死に追い込んでやがる。そこに、罪悪を感じながらも、それがお前の選択なら仕方がないと理解を示して、死へのレールを敷きやがる。そうするしかないと諦めているから」

考え自体、間違ってはいない。

それが他でもないローゼンクロイツ本人の、願いであり意志なのだから。

でも、その理解が素晴らしいものだとしても、彼を大切に思う人間からすれば、反吐《へど》が出るものでしかなくて。

まるで、一度それを体験し————どれだけ手を尽くしても止められなかったからと言わんばかりの諦念を瞳の奥に湛えたタソガレに向けて、叩きつけるようにチェスターは言葉を吐き捨てる。

「きっとそれは、正しいんだろーさ。でも、それを俺チャンが受け入れるかどうかはまた別の話だ。だから、俺チャンは俺チャンのやり方でどうにかさせて貰《もら》う。それだけだ」

もう語る事はない。

そう言わんばかりに告げ————チェスターは背を向け姿を消した。

「……いいのか。止めなくて」

チェスターがローゼンクロイツを強引にでも止めれば、メイヤードは維持できない。

グランはタソガレに意見を求めるも、彼は首を横に振る。

「吾輩は、あいつとは違って死を許容した側の人間だ。止める資格など、もとよりない」

瞳を閉じたタソガレの瞼《まぶた》の裏には、かつて彼自身が助けられなかった女の姿があった。

＊　＊　＊

そして、現在。

「――――ここからは、おれが代わろウ」

テオドールとの戦闘によって轟音《ごうおん》が響き渡る中、突如として現れた包帯の男――――ローゼンクロイツがクラシア達《たち》に声を投げ掛けた。

「貴方《あなた》、だれ？」

許された処理リソースの殆《ほとん》どをメイヤードの修復の為に注いでいるからだろう。

どうにかクラシアの口から出てきたのはその一言だけだった。

全身が包帯に覆われた明らかに不審者然とした男。この状況下ならば有無を言わさず攻撃を行っていても可笑《おか》しくなかったが、それでも対話を試みたのは、彼から敵意が欠片も感じられなかったからか。

はたまた、覚えがあったからか。

「……いや、待って。貴方――――」

程なく、クラシアが気付く。

少しばかり見た目に変化はあるが、彼こそがあの時、ダンジョンの深層で結晶に閉じ込められていた人間であると――――。

故に制止を叫ぼうとするも、それより先にローゼンクロイツの行動を阻害するように足元が凍りつき、多重に魔法が展開される。

行使した人物はガネーシャとロキであった。

「おれの名前は、ローゼンクロイツ・ノステレジア。お前達に分かるように説明するなら、ノステレジアとしての義務を果たしに来タ」

敵意はないとばかりに手をあげながら、突として襲い掛かった攻撃に彼は眉一つ動かさずに言葉を発した。

「ノス、テレジア」

どうにか搾り出したかのような声音で、ワイズマンは反芻《はんすう》する。

覚えがあったのだろう。

虫喰《むしく》いの穴だらけの彼女の記憶の中で、その名前は一際存在感があった。

だからこそ、どうしようもなく顔が歪む。

ノステレジアが、一体何をしたのか。

包帯の奥に見受けられる凄惨な傷痕は、今し方彼が口にしたノステレジアとしての義務のせいだろう。

ワイズマン自身が錬金術師だからこそ、ただの傷痕ではなくそれが実験の結果であると瞬時に見抜けてしまった。

「────……恨んでいないのか」

「その手は……〝賢者の石〟だナ。凡《おおよ》そ理解しタ。そうカ。貴女《あなた》はワイズマン、カ」

ローゼンクロイツは察しの悪い男ではなかった。足りない情報を己の頭の中で補完する事で、その答えに辿り着ける程度には聡明《そうめい》だった。

「恨んでいるとモ」

「…………っ」

「他のノステレジアも、そういう気持ちだっただろうヨ」

感傷は抱けない。

脈々と受け継がれてきた情報に成り下がった記憶はあるが、家族としての情などは生まれたその瞬間より孤独だったが故に何もないからだ。

「何故おれ達は、普通の幸せを得られないのに、普通の幸せを得られている人間の為に犠牲にならなければならないのカ。とナ」

至極当然の言葉だった。

「だからおれは、この呪われた運命を変える事が、ノステレジアとしてのおれの義務だと思っていタ。自由になる事が、おれの使命だと思っていタ」

そうする事で不幸に見舞われる人間は必然的に生まれるだろう。

罪悪感に潰される事になるかもしれない。

でも、それでも良いと本気で思っていた。

「思って、いたのだがナ」

自嘲気味に、笑った。

「ある日、夢見がちな男に出会っタ」

身動きが取れない筈のローゼンクロイツは、僅かな労力すら感じられない様子で、前へ一歩歩き出す。

拘束する氷を砕いて、一歩。また一歩と。

絡繰《からくり》すら分からないその光景を前に誰もが絶句した。慌てて次の魔法を発動しなかった理由は、他の人間が巻き込まれる距離にあったからか。はたまた、彼に一切の敵意を感じられなかったからか。

「馬鹿な男だッタ。この国を変えたいと願い、挫折を繰り返す馬鹿な男だったヨ」

世の行く末を憂いたが故に、自分の力でどうにかしようと足掻《あが》く勇敢な若者だった。

「おれに人の感情は分からなイ。だから、チェス坊の気持ちはあまり分からなかっタ。でも、それが尊い物であることだけは理解が出来タ」

国を変えたところで既に失ったモノは何一つとして返ってこない。

自分が得られるものなど微々たるものだろうに、何もかもを犠牲にして奔走する理由が分からない。

友との約束如きの為に身を削る理由が分からない。

ノステレジアという男が、ワイズマンとの約束の為に、全てを捧《ささ》げた理由が分からない。

それは、結局最後の最後まで分からなかった。理解するには、あまりに時間が足りなかった。

だから、自分自身でも不思議だったのだ。

どうして己はあの時、チェスターを助ける為に犠牲になる道を選んだのか。

衝動的でしかない行動の理由が分からずにいた。

「ただ今なら少しだけ、分かる気がすル」

陣の真ん中で今も尚抗《あらが》い続《つづ》けるクラシアとヴァネッサの側へと辿り着き——彼女らを慈愛を湛えた瞳で見詰めながらローゼンクロイツは口角を上げた。

「己の命を賭しても良いと思える程に、大切だったのだろうナ」

チェスターにとっては、友との約束が。

かつてのノステレジアにとっては、ワイズマンの夢が。

ローゼンクロイツにとっては、不器用で仏頂面ばかりする損な性格をした夢見《チェスター》がちな男が。

クラシアにとっては、アレク達との約束が。

ヴァネッサにとっては、クラシアが。

「だから、恨んでいタ。が、正解だろうヨ」

肩越しに振り向いて、ワイズマンに言う。

「こんな人生じゃなければ、チェス坊には会えなかっタ。こんな感情を抱く事は出来なかったやもしれないイ。だからワイズマン。おれに、そんな目を向けるナ。おれは、憐《あわ》れじゃないイ」

クラシアとヴァネッサを押《お》し退《の》けて、ローゼンクロイツは陣の真ん中に立ち天井を見上げた。

「だからおれは、おれの意志でメイヤードを維持させセル。そこにワイズマンは関係ないイ。先祖も、多くの民も、お前らも、全部関係ないイ。おれはただ、たった一人の友と過ごした場所が消える事が忍びないから、維持させセル。これは、おれの役目ダ。誰にも譲らないイ。だから、その命はまだ取っていいておケ」

クラシアは目を逸《そ》らした。

化物と称すべき圧倒的才能。

けれどもその負担は計り知れず、最後まで続ければ間違いなくクラシアは落命する。

そんなクラシアを生かす為に、己の負担を増やし己の犠牲を許容していたヴァネッサの命もまた。

その未来は避けられないと見越した上での発言だった。

「向こうも、上手《うま》くやってくれるといいんだガ」

ローゼンクロイツは陣に触れた。

血液が巡るように、周囲が発光を始める。

メイヤードを維持させる為に、彼が命を使い潰そうとして。

「────いいや、だめだ。それは、俺チャンが認めねえ」

しかし、それに待ったを掛けた人間がいた。

喘鳴《ぜんめい》を無理矢理隠しながら、何処から聞いていたのか。

チェスターが声を上げた。

「チェス────」

真っ先にロキが反応する。

だが、彼を止めるより先にチェスターはローゼンクロイツの隣へと移動を果たしていた。

「万全の状態のお前ならどうにかなっただろーが、今は違うだろ。それに、メイヤードの状態も普段とは違う」

クラシア達より可能性はある。

それでも、確実性に欠けるとチェスターは言う。

「……だとしても、おれはやル」

強情なローゼンクロイツの言葉を前に、チェスターは溜息《ためいき》を吐《つ》く。

程なく、悲しそうに破顔をして。

「だろーな。お前の性格は俺チャンが一番知ってる」

一度決めたら、テコでも動かない。

そんな似たもの同士であるから。

「だから、それがお前の意志なら俺チャンが手伝ってやる。お前の手伝いが出来るとすれば、全てを模倣出来る俺チャンを除いて存在しねーからよ」

証明をするように、チェスターはローゼンクロイツの模倣を行う。

陣を巡る輝きが、一際大きくなる。

だがどうしてか、比例してローゼンクロイツの表情が歪んだ。苦虫を噛み潰すそれである。

「……弔いだった。言い訳をする気はねーし、正当化する気もねー。ただ、嘘偽りなく答えるなら、全ては俺チャンなりのロゼへの弔いで、罪滅ぼしだった」

その言葉は、既に信用を得ているローゼンクロイツに向けてではなく、信用の欠片すらないクラシア達に向けてである。

今回の一件。

全ての元凶はチェスターにある。

そんな人間が、何かを守る為に行動するなど、普通は信用出来る筈がなかった。

「クソがつくほど臆病で。鈍臭くて。お節介で。口下手で。デリカシーなんて微塵《みじん》もねー癖にお人《ひと》好《よ》しで。そんでもって、『普通』の『幸せ』に憧れてた奴を、俺チャンは死なせた。よりにもよって、こんな救えねー俺チャン《ゴミ》を助ける為にだ」

居心地が悪そうに髪を掻《か》き上《あ》げ掻きまぜる。

「……本当ならロゼを連れて何処かに逃げてしまいたい。でもロゼは、それを受け入れねー。だから俺チャンはせめてロゼの意志を尊重しようと思う。どの口がって話ではあるがな」

自虐に笑いながら、

「一人じゃ無理でも、二人ならどうにかなるもんだ。たとえ今度こそ本当に死ぬとしても、一人は怖くても二人なら、まだマシだろ」

どうにか取り繕っていたものの、心なし身体を震わせて格好つけを台無しにしていたローゼンクロイツに向けてチェスターが笑う。

仮面ではない心からの快活な笑み。

「……チェス坊には死んでほしくないんだガ」

「それを言うなら俺チャンはロゼに死んでほしくねー。二度も目の前で死なれるのは御免被《こうむ》る」

「……お人好しガ」

「お前にだけは言われたくねーよ」

似たもの同士の会話だった。

「罪滅ぼしって訳じゃねーが、最低限はもたせてやる。だから、行ってこいよ。クラシア・アンネローゼ。てめえらは四人で一つなんだろ」

「……よく知ってるのね」

「情報を集めるのが癖なもんでね。まあ、情報屋じゃあねーが」

最後の最後まで情報屋である事を否定するチェスターに背を向けて、クラシアは駆け出した。

「――――で、てめえらは見張りってところか？　でも心配すんなよ。この通り、そ、の、必、要、は、ね、ー」

チェスターは、そう言って己の右半身を見せつける。まるで砂で出来た城が風化していくように、崩れ去る腕があった。

「これだから奥の手は使いたくなかったんだが……まあ、相応の代償だ」

「チェスターお前……死ぬのか？」

「〝固有魔法《オリジナル》〟程度なら、寿命を削る程度でどうにかなっただろうが、これは無理だなあ？　ロゼと負担を折半にしても死は避けられねーよ」

メイヤードを維持する。

この国をぶっ壊そうとしていた人間とは思えない理由で命を捨てようとしているチェスターは、確実に死に近付いているというのにあっけらかんとしていた。

どころか、幸せそうに笑う。

「意外と、こういう終わり方も悪くねー。悪人なりに、もっと光の差さねードブの底みてーな場所でボロ雑巾みてーに死ぬと思ってた」

悪人という自覚はあったらしい。

「それが、だ。隣にはロゼがいて。目の前にはロキがいる。大団円って訳じゃねーが、これから死ぬのには悪くねー。随分と掻き乱しちまったが、俺チャンは何一つとして己が起こした行動に後悔はねーし、間違ったとも思ってねえ」

メイヤードという国はなくなるべき。

その考えに変化はないと言い残す。

「だから、一つ頼みがある。ワイズマン」

「……なんだ」

「メイヤードをぶっ壊してくれ――――とまでは言わねー。ただ、ノステレジアを〝贄《にえ》〟とすることのシステムだけはどうにかしてくれ。てめえなら、それが出来るだろ」

「……絶対、という約束は出来ない」

「出来ねーと言わねえだけマシか」

会話が打ち切られる。

程なく、視線はワイズマンからガネーシャ、ヴァネッサとロキへ。

「それと最後に……一つだけ。利用されていた俺チャンが言うのも変な話なんだがよ、出来ればでいいんだ。難しい事は俺チャンが一番分かってるから。でも出来れば、どうか。どうか、あの野郎――テオドールを楽にしてやってくれ。悪人である事に変わりはないが、あいつもあいつで、可哀想《かわいそう》な奴なんだ」

十八話　ルシア・ユグレット

ほんの一瞬だけ、期待をした。

テオドールを、倒せたんじゃないのか。

そんな期待だ。

けれど、それは当然のように裏切られた。

少し考えれば分かる結果だった。

『神』であるアダムが、テオドールを倒すには己を殺すしかないと告げていた。

つまり、どれだけの要素が奇跡的に噛《か》み合《あ》おうとも、俺が勝てる可能性はゼロでしかなく。

この結果だけは、どう足掻《あが》いても変えられなかった。

そこまで理解出来たからこそ、次の行動が手に取るように分かってしまって——俺は衝動的に叫び散らした。


「————逃げろ親父《おやじ》ッッ！！！　テオドールはまだ生きてる、、、！！！」

「は」


揺れ動いた大地。

空気すら振動し、その威力は天災そのものだった。人であるならば間違いなく消し炭となっていたと断言出来るほどの威力を前に、勝ちを確信した親父に向けて叫ぶと同時、影が落ちた。

大きな、大きな爪。

漆黒に染まったその攻撃は、かつてオーネストに向けられたテオドールによるものと同じ。

隙だらけの親父に向かって、鋭利なソレは容赦なく振り下ろされる。

それでも、身体《からだ》を斬り裂かれ、血飛沫《ちしぶき》を撒《ま》き散《ち》らす事になりながらも、すんでのところで飛《と》び退《の》き浅くない傷を負うまでに留《とど》める親父の反射神経は流石《さすが》の一言であった。

「………冗談だろ。間違いなく、あれは食らってたぞ。なんで、こうも当たり前のように反撃が出来る……ッ。そもそも、生きてる事だって――――」

信じられねえってのに。

目視でテオドールが攻撃を食らった瞬間を確認していた親父だったからこそ、その驚きは果てしないものであった。

「生きている、ではないのであろう。少なくとも、儂《わし》はアレを生きているとは言わん」

ボロ切れのようになった身体を引《ひ》き摺《ず》りながら、アヨンが会話に交ざる。

立ちこめる砂煙。

目を凝らしてどうにか映り込む人影は、人とは思えない不気味なシルエットだった。

アヨンの言う通り、俺もアレを生きているとは言いたくない。

膨張。増幅。繁殖――――再生。

消し炭となり失われた筈《はず》の半身すら、見るも悍《おぞ》ましい過程を経て元通りに再生するなど、魔物のソレでしかないからだ。

「儂に言わせれば、アレはただの動く死体よ。たった一つの目的を果たす為《ため》に全てを捨てておる。人間性は勿論《もちろん》。人間である事も何もかもを」

テオドールにとっての恥は、復讐《ふくしゅう》を遂げられない事ただ一つ。

その為ならば、どれだけの汚辱に塗れようと外法《げほう》に手を染めようと、裏切ろうとも、非難されようとも、関係がないのだ。

ただでさえ手の付けられない化物が、手段を選ばない化物になってはどうしようもない。

「このままでは間違いなく全滅じゃな。倒す手段がない以上、全員死ぬ。例外なく誰も彼も」

遠くからアヨンと俺がテオドールに向けて魔法を撃ち放つ。

しかしどれだけ撃ち込んでも手応えが得られる事はなく、結果、そんな諦念の言葉がアヨンの口から出てきていた。

「…………どうにかする方法はない訳じゃない」

普段であれば、口にすらせず胸の内に秘めるに留めていたであろう——アダムを殺してテオドールを止めるという内容。

「ただ……ただ俺は、その方法が正しいとは思えないし、叶《かな》うならやりたくない」

みんなを守る為だ。

俺一人が泥を被《かぶ》る事で叶うならば、率先して行うべきだろう。そんな事は分かってる。

綺麗事《きれいごと》を言っている場合じゃない事もよく。

なのに、その一歩を踏み出そうとするたび、「本当にそれで良《い》いのだろうか」と囁《ささや》く自分の声があった。

「それに、あんたとの約束も出来れば破りたくないし、メアとの約束も守りたい」

俺の言葉に、アヨンは何故《なぜ》か驚いていた。

アヨンとの協力はお互いの利害関係の上で成り立っていたものだ。

率先して叛《そむ》くつもりはないが、どうしようもなくなっても尚《なお》、愚直に守り続ける必要があるかと言えば……ないだろう。

そんな結論に至る可能性が高いと、彼女自身も割り切っていたかのような反応だった。

「……儂との約束、か」

「たとえあんたが、自分自身の罪をテオドールに重ねていたとしても、一度交わした約束は何であろうと守るつもりだ。だから、誰かを犠牲にしてテオドールを殺す、なんて手段は取りたくない」

一人を切り捨てて多くを守るその行為は――――アヨンが夢見た弱者を守ってくれる〝英雄〟像からは程遠いだろう。

何より、メアや死に掛けのロンを救える存在がいるとすればアダムを除いていないだろう。

まだ、死んで貰《もら》う訳にはいかない。

「ああ。馬鹿な事を言ってる自覚はある」

あまりに分の悪い賭けだ。

この言葉を尽くす時間さえあれば、アダムを殺す事も出来たかもしれないのに、その間にテオドールの傷が、完全に回復する。

砂煙が晴れる。

炯々《けいけい》と光る瞳は獰欲に塗れていて、殺しに僅かな躊躇《ためら》いすら見受けられない。

やがて息を整え終わったテオドールは、転移と錯覚する程の移動速度で俺の目の前へ移動

――――そのまま繰り出された攻撃に対し、急拵《きゅうごしら》えで用意した〝魔力剣《ソード》〟とテオドールの得物の刃が跳ねて、青白い光芒《こうぼう》が生まれた。

「で、もッ、俺はどうにかして誰を犠牲にする事もなくテオドール《こいつ》を止める‼　そう決めたんだよっ！！！」

――――その手段は、決して殺す事などではなく。

記憶を、視《み》た。

アダムから、気が遠くなるほど昔の記憶を視せて貰った。

テオドールを操っていた元凶を伝えるだけなら、そいつの情報だけ視せればいいのに、あろう事かアダムは全てを視せてきた。

テオドールに関する、その全てを。

初めは分からなかった。

でも、少し考えれば分かる事だった。

その行動の意図はきっと――――止《救》めて《って》欲しかったのだろう。

アダムを殺して、テオドールの力を奪う。

明確な解決策を提示した上で、罪悪感が強過ぎたからなのか。

言葉にこそされなかったが、どんな形でもいいからテオドールをどうか救って欲しいと同情を誘ったのだろう。

自分の事はどうでも良いから、せめてどうか。どうか、と。

「……恩はないし、義理もない。あるのはただ、迷惑を掛けられたって事実だけだ」

アダムにしても。テオドールにしても。

俺からすれば全く関係がないどころか、恨みを抱いて然《しか》るべき対象だ。

本来、殺す事に何の躊躇いを抱かないで済む相手だ。そう――立ち回らざるを得ないように仕向けられていたから。

「だから、俺はテオドールを止めて、その清算をさせる。これまでの分、ぜんぶ、ぜんぶ含めて清算させる」

だから、止める。

アダムに提示された方法とは別のやり方で。

俺は、傷を負いながらも慌てて割って入ろうとする親父から離れながら、一瞬で腐り落ちた得物を再び生成する。

「アレ、ク、お前……っ」

「アヨン!! 親父を頼む!!」

「お主はどうするつもりじゃ」

「武器は使い物にならないし、親父の得物は俺には扱えない。でも、それが分かってるならどうにでもなる‼」

ひとまずは、俺に注意を向けさせ続けなければならない。だから嘘《うそ》ではなく本心で、言葉は無駄と判断し理性を捨てて本能で殺しにくるテオドールに向けて叫び散らす。

「この世界は間違ってるっ！！！　そうだ！！！　お前の言う通りだテオドール‼」

諸国を流離《さすら》うただの人間として平凡な幸せを手に入れていた少年が、誰ぞの都合によって全てを奪われた挙句、人間を殺す為の操り人形として動かされ続ける事となった。

苦しむだけ苦しんで、漸《ようや》く現れた救世主はその命を犠牲に目の前で死んで逝った——己を散々弄び続けた『神』とやらを助ける為に。

擁護する訳ではないが、それで狂うなと言う方が無理がある。

「……きみに何が分かる。きみ如《ごと》きが、ぼくの……いや、俺の何を知っているという」

「あんたの事は殆《ほとん》ど知らない。だけどこの世の理不尽についてなら、俺だってそれなりに知ってるつもりだ……ッ！！！」

本当は、多くを分かっている。

救って貰った恩返しの仕方をたった一つしか知らなくて、ルシア・ユグレットの代わりに己の命を使うと決めて彼女と同じく「ぼく」と口にするようになったテオドールの内心も何もかも。

でも、それらは人から寄越された無機質な色抜けした情報でしかない。

そんなもので知っているとは、俺は口が裂けても言えなかった。

「……ならどうして俺の救いを否定するっ⁉」

こうして立ち塞がっている行動と、共感を主張する発言は矛盾している。

賛同するならば、道を開けるのが筋だろう。

そう言わんばかりに攻撃が更に鋭さを増し、雨霰《あめあられ》のような間断のない剣撃が、俺の皮膚をいとも容易《たやす》く斬り裂く。

しかし、守勢に回る俺が倒れる事はなく、その事実が言葉以上にテオドールの行動を否定していて、堪《たま》らず彼は吼《ほ》えた。

「ッ――――っ、罷《まか》り間違って誰も死なずに済むハッピーエンドがあったとしようッ！！！　だがそれは一時的でしかない!!　クソ『神』を放置すれば、次に割を食うのはお前らだ!!　断言してやる。この世界は限界を迎えている。その限界を先延ばしにする為に、犠牲者が選ばれ新たな〝呪われ人〟が生まれるだろう!!　お前らという尊い犠牲のもと、世界は守られたとあのクソはしたり顔で告げるだろうよ！！！」

そして歴史は、繰り返される。

だったら、ここで滅んでしまった方が誰もの為であると。

「これでも俺は、至極真っ当な事を言ってるつもりだ!!　私怨がある、それは否定しない。俺が善人であるとも言わん。過程も間違いだらけだ。だが、この行動だけは間違っていないと言い切れる。だから――だから、そこを、どけえええええええッ！！！！！」

腐り落ちて。腐り落ちて。腐り落ちて。

守勢に徹し続けて尚、防ぎ切れない攻撃は、俺の身体を斬り裂き続ける。

分不相応な『神力』という力を行使する代償か。身体の限界と崩壊を感じながらも「それでも」と、いつか訪れる好機を文字通り身を削りながら待つ。

俺がテオドールと戦うとすれば、こうする他なかった。

ただし、その目論見《もくろみ》が上手《うま》くいったのはほんの数十秒だけだった。

密《ひそ》かに用意していた魔法陣が、砕け割れる。

テオドールによる剣風一つで、万が一の為にと用意しておいた全てが無に帰す。

俺がテオドールと対峙《たいじ》した瞬間、止める事は不可能だとこれまでの付き合いから察してくれたヨルハによる補助魔法の支援を受けて尚、テオドールの剣筋が追えなくなり、ありったけの魔力と『神力』を詰め込んで張った弾幕すら無視して、無傷で彼は突き進んでくる。

「…………化物が」

現実を直視したくなくて、これは悪い夢か何かだろうと思う俺の口角は無意識のうちに吊り上がっていた。

「でも、まだだ」

〝古代魔法《ロストマジック》〟────〝俺の時間《クロノ》は加速《クロック》する〟。

壊れたブリキ人形のように頭の中で繰り返し、繰り返し繰り返し繰り返し繰り返し────。

重ね掛けを続けて備える。

気が付けば、皮膚が耐え切れずに破裂を始めていた。垂れる鮮血。

でも気にしてる場合じゃない。

このくらいしないと、テオドール相手にはたった数秒すら持《も》ち堪《こた》えられないから。

「ッ、あああぁぁあああああああ！！！」

身体を支配する痛みを誤魔化すべく、どうにか己を奮い立たせながら守勢から────攻勢へ。

不意を突いて前へ出る。

生成した剣を両手に、突き進んだその瞬間。

テオドールは、俺の真横にいた。

瞳に映り込んだ彼は失望を浮かべていて、その時既に、得物を俺に向かって振り下ろしていた。

でもそれは想定内だった。

俺がどれだけ無茶を重ねたところでテオドールの上を行く事はない。

それはもう、理解している。

だから止めるには俺も相応の代償を負う必要があって、こうしてあえて隙を見せる必要もあった。確か、遠い国ではこれを「肉を切らせて骨を断つ」と言うのであったか。

「――――〝魔力盾《シールド》〟――――〝多重展開《アクセラレーション》〟っっ！！！　やれ!!　オーネスト!!!!」

くたばったフリをして、機会を窺《うかが》っていたオーネストがテオドールの背後に現れる。

その速度は普段のオーネストよりもずっと速く、理由は彼の身体に付《つ》き纏《まと》う文字列。

俺が発動し、どさくさに紛れてオーネストにも付与した〝古代魔法《ロストマジック》〟だ。

「そろそろくたばっとけよッ!!　このクソ眼帯野郎が!!!!」

槍《やり》の穂先がテオドールに触れる瞬間と、テオドールの攻撃が俺に直撃したのは全くの同時であった。

「いっ」

補助魔法を受けた。

身体の状態だって、傷だけは全快している。

ほぼ万全に近かった。

なのに、全力で展開した〝魔力盾《シールド》〟が、ものの一瞬でその殆どが砕け散る。

よってその負担は俺へと全てのしかかり、テオドールの攻撃は間もなく俺へと到達した。

剣で受けようと試みる。

けれど、テオドールの小柄な身体からは考えられない程の膂力《りょりょく》を前に、みしり、めきりと骨が纏《まと》めて折れる音が頭の中で響き渡って、そこからは何が起こったのかも理解する事も出来ずに
——直後、俺の視界は真っ白に染まった。


——ならどうして俺の救いを否定するっ⁉


頭の中で繰り返し過《よ》ぎるテオドールの言葉。

その言葉は、散々場を掻《か》き乱《みだ》し、人を己の都合で利用し、殺し続けた人間とは思えない程に必死で、泣きそうな声で告げられていた。

彼がこれまで行ってきた行為は間違いだらけであったが、テオドールのその決断は決して間違いとは言えないものだった。

メイヤードに来て、多くを知った。

多くを理解して、だからテオドールの考えが強《あなが》ち間違いではないと思う自分もいた。

彼の根底にあるのは、ルシア・ユグレットへの感謝と、彼女を奪った『神』に対する憎悪。

そして、己自身の人生を奪い取った事に対する至極当然のやり返し。

自分のような人間がもう二度と生まれないで済むように、という願いからくる行為でもあったのだろう。

だからテオドールの行為には少なからず正当性もあって、正しいものでもあった。

そこまで理解をしたからこそ――俺はルシア・ユグレットへの怒りが収まらない。

まともな人生を送ってこなかったテオドールにとって、慕わしいものはそれしかないのに、誰にも死んで欲しくないからという理由で、己自身を真っ先に捧《ささ》げ、死を許容した人間。

間違ってはいないし、その清廉な思想は本来称賛されて然るべきだろう。

彼女の〝魔眼《レジエレ》〟の能力を考えれば感性がそう歪《ゆが》む事も仕方がないのだろうが、それでも嫌味の一つくらい言いたくなってしまう。

「……自分勝手な先祖だ。本当に、勘弁して欲しい。……生きてるか、オーネスト」

意識の途絶は恐らく十数秒。

岩か、壁か。

何か硬いものに打ち付けられ、生き埋めのようになっていた状態から、どうにか立ち上がり、隣の不自然な石の山に向けて言い放つ。

「生きてらぁ。まあ、二度も傷らしい傷を付けられなかった事でプライドはズタボロだが」

「生きてるなら、儲《もう》けもんだな」

立ち上がる。

濃い霧の中にいるようなこの視界は、俺の今の身体の状態をありありと示しているのだろう。身体の感覚も朧《おぼろ》気《げ》で、それを意志でどうにかねじ伏せて立っているような状態だった。

「……こりゃ、完全にガタがきてるな」

原因は明白だ。

無茶のし過ぎ。

加えて、『神力』なんていう身の丈に合わない力を使い続けたからだろう。

『大陸十強』と呼ばれる人間達《たち》は、それぞれが呪いという代償を負った結果、使えるようになっている。

しかもそれは、魔法を殆ど使えなくなるという欠点を背負って漸く使えるようになっている代物だ。

それを、呪われてすらいない人間が代償を払わずに使い続けていたのだ。

身体がそれに耐え切れず、限界が訪れるのははなから分かっていた事で、同時に目も断続的に突き刺すような痛みに襲われていた。

本当なら今すぐに医者にでも診せた方が良いのだろう。尤《もっと》もそんな時間はどこにもないが。

「オーネスト。今、どうなってる」

「……、おいアレク、お前」

「いいから。今、どうなってる」

まともに目が見えていない事を悟りながらも、オーネストは言葉を繰り返す俺に呆《あき》れながら教えてくれる。

「……ヨルハが時間を稼いでる。結界、だったか。あれでどうにか時間を稼いでる」

「分かった。なら」

「なあ、アレク。ひとつ聞かせろ」

「ぁ？」

「ここで、死ぬ気じゃねえよな」

言葉を受けた俺はほんの一瞬だけ目を瞬《しばた》かせてしまう。

俺の傷の状態と、敵の強さ故にオーネストらしくもなく「逃げた方がいいのでは」と言いたげな感情を声に乗せていたからだ。

だけど、俺はすぐに笑って返す。

「んなわけあるか。まだまだやり残した事が沢山ある。死んでられないだろ」

それに————と続ける。

「クラシアの姉さんを守る事は勿論、色んなものを守る為にも、ここはどうあっても引けない。だったら、死ぬ気で止めるしかないだろ」

アンネローゼの義務。

それに固執するヴァネッサは決して逃げる事を許容しないだろう。

クラシアが彼女を見捨てられる訳もなく、守ろうとするなら命懸けでテオドールを止める他ない。選択肢は一つしかないのだ。

「————もう、一回だ。テオドール」

砕け折れていた〝魔力剣《ソード》〟を再度生成。しかしこれが、先程の焼き直し以上の結果は得られない事は分かっていた。

〝魔力盾《シールド》〟を貫通し、剣で受ける羽目になった時点で折られてしまったのだろう。剣を握るだけで激痛が走る己の腕の状態に嫌気が差しながらも疾走する。

ヨルハが展開する〝古代魔法《ロストマジック》〟の結界が薄氷のように割れてゆく。

やがてテオドールの剣がヨルハ本人へと向けられる——直前、俺が割り込んだ事でそれは制止された。

剣撃の音が鳴り響く。

剣身が噛み合っては青火が散り、俺の得物だけが腐り壊れる。

破壊される度に、生成を繰り返す。

途中に繰り出される魔法染みた攻撃に対しては、こちらも魔法で対応。

けれど及ばなくて、傷だけが増える。

血だけが流れる。多くの生傷が、致命傷に刻々と近づいてゆく。

最中オーネストやアヨンが割り込むも、テオドールは煩わしい蠅《はえ》とでも思っているのか。

攻撃を防ぐ素振りすら見せず、力任せに跳《は》ね除《の》けていた。

「……もう、一回だ」

何度も。

何度も、蹴散らされて。

「もう一回」

それでも身体を無理矢理奮い立たせて。

「もう一回」

何度も何度も何度も。

「…………もう一回だ」

「っ………‼」

一筋の光を見つける為に、身体を犠牲にしてゆく。一合ですら命懸けのやり取りを、幾度続けただろうか。

そう思いながら思考を捨てて対峙していた俺に、テオドールは何を思ってか手を止めて口を開いた。

「………ふざけて、いるのか」

「ええ？」

舌足らずな返事になってしまう。

「実力差は明らかだ。なのにどうして、この期に及んで俺を殺そうという気概がない」

殺せるか殺せないかはさておき、戦闘に身を埋《うず》め続けたテオドールだからこそ顕著に理解出来たのだろう。

戦う気はある。

そこに、感情も乗せられていて、文字通り容赦なく剣を振るって死に物ぐるいで挑んでいる。

だけど、俺の剣には「殺す気」が欠けていた。

「さ、ぁて、なんでだろうな」

嘯《うそぶ》いた俺の発言が気に食わなかったのだろう。今まで以上の力で、憂さ晴らしでもするかのように俺は吹き飛ばされた。

「……同情を誘ってるなら諦めなよ。何が起ころうと俺は止まらない」

――――少なくとも殺されでもしない限り。

だから、止める手段は一つだけ。

だというのに。

「知ってる。そんな事は、知ってる」

記憶を覗《のぞ》き見《み》したのだ。

そういう者という事はよく知ってる。

喉奥から血の塊を吐き出しながら、ふらつく身体をどうにか起き上がらせる。

肢体の感覚も曖昧で、いよいよ限界が近いのだろう。

――――ここまで頑張ったんだ。

十分だろう。もう満足していいじゃないか。

格上相手によくやった。


……そんな慰めの言葉が聞こえた気がした。

思わず身を委ねてしまいたくなる言葉。

でも、俺はそれに背を向ける。

「俺は、ただ、アダムを殺したくないって感情とは別であんたも殺したくないんだ。だってそうだろ――――」

俺は、笑う。

アダムの忠告を受け止めていた筈なのに、この口だけは止まってくれなくて。

「――――何もかも、裏で糸を引いていた奴《やつ》に望んだ結果をくれてやるのは許せないじゃないか」

テオドールを操っていた存在がいると知った。ならば、俺が母の仇《かたき》として復讐すべきはその黒幕だろう。

だから、精一杯の嫌がらせもすると決めた。

彼が望んでいる結果は間違いなく、テオドールとアダムの死だろうから。

しかし、テオドールは俺の言葉を別の意味で捉えたのだろう。

瘧《おこり》のように身体が震え出し、赫怒《かくど》の形相へと変わってゆく。

「……この期に及んで、俺のこの行為ですら操られているとでも言いたいのか」

「否定は、しない」

俺の言葉を受けて、閾値《しきいち》を超えてテオドールは下唇を強く噛み締め自傷する。

そして全てを注ぎ込むように、テオドールが得体の知れない魔法を大きく展開。

四方八方。俺に最早《もはや》逃げ場はなかった。

やがて、彼の唇が「死ね」と形取り――――発動する攻撃。

歯噛みしながら訪れる未来を受け入れかけて。


『――――もう、やめにしてくれ』


俺の前に、人影があらわれた。

両手を広げて、俺を庇《かば》うように。

その行為をした存在の顔を目にしたからだろう。テオドールの攻撃の手はすんでのところで止まっていた。

「……漸く、お出ましか」

表情はどこか呆《ほう》けていて、信じられないものでも見るかのように——やがて、我に返ったテオドールは人をも殺せそうな眼光で感情のない声で言葉を紡ぐ。

「なんだそれは」

アダムの全身が呪いに冒された姿を見て、テオドールは吐き捨てる。

「同情でも、誘うつもりか？　自分にはもう戦う力すら残されていないからと言い訳でもするつもりだったか？　それとも、この死にかけの状態を見せる事であの時は仕方がなかったと俺を納得させるつもりだったのか？」

乾いた笑いを漏らしながら、淡々とテオドールは言葉を重ねてゆく。

けれど、アダムからの返事はない。

言い訳をする気はないとも取れるその行動は、テオドールには言葉を交わす気がないとしか映らないのだろう。

「……お前は。お前は、どこまで俺を虚仮《こけ》にすれば気が済むんだ……っ」

表情が、酷《ひど》く歪んでいく。

「…………。いいかアレク・ユグレット。〝呪われ人〟になった人間は、呪いと『神力』を押し付けられる。その呪いは終生身体を蝕《むしば》み続けるもので、『神力』を使い過ぎた人間若しくは、呪いの内容について他言した場合に悪化する。ちょうど、今のコイツのように。ここまでの進行であれば、人間であればもって三日だったさ」

――――そうだ。

そして死んだのがルシアだ。

アダムが視せてくれた記憶に、ちゃんとあった。

「ルシアは、苦しんで苦しんで苦しんだ果てに死んで逝った。だから、こいつも同じ目にあうべきだ。たとえそれが黒幕とやらの思い通りだとしても、俺は自制出来ない。報いを与える事の、何が悪い⁉」

「いいや、悪くないと思う」

俺の返事が意外だったのだろう。

なにせ、アダムの死を肯定するとも取れる言葉だったからだ。でも、俺の発言はこれで終わりじゃない。

「あんたのその考えは間違ってないと思うし、アダムの決断も間違ってなかったんだと思う。奇特な能力を持ってたルシアの行動も、きっとそうするしかなかったんだと思う。だから、誰も間違ってない。それでもあえて言うのなら、あんたの言う通り、この世界自体が間違ってる」

テオドールの考え自体はきっと間違っていなかった。その過程と至った結果が最悪なだけで。

「間違った世界なんだ。だったら、少しくらい馬鹿な奴がいてもいいだろ。勝てない戦いと分かっていても、挑む馬鹿がいても」

不敵に笑みながら、俺は言う。

まだ、やり残した事が沢山ある。

みんなへの恩だって返しきれてないし、人生が終わるには悔いがあり過ぎる。

だから。

「だから、俺らがあんたを止める。止めてやるから、全力でぶつかってこいよ――――テオ《ルー》ドール《ドルフ》」

「――――」

テオドールが硬直した理由は単純にして明快だ。本来の彼の名前を俺如きが知り、告げた事。

何よりそれは、薄れ霞《かす》んだ記憶の中で、後生大事にテオドールが忘れずにいた記憶だったから。

ルシア・ユグレットと初めて出会った時、掛けられた言葉と酷似していたからだろう。

ルシアには、ふざけるなという感情の方が強い。でも、それでも俺が彼女の在り方を間違いと言えなかった理由は、紛れもなく彼女は多くを救っていたからだ。

救えない大罪人にすら手を差し伸べ続けた正真正銘の救済者。

『神』に対してすら、救いたいと宣《のたま》った破綻者。

こんだけ散々迷惑を掛けられているのだ。

言葉の一つや二つ、借りるくらいは許してくれるだろう。

「下、がれッアダム！！！！」

展、開――――。

全身が軋《きし》む音を幻聴するが、これ以上の好機はもう二度とないと思い、振り絞る。

「オーネスト!!　壁を任せた――――!!」

「任せとけやぁぁぁあああ！！」

テオドールの得物に、不壊とされる〝古代遺物《アーティファクト》〟は通じない。

正面から相対するならば同条件か。

若しくは、幾ら折れてもすぐに再生出来る武器を持っておく必要がある。

しかし、オーネストの手にそれはない。

オーネストの手には、存在していなかった。

「アレクの親父…………それ、借りるぜぇ⁉」

疾走する中、無理矢理奪い取るように親父から得物をオーネストは取り上げる。

親父がその行為に対して何か叫ぼうとしていたが、オーネストは分かっていると言うように。

「心配すンな⁉　元よりオレさまに魔法の才能なンてものはねぇからよ⁉　こっちの方が性にあってらぁな！！！」

「だがお前────っ」

親父の得物は、槍ではない。

剣だ。

幾らテオドールと打ち合える得物とはいえ、得物の違いは致命的だ。

そう────親父は思っているのだろう。

ああ、そうだ。

普通はそうだ。

でも、オーネストは普通じゃない。

あの戦闘センスは、普通なんて言葉で言い表していいものじゃない。

「――――ハ。なぁにを驚く事があるよ？」

剣撃の音。

鈍い金属音は、オーネストの一撃をテオドールが受け止めた事で生まれたものだ。

「武器なんざ、ふとしたきっかけで壊れやがる。だから、万が一を考えて何でも使えるようにするのが常識だろうが⁉」

剣筋は俺のものと殆ど遜色なく。

本当に、ふざけているにも程がある。

「おいヨルハぁ！！！　補助魔法が足りてねえ！！！　もっと寄越せ！！！」

単純な身体能力で遠く及ばない相手。

プライドの塊の筈のオーネストからは本来考えられない、補助魔法で穴を埋めようという思考。

「わかっ、てる‼　言われなくてもずっと掛けっぱなしだから……‼　それに、これ以上はオーネストの身体がもたないよ……‼」

「知るかンなもん！！！　いいから寄越せ‼　ぶっ倒れて血塗《ちまみ》れになろうが、うちのヒーラーが何とかする‼　問題はねえだろ⁉　なあ⁉」

「……ええ。何とかするわ。頭と身体が泣き別れない限りはね」

たった一度として振り向いていないのに、この場にクラシアが駆け付けた事を把握するその嗅覚は一体どうなっているのだろうか。

「……クラ、シア？　あっちの方は」

「大丈夫よ。きっと、大丈夫。信用はあんまりないけれど、多分、ね。それに、今は向こうよりもあたしはこっちにいた方がいいと思ったのだけれど」

顔色は蒼白《そうはく》で、ここに至るまでに散々無茶をしたツケがクラシアにまで回っている。

それでも、気丈に振る舞おうとするその様子を前に、そんな事はないとヨルハも言えなかったのだろう。

「……それは、そうなんだけど。でもあいつ、魔法が全く効かなくて」

テオドールに攻撃を与えるには、テオドールと同じ力をぶつける以外に手段はない。

「なら、魔法以外を使ったらいいのよね」

ただ偶然にも、その手段はすぐ側に転がっていた。

〝アダム〟の力が及んでいるダンジョンを触媒とした——錬金術に限っては、例外的にテオドールに効果のある攻撃手段だった。

「な——」

テオドールが硬直する。

彼の手足を、ダンジョンの地面から生えた、岩石を素材とした触手が拘束をしたから。

容易く振《ふ》り解《ほど》けるはずのそれが、思うように振り解けない。

そこに、オーネストの攻撃だ。

だから、余裕らしい余裕がある訳もなくて。

故に、俺が用意した魔法に備える時間がテオドールには致命的に足りていなかった。

そして、拘束を解ききれない一瞬でオーネストはその場を離脱。タイミングを見計らい、俺は八《はっ》紘《こう》に展開した魔法をそのまま撃ち放つ。

「いい加減ぶっ倒れろ‼　――――〝神雷の一撃《ヴェルトール》〟――――！！！」

＊＊＊＊

……立っていられなくて膝から崩れ落ちる。

五感もその殆どが朧気で、どうなったのかは全く分からない。もう戦う事は無理だろう。

だから、その声に絶望した。

「……彼女は……、ルシアは、『神』なんて名乗るクソのせいで死んだ。それは、揺るぎない事実だ。彼女は死ぬべき人間じゃなかった。だから、彼女を犠牲にしたクソ『神』を殺さなければいけないと思った。思って、いた」

力ない声で、テオドールは言う。

身体の至るところに傷があって、どれもが致命傷と言えるもの。

けれど、一歩足りていなかった。

倒し切るには、まだ足りなかった。

「なのにどうして、お前がその目をしてる」

アダムに向かって、何かに堪えながらゆっくりと。

「どうしてお前が彼女と同じ目をしてる」

覚悟を決めたものの瞳で。

自己犠牲に殉じようとする人間のそれ。

罪悪感に塗れたその瞳に嘘などなく、どころか涙を浮かべていた。

口の隙間から、『すまない』と謝罪の言葉が繰り返し漏れ出る。

テオドールは困惑していた。

お前らは、もっと救いようがなくて。傲慢で。悪辣で。人など、体のいい呪いの押し付け先とし
か思っていないような連中だろうが。

お前らが、人如きの為に胸を痛めて涙を流すなど――――そんな存在ではなかっただろ?

そんな内心が、震える声音から受け取れた。

動揺が隠しきれず、硬直を続けるテオドールであったが、アダムから向けられた言葉によって我
に返る。

『頼みが、あるんだ』

「頼み、だと」

『どうか。僕の命ひとつで許して欲しい』

「……許して欲しい、か」

『きみの目的は、僕らへの復讐だろう。彼らは関係ない。誰一人として、関係ない』

テオドールは言葉の真偽を見極めようとして――――やがてやめた。

恐らく、馬鹿らしいと思ったのだろう。

「……ひとつだけ、聞きたい事があった」

『聞きたい、事?』

「彼女は――――ルシアは、最期に何と言っていた。お前らの呪いのせいで、その記憶がないんだ。言っておくが、嘘をつけばこの場で全員を殺す」

『大陸十強』に課せられた呪い。

テオドールの呪いはきっと、記憶の喪失だったのだろう。

『……。ぼくの力不足でこんな結果になってしまったけれど、どうか、誰も恨まないでくれと。彼女はそう言っていた』

たった一言。

テオドールは目を細めて聞き入っていた。

感傷に浸り、やがて口を開く。

「どいつもこいつも俺みたいに復讐に走らなかったのは、それが理由か。……彼女なら、そう言うだろうな。あの人は、そういう人間だった。ただの人殺しでしかなかった俺に手を差し伸べるような人だ。あの人らしいよ、その言葉は。まあ知ったところで、俺は変わらなかっただろうが」

たとえ恩人の言葉だろうと、認められず、許せず、どう足掻いてもこの結果に見舞われていただろうとテオドールは結論を出す。

「お前ら『神』は、殺す。それは確定事項だ。お前らのせいで、俺達は巻き込まれ苦しむ羽目になった。そこに間違いはない筈だ」

『…………あぁ、そうだ』

「だから、苦しめ。彼女が苦しんだように、お前らも相応に苦しめ。だから俺は、お前をまだ殺さない」

テオドールの視線は、アダムの身体を冒す呪いへ。アダムは表情に殆ど出していないが、その苦しみは言葉に言い表せないものなのだろう。

程なく何を思ってか、テオドールは俺と目を合わせた。

「アレク・ユグレット。お前は言ったな。黒幕が望んだ結果をくれてやるのは許せないと。……確かにそうだ。その通りだ。だから、少しだけ変えてみようと思う。何より、この世界は彼女が守ろうとした世界でもあるらしいからな」

テオドールが、アダムに手を伸ばす。

しかしそれは殺すためではなく、呪いに向かって、であった。

「たった数日、呪いに苦しむ程度で解放されるのはフェアじゃない。だから、たんと苦しめてやる。気が遠くなる程、ずっと。ずっと。その為に、俺が少しだけ肩代わりしてやる」

指を伝って、呪いが侵蝕《しんしょく》。

テオドールの方へと流れ込んでゆく。

『……なに、を』

「言っただろう。少しだけ変えてみると。勘違いするな。助けてやる訳じゃない。お前の苦痛を、長引かせてやるだけだ」

アダムの身体から呪いが引いて、代わりにテオドールの身体に広がってゆく。

「という訳だから————殺すのはもう少し後にして貰えるかな。ワイズマン」

彼らのやり取りに気を取られていたからだろう。テオドールがその名を呼ぶまでワイズマンの接近に俺は気付けなかった。

隙を見せた瞬間にテオドールを殺す気でいたのだろう。ワイズマンは、彼に恨みを持つ人間の一人であるから。

「……恨みはある。けれど、人形を殺したところでこの気持ちは晴れない。誰も帰ってくる訳でもない。だが少しでも私に罪悪感があるというならひとつ答えろ。この身体の持ち主の父親は、今、何処《どこ》にいる」

「…………あなた、その手」

淡々と話すワイズマンであったが、彼女の手にはあるべきものが失われていた。

ワイズマンの魂をメアの身体に宿らせた触媒でもある──〝賢者の石〟が丸ごと。

強引に抉《えぐ》ったのだろう。

ぶらりと垂れる腕の先から、血が滴り落ちていた。

「……元に戻すには、必然、同じものを犠牲にする必要がある。偶々《たまたま》、〝賢者の石〟が此処《ここ》にしかなかった。それだけだ。で、返事はないのか」

「……いや、答える。その身体の持ち主の父親は、上だ。『獄』と呼ばれる場所にいる。主人のいなくなった牢獄《ろうごく》を、維持させる為にきっと力を振り絞ってるんじゃないかな」

「…………。そうか」

聞きたい事は聞けたのだろう。

ワイズマンは、ふらふらな足取りながらテオドールから聞き出した『獄』へと向かおうとして

──しかし途中で足が止まる。

「……言い忘れていた」

「？」

「この身体の持ち主から、お前達に伝言だ。『お父さんを、助けてくれてありがとう』だと」

「…………違う。俺達は、助けられなかった」

メアを助ける事も。

ロンを止める事も、結局何一つとしてできなかった。

責められる事はあっても礼を言われる立場ではない。

「だとしても、お前達が手を貸していなければ死体同士で再会していただろう。だから、ありがとう、なのだろう」

「じゃあお前は」

言わずにはいられなかった。

メアの為に、これから残り僅かな時間を使いに向かうのだろう。

勝手に生き返らせられて。

誰かの為に、死んでいく。

ワイズマンもまた被害者なのに、それはあんまりじゃないかと。

「……私の事なら気にするな。どうせ死んでいた筈の人間だ。それに、唯一の心残りだった〝賢者の石〟も、問題がないと分かった。アンネローゼを始めとして、間違った道を止めてくれる人間がいるなら、私も安心出来る」

それだけ言い残して、ワイズマンは俺達の前から去ってゆく。

程なく、奇妙な感覚に見舞われた。

転移魔法とほんの少しだけ似ているものの、決定的に違う何か。

テオドールがまだ何かを備えていたのかと警戒心を剝《む》き出《だ》しにする。

「―――〝禁術〟じゃな。それも、時間遡行か」

「タソガレの、仕業だ。安心しなよ。あいつは今のところお前達の味方だ。効果も、メイヤードの時間を遡行させるだけ。〝楽園《エデン》〟で死ぬ俺や、メイヤードを空間転移させる為に命を削ってるノステレジアにチェスター。あと、別空間にある『獄』で死んだ人間にそれは適用されない」

綺麗《きれい》さっぱり、こちら側の人間の殆どは死ぬという訳だ。

大した感慨を見せる事なく、テオドールはアヨンの言葉に同意し言ってのける。

「だから喜べよ。過程はどうあれお前らの望んだ結果が転がり込んできたのだから」

……そう、言われたとしても。

これを勝ちと思える訳もなくて、何も言葉を返せなかった。

テオドールは宙を見上げる。

ここにいない誰かに向けて嘲笑《あざわら》うように、時折笑みを張り付けていた。

「別に、死ぬ事に対して今更忌避感はない。彼女がいないこの世界に、価値などない。ただ、黒幕とやらにいいように扱われ続けた反抗が、これだけというのは気に食わない。だから最後にひとつ、節介を焼いてやる」

アダムから離れて、テオドールは俺の下へ。

確かな足取りで、座り込む俺の耳元に口を寄せた。

「その目は、当分使うな」

「え」

「ルシアがそうだったように、お前の母の時もそうだった。そして、お前もそうだった。お前らの目には、『神力』しか通じないという常識が存在していない。その目は、『神』ですら殺し得る武器だ。だから、その時が来るまで使うな。俺との戦いで使えなくなった態《てい》を装え」

……言われてみればそうだった。

魔法は悉《ことごと》く通用しなかったのに、目だけは最後まで使い物になっていた。

「尤も当分は使いたくても使えないだろうが」

テオドールの手が俺の目に伸びて——優しく覆われる。直後、何かを吸われるような感覚に見舞われた。

「『神力《これ》』は、特別に引き取ってやる。まだ、死にたくはないのだろう?」

呪いを背負っている訳でもない俺にとって、『神力』とやらは毒でしかない。

なのに、幾ら消費しても使い切る気配もなければ、手放す事も出来なかった。

そんな力を、いとも容易くテオドールは奪い取ってゆく。

やがて、俺にもう用はないと言わんばかりに距離をとって——どこか遠くを見つめながら彼は言う。

「……本当に、どうしてあの時、俺を殺してくれなかったんだ。こうなる事は、予想出来ていただろうに」

多くが死ぬ事になった。

多くが失われ、多くが悲しんだ。

テオドールを生かしていれば、この結果に見舞われる事は容易に想像が出来ただろうに、ルシアは殺さなかった。

理由はきっと。

「……それでも、あんたに死んで欲しくなかったんだろ」

何もない虚空を見詰めるテオドールに、俺はそう告げた。

「知ったような口を利くな――――と言いたいが、彼女は本当にそう言いそうだ。ああ、そうだ。こんなクソで、間違いだらけの世界で彼女だけが優しかったから。彼女だけが正しかったから」

そして、誰よりも優しかった人は、誰よりも先に死んで逝った。

最後の最後まで誰かの為に。

そんな想《おも》いを胸に抱いていたルシア・ユグレットが今、ここにいたなら。

きっと、口にする言葉は決まっていた。

「ああ、本当に。本当に、クソみたいな世界だ。でもあんたは、それでも嘯いていつものように笑うんだろ。『それでもぼくは、みんなを救いたい』って、いつものように。なあ、ルシア――――」

呟《つぶや》くような声音で聞こえていたテオドールの声が、それを最後に聞こえなくなった。

＊＊＊＊

「そうして、タソガレとやらの〝禁術〟で見事、めでたし。めでたし。って事か――――これは流石に、予想外な結末だ」

　顔が黒く塗り潰されて、誰にも認識出来ない男は呟いた。

「まさかあのテオドールが、あんな事をするとは思いもしなかった」

　テオドールの選択は、かつて全てを操っていたこの男ですら予想外のものであった。

「それに、こうしてここに君達が嗅ぎ付けてくる事も。テオドールとの戦闘に全く出しゃばってこないと思ったら、こういう事か。呪いのせいであまり動けない演技をして、注意を逸《そ》らす事が目的だったか。ああ、わたしとした事が失敗をした。まんまと騙《だま》されて、こうして三人も侵入を許してしまった。それで、一体、何の用かな。カルラ・アンナベル。それとタソガレの犬《グラン・アイゼンツ》に――――エルダス・ミヘイラ？」

Kラノベブックス

味方《みかた》が弱《よわ》すぎて補助魔法《ほじょまほう》に徹《てっ》していた宮廷魔法師《きゅうていまほうし》、追放《ついほう》されて最強《さいきょう》を目指《めざ》す5

アルト

2024年7月31日第1刷発行

発行者	森田浩章
発行所	株式会社 講談社 〒112-8001　東京都文京区音羽2-12-21
電　話	出版　(03)5395-3715 販売　(03)5395-3605 業務　(03)5395-3603
デザイン	アオキテツヤ（ムシカゴグラフィクス）
本文データ制作	講談社デジタル製作
印刷所	株式会社ＫＰＳプロダクツ
製本所	株式会社フォーネット社

KODANSHA

ISBN978-4-06-535656-2　N.D.C.913　435p　19cm
定価はカバーに表示してあります

ファンレター、
作品のご感想を
お待ちしています。

あて先　〒112-8001　東京都文京区音羽2-12-21
(株) 講談社　ライトノベル出版部 気付
「アルト先生」係
「夕薙先生」係

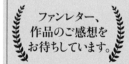